U0093462

國際學術研討會

# 古龍武俠小說 領先時代半世紀

【記者賴素鈴／報導】江湖代有才人出，這廂古龍凋零二十載，那廂今朝懸賞百萬獎新秀，浪淘不盡，唯有武俠熱愛，不隨時間變易，在學術研討會上更見分明。以「一代鬼才：古龍與武俠小說」爲主題，淡江大學第九屆文學與美學國際學術研討會昨起在國家圖書館，展開爲期兩天的議程，紀念武俠小說家古龍逝世二十周年，新生代學者與古龍故舊齊聚一堂，以文論劍話武俠。

日前與淡大中文系教授林保淳共同發表《台灣武俠小說發展史》，武俠小說評論家葉洪生昨天在專題演講中，直批胡適1959年底發表「武俠小說下流論」是「胡說」，學界泰斗的不當發言以及隨即展開的「暴雨專案」，反而促成1960年起台灣武俠新秀的繁興，「武俠小說迷人的地方，恰恰在門道之上。」，葉洪生認定，武俠小說審美四原則在文筆、意構、雜學、原創性，他強調：「武俠小說，是一種『上流美』。」

集多年心血完成《台灣武俠小說發展史》，葉洪生認爲他已爲從十歲起迷上武俠小說的半世紀畫上完美句點，並且宣布他「以後決心退出武俠論壇，封劍退隱江湖」。

雖然葉洪生回顧武俠小說名家此起彼落，套太史公名言「固一世之雄也，而今安在哉？」，認爲這是值得深思的嚴肅課題，昨天意外現身研討會而備受矚目的溫世禮，則爲了紀念同是武俠迷的哥哥溫世仁，推出第一屆「溫世仁武俠小說百萬大賞」，即日起至今年10月3日截止收件，經兩階段評選後於明年12月7日公布首獎得主，預料將會是一場武林新秀的龍虎爭霸戰。

看明日誰領風騷？風雲時代出版社發行人陳曉林眼中的古龍，其實領先他的時代半世紀，以致如今雖然古龍逝世20年，陳曉林認爲大家對古龍的了解仍然有限，預言未來世代更能和古龍的後設風格共鳴。

昨天這場研討會，也凸顯武俠小說作爲一項文學研究門類，仍有待開發學習空間。多位與會者都指出，武俠小說的發表、出版方式和管道具考證難度，學術理論與論文格式的建立待加強。而武俠名家的版權之爭、市場競爭力，也增加出版推廣困難，古龍武俠小說的版權糾紛、司馬翎作品的版權官司也成爲研討會的場外話題。

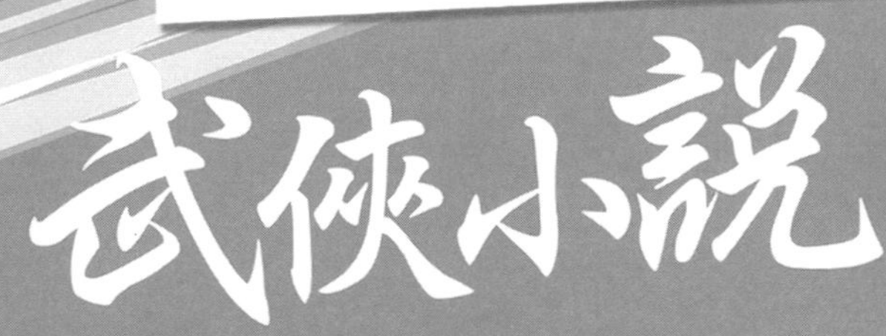

第九屆文學與美

古龍兄為人慷慨豪邁，跌蕩自如，變化多端，文如其人，且復多奇氣，惜英年早逝，余與古兄數年交好，且喜讀其書，今日不見其人，又無新作可讀，深自嘆惜。

金庸

一九九六、十、十一、香港

# 楚留香新傳（二）

## 蝙蝠傳奇（上）

【導讀推薦】

# 視覺影像的高峰之作

## ——《楚留香新傳：蝙蝠傳奇》導讀

著名文化評論家、《新新聞》總主筆
南方朔

古龍的楚留香故事，有兩個系列。一個是「楚留香傳奇系列」，一個是「楚留香新傳系列」。

「楚留香傳奇系列」由《血海飄香》、《大沙漠》、《畫眉鳥》三部組成。依序完成在一九六八、一九六九及一九七〇這三年。這三部作品創造出了楚留香這個人的基本性格，人際關係網絡，以及整個楚留香故事的敍述模式。由於完成的時間相近，每部作品除了各自詭譎奇幻的情節外，風格卻有著極高的統一性。

而「楚留香新傳系列」則否。它由五個單元故事組成，作品完成的時間則從一九七〇年橫跨到一九七九年。整整十年的時間落差，遂使得五部作品出現明顯的風格差異。這五部作品及其完成年份依序：《借屍還魂》（一九七〇）、《蝙蝠傳奇》（一九七一）、《桃花傳奇》（一九七二）、《新月傳奇》（一九七八）、《午夜蘭花》（一九七九）。

《借屍還魂》、《蝙蝠傳奇》、《桃花傳奇》這三部作品的完成時間緊隨著「楚留香傳奇系列」之後。因而風格也延續著從前，只是在故事本身求變化。《借屍還魂》相當於一個高複雜度的武俠偵探推理小說，不但情節跌宕有致，更涉及畸型的心理犯罪。《蝙蝠傳奇》則將蝙蝠擬人化，並將人物蝙蝠化，在楚留香故事裡，可算是相當奇幻有趣的一部。至於《桃花傳奇》則寫楚留香的浪漫愛情故事，可算是把這個傳奇人物往縱深發展的一次人性實驗。

不過，這三部小說雖然情節生動，但可以說都是「楚留香傳奇系列」的延長，它們都一仍舊貫地保有獨特的「古龍風格」，所謂「古龍風格」乃是他所創造出來的武俠小說新文體。中國的武俠故事，從唐代傳奇、宋明清的話本以迄公案、俠義小說，那是老傳統；而近代由平江不肖生的《江湖奇俠傳》開始，以迄金庸，可謂業已數變。到了古龍則又是一變。古龍在自述「我對武俠小說的理念」時，曾指出武俠小說「要求變，就得求新，就得突破那些陳舊的固定形式，嘗試去吸收」。他並說：

武俠小說既然也有自己悠久的傳奇和獨特的趣味，若能再儘量吸收其他文學作品的精華。豈非也同樣能創造出一種新的風格，獨立的風格，讓武俠小說也能在文學的領域中占一席之地，讓別人不能否認它的價值，讓不看武俠小說的人也來看武俠小說！

而古龍的確創造出了一種新的風格。他將傳統第三人稱，寫實的武俠敘述型態，轉變成新式的武俠大眾小說。古龍的小說不再有特殊的時間與地點，也不再有複雜的招式名稱，更改變了以前那種半文半白的文體。這是武俠小說的「脫傳統化」，因而能替小說釋放出更大的想像空間，並在情節的奇幻詭譎上更加著力。他的武俠經常能揉武打、俠情、推理、言情等於一爐，創意之複雜開武俠有史以來的高峰。

而更值得注意的，乃是他小說裡已完全使用新的口語，並刻意在語言上耍酷弄帥。這種「古龍腔」的語言風格，使得它不但更有大眾親和力，甚至還造成了流行。古龍的貢獻是他讓武俠小說也變成了流行文化的重要成份。合理的推測是：他的小說敘事及語言風格，肯定與他長期以來都和青少年及成人幫派走得相當親近有關。那個圈子裡耍四海，玩道義，扮性格，以及語言滑溜機智等特性，都以一種扭變過來的方式進入他的小說中，這也使得筆下的江湖不再是以前的江湖。他創造出了一種「新江湖」。

古龍的小說以情節和對白取勝。傳統武俠那種過度的描述都被精簡，因而他的小說遂有較高的視覺影像效果，適於搬上銀幕或螢幕。自一九七六年香港導演楚原將《流星．蝴蝶．劍》拍成電影，並轟動一時後，再加上港劇《楚留香》跟上，遂使得他快速達到生涯的高峰。

「楚留香新傳系列」裡，以《蝙蝠傳奇》的規模最大。情節最奇幻，結局也最出人意料之外。但除了這些以外，這部小說的視覺效果亦最獨特。小說的場景變化頻仍，高山、江河、大海、孤島、懸崖，這些地形不斷交相出現；另外，則是澡堂、酒樓、艙房、山洞、大船、小舟、棺材，也快速易動。至於人物，則僧尼、官差、盜賊、漁夫、俊男、美女等一個個彷彿走馬燈；甚至武俠小說罕有的大火及大爆炸都出現過好幾次。所有的這些，堆疊出一個個彷彿好萊塢電影的畫面。只可惜華人的電影工業在影像科技上仍然極爲落後，否則《蝙蝠傳奇》必可拍出高度娛樂效果的影片或電視劇。

《蝙蝠傳奇》是部在視覺影像效果上發揮到淋漓盡致的代表作。而視覺影像也正是古龍小說的最大特性。大眾小說的視覺影像化，乃是當代的新趨勢。抒情式的描寫被行爲、動作、簡化的語言等取代，故事的發展則著重場景的變化。大眾小說的這種發展，亦被稱爲「小說的圖像化」，它顯露在二戰後流行的「驚悚小說」、「諜報行動小說」、「科幻小說」等方面。

眾所周知，第二次大戰後，由於電視電影等的發達，「文字文明與影像文明」的對峙和交互影響日益顯著，文字敍述在這種壓力下，遂日益開始圖像化，細緻複雜的說理及抒情開始荒廢，畫面型的敍述則逐漸成爲主流。一個成功的大眾小說作者，其作品予人的視感即彷彿在看一場用文字表達的紙上電影。這類小說在改編時，原著與改編劇本間的差異極微，難度則集中在特殊畫面的呈現上。

而古龍即是親炙這種「圖像文明」的第一代，並很自覺的理解到大眾小說的此種變化。於是，強調視覺影像和懸疑驚悚的新派武俠小說遂告出現。以前的武俠小說，經常以很多篇幅敘述招式的名稱，而對新讀者而言，這些已毫無意義，新讀者需要的是「效果」，新武俠是一種著重「效果」的小說。

以《蝙蝠傳奇》爲例。它以作風及表情嚴峻的「華山派」掌門人枯梅大師，拋棄尼服，改著俗裝出場，而後藉著一個個線索，終於讓小說裡的陰謀被揭開。小說裡雙眼失明，但無論風度與武功皆出類拔萃的原隨雲，終於露出真面目。小說到了最後，才將枯梅大師的真正角色寫了出來，出乎人們意料之外。《蝙蝠傳奇》裡強調驚悚，主要的角色都不是人們以為的那樣，因此它有極大的驚奇之感；而小說過程中則步步險戲，引人入勝。這是一種懸疑的營造。

但《蝙蝠傳奇》裡真正讓人興味十足的，卻是它的視覺影像。以枯梅大師的出場為例，一個矮小而銳利的老婦人，臉上刻著疤痕，拄著龍頭拐杖，身邊則有兩個美女陪侍，她們在大江裡的一艘新船上。單單這樣的畫面，就已十分詭異而搶眼，除了對比的搶眼外，小說無論地點、情節、動作，也都變化快速。在小說和劇本的研究裡，經常根據時間與張力關係而給出示意圖，這種圖形有許多類型。古龍的類型是：故事進行時，經常都是一個畫面，一個畫面的鑲嵌進故事架構中，每組畫面都是新增的線索，將故事一步步的推向高潮，而後即以補述的方式將故事的因果重組，作為總結，即戛然而終。鋪陳畫面，塑造脈絡愈來愈清楚的拼圖，乃是古龍小說的特點，也是讀者始終對他的作品感到興趣的原因。

《蝙蝠傳奇》有許多情節的設計都可堪討論，例如枯梅大師和金靈芝對原隨雲的感情，原隨雲的變態心理；但除了這些之外，視覺影像應最為可觀。對於視覺影像的論證是：當我們看完全部，合起書本，而後回頭想一想，我最記得的是些甚麼？

如果有一天，華人的商業電影發展到能夠拍攝出像「黃金眼」、「割喉島」、「休羅紀公園」這種電影的科技程度時，《蝙蝠傳奇》一定可以拍得十分好看而有趣味！

古龍精品集32

# 楚留香新傳（二）

## 蝙蝠傳奇（上）

# 目錄

# 一 燃燒的大江

武林七大劍派，唯有華山的掌門人是女子，華山自「南陽」徐淑真接掌華山以來，門戶便爲女子所掌持。此後華山門下人材雖漸凋落，但卻絕無敗類，因爲這些女掌門人都謹守著徐淑真的遺訓，擇徒極嚴，寧缺毋濫。

華山派最盛時門下弟子曾多達七百餘人，但傳至飲雨大師時，弟子只有七個了，飲雨大師擇徒之嚴，自此天下皆知。

枯梅大師就是飲雨大師的衣鉢弟子，江湖傳言，枯梅大師少女時爲了要投入華山門下，曾在華山之巔冒著凜冽風雪長跪了四天四夜，等到飲雨大師答應她時，她全身都已被埋在雪中，幾乎返魂無術。

那時她才十三歲。

七年後，飲雨大師遠赴南海，枯梅留守華山，「太陰四劍」爲了報昔年一掌之仇，大舉來犯，揚言要火焚玄玉觀，盡殲華山派，枯梅大師身受輕重傷三十九處，還是浴血苦戰不懈，到最後太陰四劍竟沒有一人能活著下山。

自此一役後，武林中人都將枯梅大師稱爲「鐵仙姑」。

又五年後，青海「冷面羅刹」送來戰書，要和飲雨大師決戰於泰山之巔，飲雨若敗了，華山派便得投為羅刹幫的屬下。

這一役事關華山派成敗存亡，但飲雨大師卻偏偏在此時走火入魔，華山既不能避而不戰，枯梅就只有代師出戰。

她也知道自己絕非「冷面羅刹」敵手，去時已抱定必死之心，要和冷面羅刹同歸於盡。

冷面羅刹自然也根本沒有將她放在眼裡，就讓她出題目，劃道兒，枯梅大師竟以大火燃起一鍋沸油，從容將手探入沸油中，帶著笑說：「只要冷面羅刹也敢這麼做，華山就認敗服輸。」

冷面羅刹立刻變色，跺腳而去，從此足跡再未踏入中原一步，但枯梅大師的一隻左手，也已被沸油燒成焦骨。

這也就是「枯梅」兩字的由來。

自此一役後，「鐵仙姑」枯梅師太更是名動江湖，是以二十九歲時便已接掌華山門戶，至今已有三十年。

三十年來，華山弟子從未見過她面上露出笑容。

枯梅大師就是這麼樣一個人，若說她這樣的人，也會蓄髮還俗，江湖中只怕再也不會有一個人相信。

但楚留香卻非相信不可，因爲這確是事實……

黃昏。

夕陽映著滾滾江水，江水東去，江灣處泊著五六艘江船，船上居然也有嬝嬝炊煙升起，彷彿是個小小的江上村落。

江船中有一艘顯得分外突出，這不但因爲船是嶄新的，而且因爲船上的人太引人注意。

窗上懸著竹簾，竹簾半捲，夕陽照入船艙，一個白髮蒼蒼的老婦人，端坐在船艙正中的紫檀木椅上。

她右手扶著根龍頭拐杖，左手藏在衣袖裡，一張乾枯瘦削的臉上，滿是傷疤，耳朵缺了半個，眼睛也少了一隻，剩下的一隻眼睛半開半闔，開闔之間，精光暴射，無論誰也不敢逼視。

她臉上絕無絲毫表情，就端端正正的坐著，全身上下紋風不動，像是亙古以來就已坐在那裡的一尊石像。

她身子很瘦小，但卻有種說不出來的威嚴，無論誰只要瞧上她一眼，連說話的聲音都會壓低些。

這位老婦人已是十分引人注意的了，何況她身旁還有兩個極美麗的少女，一個斯斯文文，秀秀氣氣，始終低垂著頭，彷彿羞見生人，另一個卻是英氣勃勃，別人瞧她一眼，她至少瞪別人兩眼。

嶄新的江船、奇醜的老太婆、絕美的少女……這些無論在哪裡都會顯得很特出，楚留香遠遠就已瞧見了。

他還想再走近些，胡鐵花卻拉住了他，道：「你見過枯梅大師麼？」

楚留香道：「四年前見過一次，那次我是陪蓉兒她們去遊華山時遠遠瞧過她一眼。」

胡鐵花道：「你還記不記得她的模樣？」

楚留香嘆了口氣，道：「你自己也說過，無論誰只要瞧過她一眼，就永遠忘不了的。」

胡鐵花道：「那麼你再看看，坐在那船裡的是不是她？」

楚留香摸了摸鼻子，苦笑道：「我簡直有些不相信自己的眼睛。」

胡鐵花笑道：「你鼻子有毛病，難道眼睛也有毛病了嗎？這倒是好消息。」

楚留香的鼻子不通氣，胡鐵花一直覺得很好玩，因爲他覺得自己身上至少總還有一樣比楚留香強的地方。

楚留香沉吟著，道：「我想她未必是真的還了俗，只不過是在避人耳目而已。」

胡鐵花道：「爲什麼要避人耳目？」

楚留香道：「枯梅大師居然會下華山，自然是爲了件大事。」

胡鐵花道：「這見鬼的地方，會有什麼大事發生？何況枯梅大師的脾氣你又不是不知道，她這一輩子怕過誰？她可不像你，總是喜歡易容改扮，好像見不得人似的。」

楚留香也說不出話來了，他望著那滿面英氣的少女，忽然笑道：「想不到高亞男倒還是老樣子，非但沒有老，反而顯得更年輕了，看來沒有心事的人總是老得慢些。」

胡鐵花板起了臉，冷冷地道：「在我看來，她簡直已像是個老太婆了，你的眼睛只怕真有了毛病。」

楚留香笑道：「但我的鼻子卻像是好了，否則不會嗅到一陣陣酸溜溜的味道。」

就在這時，突見一艘快艇急駛而來。

艇上只有四個人，兩人操槳，兩人迎風站在船頭，操槳的雖只有兩人，但運槳如飛，狹長的快艇就像是一根箭，眨眼間便已自暮色中駛入江灣，船頭的黑衣大漢身子微微一揖，就竄上了枯梅大師的江船。

楚留香的鼻子雖然不靈，但老天卻沒有虧待他，另外給了他很好的補償，讓他的眼睛和耳朵分外靈敏。

他雖然站得很遠，卻已看出這大漢臉上帶著層水鏽，顯然是終年在水上討生活的朋友，站在起伏不定的快艇上，居然穩如平地，此刻一展動身形，更顯出他非但水面上功夫不弱，輕功也頗有根基。

楚留香也看到他一躍上了江船，就沉聲問道：「老太太可是接到帖子而來的麼？我們是奉命前來迎……」

他一面說話，一面大步走入船艙，說到這裡，「接」字還未說出來，枯梅大師的拐杖一點，他的人就淩空飛起，像個斷了線的風箏般的飛出了十幾丈，「噗通」一聲，落入江水裡。

快艇上三個人立刻變了顏色，操槳的霍然掄起了長槳，船頭上另一個黑衣大漢厲聲道：「我兄弟來接你們，難道還接錯了嗎？」

話未說完，突見眼前寒光一閃，耳朵一涼，他忍不住伸手摸了摸，頓時就變得面無人色。

劍光一閃間，他耳朵已不見了。

但眼前卻沒有人，只有船艙中一位青衣少女腰畔的短劍彷彿剛入鞘，嘴角彷彿還帶著冷笑。

枯梅大師還是靜靜的坐在那裡，她身旁的紫衣少女正在為她低誦著一卷黃經，根本連頭都未曾抬起。

船艙中香煙繚繞，靜如佛堂，像是什麼事都沒有發生過——那快艇已被嚇走了，去時比來時還要快得多。

胡鐵花搖著頭，喃喃道：「這麼大年紀的人了，想不到火氣還是這麼大。」

楚留香微笑道：「這就叫薑桂之性，老而彌辣。」

胡鐵花道：「但枯梅大師將船泊這裡，顯然是和那些黑衣人約好了的。」

楚留香道：「嗯。」

胡鐵花道：「那麼人家既然如約來接她，她為何卻將人家趕走？」

楚留香笑了笑，道：「這只因那些人對她禮貌並不周到，枯梅大師雖然修為功深，但卻最不能忍受別人對她無禮。」

胡鐵花搖著頭笑道：「枯梅大師的脾氣江湖中人人都知道，那些人卻偏要來自討苦吃，如此不識相的人倒也少見得很。」

楚留香道：「這只因他們根本不知道她就是枯梅大師。」

胡鐵花皺眉道：「那些人若連她是誰都不知道，又怎會約她在這裡見面呢？」

楚留香笑了，道：「我既不是神仙，又不是別人肚裡的蛔蟲，你問我，我去問誰？」

胡鐵花撇了撇嘴，冷笑道：「人家不是說楚留香向『無所不知，無所不曉』嗎？原來你也有不知道的事。」

楚留香只當沒聽到他的話，悠然道：「幾年不見，想不到高亞男不但人更漂亮了，誰能娶到這樣的女孩子做太太，可真是福氣。」

胡鐵花板起了臉，道：「你既然這麼喜歡，我就讓給你好了。」

楚留香失笑道：「她難道是你的嗎？原來你……」

他並沒有說完這句話，因爲他已發現方才那快艇去而復返，此刻又箭一般的急駛而來。

船頭上站著個身長玉立的輕衫少年，快艇迎風破浪，他卻像釘子般釘在船頭，動也不動。

胡鐵花道：「原來他們是找救兵去了，看來這人的下盤功夫倒不弱。」

快艇駛到近前，速度漸緩。

只見這輕衫少年袍袖飄飄，不但神情很瀟灑，人也長得很英俊，臉上更永遠都帶著笑容，遠遠就抱拳道：「不知這裡可是藍太夫人的座船麼？」

他語聲不高，卻很清朗，連楚留香都聽得很清楚。

枯梅大師雖仍端坐不動，卻向青衣窄袖的高亞男微一示意，高亞男這才慢吞吞的走到船頭，上上下下打量了這少年幾眼，冷冷道：「你是誰？來幹什麼？」

少年陪著笑道：「弟子丁楓，特來迎駕，方才屬下禮數不週，多有得罪，但求藍太夫人及兩位姑娘恕罪。」

他不但話說得婉轉客氣，笑容更可親。

高亞男的臉色不覺也和緩了些，這少年丁楓又陪著笑說了幾句話，高亞男也回答了幾句。這幾句話說得都很輕，連楚留香也聽不到了，只見丁楓已上了大船，恭恭敬敬向枯梅大師行過禮，問過安。

枯梅大師也點了點頭，江船立刻啓碇，竟在夜色中揚帆而去。

胡鐵花用指尖敲著鼻子，喃喃道：「枯梅大師怎會變成藍太夫人了？這倒是怪事。」

楚留香沉吟著道：「看情形這些黑衣人約的本是藍太夫人，但枯梅大師卻不知爲了什麼緣故，竟冒藍太夫人之名而來赴約。」

胡鐵花道：「枯梅大師爲什麼要冒別人的名？她自己的名聲難道還不夠大？」

楚留香道：「也許就因爲她名聲太大了，所以才要冒別人的名！但以枯梅大師的脾氣，竟不惜冒名赴約，這件事想必非同小可。」

胡鐵花皺眉道：「我實在想不通這會是什麼樣的大事？」

楚留香目光閃動，忽然笑了笑，道：「也許她是爲了替高亞男招親來的，這位丁公子少年英俊，武功不弱，倒也配得過我們這位清風女劍客了。」

胡鐵花板起了臉，冷冷道：「滑稽，滑稽，你這人真他媽的滑稽得要命。」

在水上生活的人，也有他們生活的方式，晚上是他們休息、聊天、補網的時候，只要日子還能過得去，沒有人願意在晚上行船，所以天一黑之後，要想僱船就很不容易。

但楚留香總有他的法子。

楚留香僱船的時候，胡鐵花以最快的速度去買了一大壺酒。

胡鐵花這個人可以沒有錢、沒有家、沒有女人，甚至連沒有衣服穿都無妨，但卻絕不能沒有朋友、沒有酒。

夜靜得很，也暗得很。

江上夜色淒迷，也不知是煙？還是霧？

遠遠望去，枯梅大師的那艘船已只剩下一點燈光，半片帆影，但行駛得還是很快，楚留香他們的輕舟幾乎已使盡全速，才總算勉強跟住它。

胡鐵花高踞在船頭上，眼睛瞬也不瞬的瞪著前面那艘船，一大口一大口的喝著酒，居然已有很久沒有說話了。

楚留香已注意他很久了，忽然喃喃自語道：「奇怪，這人平時話最多，今天怎麼連一句話都沒有了？莫非是有什麼心事？」

胡鐵花想裝作沒聽見，憋了很久，還是憋不住了，大聲道：「我開心得很，誰說我有心事？」

楚留香道：「沒有心事，爲什麼不說話？」

胡鐵花道：「我的嘴正忙著喝酒，哪有空說話？」

他又喝了口酒，喃喃道：「奇怪奇怪，你這人平時看到酒就連命也不要了，今天卻連一口酒都沒喝，莫非有了什麼毛病？」

楚留香笑了笑，道：「我的嘴正忙著在說話，哪有空喝酒？」

胡鐵花忽然放下酒壺，轉過頭，瞪著楚留香道：「你究竟想說什麼？說吧！」

楚留香道：「有一天，你弄了兩罈好酒，就去找『快網』張三，因爲他烤的魚又香又嫩，用來下酒是再好也沒有的了，是不是？」

胡鐵花道：「是。」

楚留香道：「你和他正坐在船頭烤魚吃酒，忽然有條船很快地從你們旁邊過去，船上有三個人，其中有個人你覺得很面熟，是不是？」

胡鐵花道：「是。」

楚留香道：「你覺得面熟的人，原來就是高亞男，你已有很久沒有見到她了，就想跟她打個招呼，她就像沒瞧見，你想跳上她的船去問個明白，又不敢，因爲枯梅大師也在那條船上，你雖然天不怕，地不怕，但枯梅大師卻是你萬萬不敢惹的，是不是？」

胡鐵花這次連「是」字都懶得說了，直著脖子往嘴裡灌酒。

楚留香道：「枯梅大師遁跡已有二十餘年未履紅塵，這一次竟下山來了，而且居然改作俗家打扮，所以你才大吃一驚，才急著去找我，是不是？」

胡鐵花忽然跳了起來，瞪著楚留香叫道：「這些話本是我告訴你的，是不是？」

楚留香道：「是。」

胡鐵花道：「既然是我告訴你的，你爲何又要來問我？你活見鬼了，是不是？」

楚留香笑了，道：「我將這些話再說一次，只不過是想提醒你幾件事。」

胡鐵花道：「什麼事？」

楚留香道：「高亞男想嫁給你的時候，你死也不肯娶她，現在她不理你，本也是天經地義的事，只不過……」

胡鐵花搶著道：「只不過男人都是賤骨頭，胡鐵花更是個特大號的賤骨頭，總覺得只有得不到的女人才是好的，是不是？」

楚留香笑道：「一點也不錯。」

胡鐵花板著臉道：「這些話我已不知聽你說過多少次了，用不著你再來提醒我。」

楚留香道：「我要提醒你的，倒不是這件事。」

胡鐵花道：「是哪件事？」

楚留香道：「你雖然是個賤骨頭，但高亞男還是喜歡你的，她故意不理你，只不過因爲她自己現在正要去做一件極危險的事，她不希望你知道。」

胡鐵花道：「爲什麼？」

楚留香道：「因爲你雖不了解她，她卻很了解你，你若知道她有危險，自然一定會挺身而出的，所以她寧可讓你生她的氣，也不肯讓你去爲她冒險。」

胡鐵花怔住了，吃吃道：「如此說來，她這麼樣做難道全是爲了我？」

楚留香道：「當然這是爲了你，但你呢？你爲她做了什麼？」

他冷笑著接道：「你只會生她的氣，只會坐在這裡喝你的悶酒，只希望快點喝醉，醉得人事不知，無論她遇著什麼事，你都看不到了。」

胡鐵花忽然跳了起來，左手摑了自己個耳刮子，右手將那壺酒拋入江心，脹紅著臉道：「你老臭蟲說得不錯，是我錯了，我簡直是個活活的大混蛋，既然明知眼前就有大事要發生，我就算渴死，也不能喝酒的。」

楚留香笑了，展顏道：「這才是好孩子，難怪高亞男喜歡你，她若知道你居然肯爲她戒酒，一定也開心得很。」

胡鐵花瞪眼道：「誰說我要戒酒，我只不過說這幾天少喝而已……頭可斷，血可流，酒是不可戒的！」

楚留香笑道：「你這人雖然又懶、又髒、又窮、又喜歡喝酒、又喜歡打架，但還是個很可愛的人，我若是女人，也一定會喜歡你。」

胡鐵花笑道：「你若是女人，若要喜歡我，我早就落荒而逃了，又怎會還坐在這裡。」

楚留香和胡鐵花這一生中，也不知經歷過多少次危險了。

每逢他們知道有大事將發生時，一定會想法子盡量使自己的頭腦保持清醒，精神保持輕鬆，盡量讓自己笑一笑。

他們能活到現在，也許就因爲他們無論在什麼時候都能笑得出。

不知何時，前面的船行已慢了下來，兩條船之間的距離已漸漸縮短，霧雖更濃，那大船的輪廓卻已清楚可見。

那大船上的人是不是也看到了這艘小船呢？

楚留香正想叫船行慢些，將兩船間的距離再拉遠，忽然發現前面那條船竟已停下，而且像是漸漸在往下沉落。

胡鐵花顯然也瞧見了，道：「前面船上的燈火怎麼愈來愈低了？船難道在往下沉？」

楚留香道：「好像是的。」

胡鐵花變色道：「船若已將沉，高亞男他們怎會全沒有一點動靜？」

這時兩條船之間距離已不及五丈。

楚留香身形忽然掠起，凌空一轉，已躍上那大船的船頭。

船已傾沒，船艙中已進水。

枯梅大師、高亞男、害羞的少女、黑衣少年丁楓，和操船搖櫓的船伕竟已全都不見了。

夜色淒迷，江上杳無人影。

一陣風吹來，胡鐵花竟已忍不住打了個寒噤，嗄聲道：「這條船明明是條新船，怎麼會忽然沉的？船上的人到哪裡去了？難道全都被水鬼抓去吃了麼？」

他本來是想說句玩笑話的，但一句話未說完，忍不住又機伶伶的打了個寒噤，掌心似已沁出了冷汗。

他長長吸了口氣，忽然又發覺江風中竟帶著一種奇異的腥臭之氣，忍不住問道：「這是什麼味道？你……」

楚留香根本什麼也沒有嗅到，卻發現江水上游流下了一片黑膩膩的油光，將他們這艘小船和已將沉沒的大船全都包圍住了。

胡鐵花的語聲已被一陣急箭破空之聲打斷，只見火光一閃，一根火箭自遠處射入了江心。

接著，「蓬」的一響，剎那之間，整條江水都似已被燃著，變成了一個巨大的洪爐。

楚留香他們的人和船轉瞬間就已被火燄吞沒。

水，熱得很！

楚留香和胡鐵花泡在水裡，頭上都在流著汗。

他們卻覺得很舒服。

因爲這裡並不是燃燒著的大江，只不過是個大浴池而已。

胡鐵花將一塊浴巾浸濕了，再擰成半乾，搭在頭上，閉著眼睛長長嘆了口氣，喃喃自語，道：「同樣是水，但泡在這裡的滋味就和泡在江水裡不同，這正如同樣是人，有的很聰明，有的卻是呆子。」

楚留香眼睛也是閉著的，隨口問：「誰是呆子？」

胡鐵花道：「你是聰明人，我是呆子。」

楚留香失笑道：「你怎麼忽然變得謙虛起來了？」

胡鐵花笑道：「我本來也不想承認的，卻也沒有法子不承認，若不是你，我只怕早已被燒成了一把灰，那裡還有到這裡來洗澡的福氣。」

他又長長嘆了口氣，接著道：「老實說，那時我簡直已嚇呆了，再也想不通江水是怎麼會被燃著的，更想不到火下面原來還是水，若不是你拉我，我還真不敢往下跳。」

楚留香笑了笑，道：「起火之前，你是不是嗅到了一種奇怪的味道？」

胡鐵花道：「是呀……那時我忘了你鼻子不靈，還在問你，等我想起你根本好像沒有鼻子時，火已起來了。」

楚留香道：「你知不知道那是什麼味道？」

胡鐵花道：「我若知道，又怎麼會問你？」

楚留香悠然道：「有鼻子的人反倒要問沒鼻子的人，倒也是件怪事。」

胡鐵花笑了，道：「你方才沒有讓我被燒死，只算是你倒楣，無論你救過我多少次，我還是一樣要臭罵你的。」

他不讓楚留香說話，搶著又道：「這次你既然已救了我，就得告訴我那是什麼味道。」

楚留香也笑了，道：「你這人至少還很坦白……我雖然沒有嗅出那是什麼味道，卻看到了。」

胡鐵花道：「看到了什麼？」

楚留香道：「油。」

胡鐵花道：「油？什麼油？」

楚留香道：「那究竟是什麼油，我也不太清楚，只不過我以前聽說過藏邊一帶，地下產有一種黑油，極易點燃，而且火勢一發就不可收拾。」

胡鐵花皺眉道：「不錯，我也覺得那味道有點油腥，但長江上怎麼有那種黑油呢？」

楚留香道：「自然是有人倒下去的。」

他接著道：「你無論將什麼油倒入水裡，油一定是浮在水上的，所以還是可以燃著，但他們卻忘了油既然浮在水面上，水面下就一定沒有火，只要你有膽子往火裡跳，就一定還是可以跳到水裡去。」

胡鐵花笑道：「若有人想燒死你這老臭蟲，可真不容易。」

楚留香道：「但這些人能將藏邊的黑油運到這裡來，敢在大江上放火，可見他們絕不是尋常人物，一定有組織、有力量、有財源，而且很有膽子。」

胡鐵花道：「我們竟沒有看出那姓丁的小伙子有這麼大的本事。」

楚留香道：「放火的人也許是丁楓，但他卻絕不會是這些人的首腦……至於首腦是誰，你也不必問我，因爲我也不知道。」

胡鐵花皺著眉，沉吟著道：「他們發現了我們在跟蹤，就不惜將自己那條新船弄沉，不惜在江上放火來燒死我們……這些人究竟想幹什麼？」

楚留香道：「我早已說過，這必定是件很驚人的事。」

胡鐵花道：「可是枯梅大師和高亞男，會不會已遭了他們的毒手？」

楚留香道：「絕不會。」

胡鐵花道：「如此說來，他們費了這麼多力氣，難道爲的就是要將枯梅大師和高亞男接走？」

楚留香道：「嗯，也許——」

胡鐵花道：「他們若是對枯梅大師有惡意，枯梅大師怎麼會跟著他們走呢？他們若是對枯梅大師沒有惡意，又爲何要做得如此神秘？」

他問完了這句話，就閉上眼睛，似乎根本不想聽楚留香回答，因爲他知道這些事是誰也回答不出的。

這地方叫「逍遙池」，是個公共浴室，價錢並不比單獨的浴池便宜，但泡在熱氣騰騰的大池裡洗澡，卻別有一種情調；一面洗澡，一面還可以享受和朋友聊天的樂趣，所以蘇浙一帶的男人們，無論貧富，上午喝過了早茶，下午都喜歡到這裡泡上一兩個時辰。

浴池裡當然不止他們兩個人，但隔著一層薄薄的水霧，誰也看不清對方的面目，何況到這裡來的人，大多是爲了自己的享受，鬆弛鬆弛自己的神經，誰也不願理會別人，也不願別人理會自己。

在浴池的另一邊，還有兩三個人在洗腳、搓背，另外有個人已泡得頭暈，正在旁邊的清水槽前沖洗。

這幾個人好像並沒有留意到楚留香，楚留香也沒有留意他們，在這種地方，大家都是赤條條的相會，誰也看不出對方的身分，無論是王侯將相，是名士高人，一脫光了，就和販夫走卒全沒有什麼分別了。

楚留香很喜歡到這種地方來，他發現一個人只有在脫光了，泡在水裡的時候，才能夠完全了解自己，看清自己。

還有許多大商人也喜歡到這種地方來談生意，因爲他們也發現彼此肉膊相見時，機詐之心就會少些。

那邊角落裡有兩個人正在竊竊私語，也不知在談些什麼，其中有個人楚留香彷彿覺得很面熟，一時卻想不起是誰了。

站在水槽前的那人已沖完了，一面擰著布巾，一面走出去。

這人的兩腿很細，很長，上身卻很粗壯，肩也很寬，走起路來搖搖晃晃的，像是隨時都可能跌倒。

但楚留香一眼就看出這人的輕功極高，所使的兵器份量卻一定很重，顯見也是位武林高手。

輕功高的人，所使的兵刃大多也是便於攜帶的，有時甚至只帶暗器，輕功既高，又用重兵器的人江湖中並不多。

楚留香嘴角帶著一絲笑意，似已猜出這人是誰了。

泡在水池裡觀察別人的舉動，分析別人的身分，猜測別人的來歷，也是到這裡來洗澡的許多種樂趣之一。

那長腿的人剛走到門口，門外突然衝進一個人來。

這人的神情很張惶，彷彿被鬼在追著似的，一衝進來，就「噗通」一聲，跳入水池裡。

水花四濺，濺得胡鐵花一頭都是。

胡鐵花瞪起眼睛，正想開口罵人，但一瞧見了這人，滿面的怒容立刻變作了笑意，笑罵著道：「你這冒失鬼，不在河上下網，怎地跑到這裡來了，難道想在這混水裡摸幾條魚麼？」

楚留香也失笑道：「我看你倒要小心些，莫要被他的『快網』網了去。」

從外面衝進來的人，原來正是楚留香和胡鐵花剛剛還談起過的「快網」張三，這人不但水性高，魚烤得好，而且機警伶俐，能說會道，眼皮雜，交的朋友也多，對朋友當然也很夠義氣。

這人樣樣都好，只有樣毛病。

只要一看到好的珍珠，他的手就癢了，非想法子弄到手不可，黃金白銀、翡翠瑪瑙，樣樣都打動不了他的心。

他愛的只有珍珠。

他看到珍珠，就好像胡鐵花看到好酒一樣。

但現在他看到楚留香和胡鐵花，卻像是比看到珍珠還高興，仰面長長吐出了口氣，笑道：「救苦救難王菩薩，我張三果然是福大命大，到處遇見貴人。」

胡鐵花笑罵道：「看你沒頭沒腦的，莫非撞見鬼了麼？」

「快網」張三嘆了口氣，苦笑道：「真撞見鬼也許反倒好些，我撞到的實在比鬼還兇。」

胡鐵花皺眉道：「什麼人居然比鬼還兇，我倒想瞧瞧。」

張三道：「你……」

他剛開口，外面突然傳入了一陣驚吵聲。

那長腿的人本已走出了門，此刻突又退了回來。

只見一個沙啞的男人聲音道：「姑娘，這地方你來不得的。」

另一人道：「別人來得，憑什麼我就來不得，憑什麼我就來不得？」聲音又急又快，但卻嬌美清脆，竟像是個少女的口音。

那男人著急道：「這是男人洗澡的地方，大姑娘怎麼能進去？」

那少女道：「你說不能進去，我就偏要進去，非進去不可。」

她冷笑了兩聲，語聲又提高了些，道：「臭小偷，你逃到這裡，以爲本姑娘就不敢來了麼？告訴你，你逃到森羅殿，姑娘也要追你見閻羅王。」

胡鐵花伸了伸舌頭，失笑道：「這小姑娘倒真兇得緊……」

他瞟了張三一眼，就發現張三的臉已嚇得全無人色，忽然一頭扎進又熱又混的洗澡水裡，竟再也不敢伸出頭來。

胡鐵花皺著眉笑道：「有我們在這裡，你怕什麼？何必去喝人家的洗腳水。」

楚留香也笑了。

他一向喜歡遇到有趣的人，外面這小姑娘想必也一定有趣得很，他倒希望她真的敢撞到這裡面來。

但又有什麼女人敢闖進男人的洗澡堂呢？

外面愈吵愈兇，那浴室的掌櫃大叫道：「不能進去，千萬不能……」

了。

話未說完，只聽「啪」的一聲，這人顯見是被重重的摑了一巴掌，打得他連嘴都張不開

接著，外面就衝進兩個人來。

赫然竟真的是兩個女人。

誰也想不到竟真有女人敢闖進男人的洗澡堂，那長腿的人身子一縮，也跳入水裡，蹲了下去。

只見這大膽的女人不但年紀很輕，而且美極了，直鼻樑、櫻桃嘴，一雙眼睛又大又亮，天上也找不出這麼亮的星星。

她打扮得更特別，穿的是一件繡著金花墨風的大紅箭衣，一雙粉底官靴，配著同色的灑腳褲。頭上戴著頂紫金冠，腰上束著同色的紫金帶，驟然一看，正活脫脫像是個剛從靶場射箭下來的王孫公子。

但世上又哪有這麼美的男人？

跟著進來的是一個十四五歲的小丫頭，圓圓的臉，彷彿吹彈得破，不笑時眼睛裡也帶著三分甜甜的笑意。

楚留香和胡鐵花對望一眼，心裡都覺得有些好笑。

兩人都已看出這少女金冠上本來是鑲著粒珍珠的，而且必定不小，現在珍珠卻已不見了。

珍珠到哪裡去了呢？

「快網」張三這小子的毛病想必又犯了！

但「快網」張三非但水性精純，陸上的功夫也絕不弱，輕功和暗器都很有兩下子，爲什麼會對這小姑娘如此害怕？

這紅衣少女一雙大眼睛轉來轉去，水池裡每個男人都被她瞪過幾眼，胡鐵花巳被她瞪得頭皮發癢。

赤條條的泡在水池裡，被一個小姑娘瞪著——

這實在不是件好受的事。

那小丫頭臉已早紅了，躲在紅衣少女背後，彷彿不敢往外瞧，卻又不時偷偷的往楚留香這邊瞟一眼。

楚留香覺得有趣極了。

紅衣少女忽然大聲道：「方才有個和猴子一樣的男人逃進來，你們瞧見了沒有？」

水池裡的男人沒有一個說話的。

紅衣少女瞪著眼道：「你們只要說出來，我重重有賞，若是敢有隱瞞，可得小心些。」

胡鐵花眨了眨眼睛，忽然道：「姑娘說的可是個有點像猴子的人麼？」

紅衣少女道：「不錯，你看到了？」

胡鐵花悠然道：「若是這麼樣的人，我倒真見到了一個。」

水裡的張三一顆心幾乎已將從腔子裡跳了出來，心裡恨不得把胡鐵花的嘴縫起來，叫他永遠也喝不了一滴酒。

楚留香也覺得很好笑。

他當然知道胡鐵花不是個出賣朋友的人，最多也只不過是想要張三吃些小苦頭，把那毛病改一改。

那紅衣少女眼睛更亮了，道：「那人在哪裡？你說，說出來有賞。」

胡鐵花道：「賞什麼？」

紅衣少女「哼」了一聲，隨手拋出了樣東西，拋入水裡，楚留香眼尖，已看出竟是錠黃澄澄的金子。

這小姑娘的出手倒一點也不小。

「能隨手拋出錠黃金來的人，來頭自然不小。」

楚留香覺得更有趣了。

胡鐵花從水裡撈起了那錠金子，像是還不敢相信這是真的，仔細瞧了瞧，才眉開眼笑的道：「多謝姑娘。」

紅衣少女道：「那人呢？在哪裡？」

胡鐵花摸了摸鼻子，悠然道：「那人麼……」

他也知道這時浴池裡每個人都在瞪著他，每個人都帶著一臉看不起他的神色，爲了一錠金子就出賣朋友的人，畢竟還是惹人討厭的。

但胡鐵花還是不臉紅，不著急，慢吞吞的伸出手來，往楚留香的鼻子上指了指，笑嘻嘻道：「人就在這裡，姑娘難道沒瞧見麼？」

這句話說出，有的人怔住，有的人忍不住笑出聲來。

楚留香更是哭笑不得。

紅衣少女的臉都氣白了，怒道：「你……你敢開我的玩笑！」

胡鐵花笑道：「在下怎敢開姑娘的玩笑，喏，姑娘請看這人，豈非正活脫脫像是個猴子……姑娘找的難道不是他麼？」

紅衣少女瞪了楚留香一眼，看到楚留香那種哭笑不得的樣子，目中也不禁現出一絲笑意。

那小丫頭早已掩著嘴，吃吃的笑個不停。

胡鐵花更得意了，笑著道：「這裡像猴子的人只有他一個，姑娘找的若不是他，那在下可就不知道是誰了。」

紅衣少女沉著臉，顯然也不知該怎麼樣對付這人才好。

她究竟還年輕，臉皮這麼厚的男人，她實在還沒見過。

那小丫頭瞟了楚留香一眼，忍住笑道：「姑娘，咱們不如還是走吧！」

紅衣少女忽然「哼」了一聲，大聲道：「我爲什麼要走？爲什麼要走？」

她說得又急又快，常常將一句話重覆兩次，像是生怕別人聽不清，她一句話說兩次，比別人說一次也慢不了許多。

那小丫頭道：「那小偷好像真的不在這裡……」

紅衣少女冷笑了幾聲，道：「其實我也不是完全來找他的。普天之下，什麼地方我都見識過，只有這種地方沒來過，我就偏要到這裡來瞧瞧，看有誰敢把我趕出去！」

胡鐵花拊掌笑道：「對，一個人活在世上，就是要像姑娘這樣活著才有意思，像姑娘這樣的人，在下一向是最佩服的了。」

紅衣少女道：「哼！」

胡鐵花道：「只可惜姑娘的膽子還是不夠大。」

紅衣少女瞪眼道：「你說什麼？」

胡鐵花笑嘻嘻道：「姑娘若敢也跳到這水池裡來，才算真的有膽子、有本事！」

紅衣少女的臉都氣黃了，突然伸手一拉腰上束著的紫金帶，只聽「嗆」的一聲，她手裡已多了柄精光四射的長劍。

這柄劍薄而細，正是以上好緬鐵打成的軟劍，平時藏在腰帶裡，用時迎風一抖，就伸得筆直。

這種劍剛中帶柔，柔中帶軟，劍法上若沒有很深造詣，要想使這種劍並不容易。

浴池裡已有兩個人面上露出了驚訝之色，像是想不到這驕縱潑辣的小姑娘，竟也能使這種軟劍。

只見她腳尖點地，一閃身就躍上了浴池的邊緣，反手一劍，向胡鐵花的頭頂上削了過去。

這一劍當真是又快、又準、又狠。

胡鐵花「哎喲」一聲，整個人都沉入水裡，別人只道他已中劍了，誰知過了半晌，他又從水池中央笑嘻嘻的伸出頭來，笑道：「我只不過要了姑娘一錠金子，姑娘就想要我的命麼？」

紅衣少女眼睛裡似已將冒出火來，厲聲道：「你若是男人，就滾出來，滾出來！」

胡鐵花嘆了口氣，道：「我當然是男人，只可惜沒穿褲子，怎麼敢出來呢？」

紅衣少女咬著牙，跺腳道：「好，我到外面去等你，諒你也跑不了。」

她畢竟是個女人，臉已有些紅了，說完了這句話，就頭也不回的走了出去，像是已氣得發抖。

那小丫頭笑瞇瞇瞟了楚留香一眼，道：「你這朋友玩笑開得太大了，你還是趕緊替他準備後事吧！」

說到「準備後事」四字，她的臉也沉了下來，轉身走了出去。

楚留香嘆了口氣，喃喃道：「看來她倒真不是說笑了，我只有破費兩文，去買棺材了。」

胡鐵花笑道：「用不著棺材，把我燒成灰，倒在酒罈子裡最好。」

清了清喉嚨，又道：「其實我也不是存心開她玩笑的，只不過這小姑娘實在太兇、太橫、太不講理，而且動不動就要殺人，我若不教訓教訓她，以後怎麼得了？」

楚留香淡淡道：「只怕你非但教訓不了她，還被她教訓了。」

「快網」張三忽然悄悄從水裡伸出頭來，悄悄道：「一點也不錯，我看你還是快些溜了吧。」

胡鐵花瞪眼道：「溜？我爲什麼要溜？你以爲我真怕了那小姑娘？」

張三嘆了口氣，道：「你可知道她是誰麼？」

胡鐵花道：「她是誰？難道會是王母娘娘的女兒不成？」

他接著又道：「看她的劍法，的確是得過真傳的，出手也很快，但仗著這兩手劍法就想欺人，只怕還差著些。」

張三道：「你也許能惹得了她，但她的奶奶你卻是萬萬惹不起的。」

胡鐵花道：「她奶奶是誰？」

張三的眼角無緣無故的跳了兩下，一字字道：「她奶奶就是『萬福萬壽園』的金太夫人，她就是金太夫人第三十九孫女『火鳳凰』金靈芝。」

胡鐵花怔住了。

胡鐵花是個死也不肯服輸的人，但這位「金太夫人」他倒的確是惹不起的——非但他惹不起，簡直沒有人能惹得起。

若以武功而論，石觀音、「水母」陰姬、血衣人……這些人的武功也許比金太夫人高些。

但若論勢力之大，江湖中卻沒有人能比得上這金太夫人了。

金太夫人一共有十個兒子、九個女兒、八個女婿、三十九個孫兒孫女，再加上二十八個外孫。

她的兒子和女婿有的是鏢頭，有的是總捕頭，有的是幫主，有的是掌門人，可說沒有一個不是江湖中的頂尖高手。

其中只有一個棄武修文，已是金馬玉堂，位居極品。還有一個出身軍伍，正是當朝軍功最盛的威武將軍。

她有九個女兒，卻只有八個女婿，只因其中有一個女兒已削髮爲尼，投入了峨嵋門下，傳了峨嵋「苦因大師」的衣鉢。

她的孫兒孫女和外孫也大都已成名立萬，「火鳳凰」金靈芝是最小的一個，也是金老太太最喜歡的一個。

最重要的是，金老太太教有方，金家的子弟走的都是正路，絕沒有一個爲非作歹的，是以江湖中提起金太夫人來，大家都尊敬得很。

這樣的人，誰惹得起？

胡鐵花怔了半晌，才嘆了口氣，瞪著張三道：「你早就知道她是金老太太的孫女了？」

張三點頭道：「嗯。」

胡鐵花道：「但你還是要偷她的珍珠……你莫非吃魚吃昏了、喝酒喝瘋了麼？」

張三苦笑道：「我本來也不敢打這主意，但那顆珠子……唉，那顆珠子她實在不該戴在頭上的，我只瞧了一眼，魂就飛了，不知不覺的就下了手……唉，我又怎會想到她敢追到男人的洗澡堂來呢？」

只聽火鳳凰在外面大聲道：「你反正跑不了，為何還不快出來！」

胡鐵花皺了皺眉道：「這位姑娘的性子倒真急。」

他忽然拍了拍楚留香的肩頭，陪笑道：「我知道你一向對女人最有法子，這位姑娘也只有你能對付她，看來我也只有請你出馬了。」

楚留香笑了笑，悠然道：「我不行，我長得像猴子，女人一見就生氣。」

胡鐵花道：「誰說你長得像猴子？誰說的？那人眼睛一定有毛病，他難道看不出你是天下最英俊、最瀟灑的男人麼？」

楚留香閉上眼睛，不開口了。

胡鐵花笑道：「其實，這也是個好機會，說不定將來你就是金老太太的孫女婿，我們做朋友的，也可以沾你一點光。」

楚留香像是已睡著，一個字也聽不見。

張三悄悄道：「三十六計，走為上計，我看，你還是……」

胡鐵花忽然濕淋淋地從水裡跳了起來，大聲道：「不管她是金老太太的孫女也好，銀老太太的孫女也好，總不能蠻不講理，她若不講理，無論她是誰，我都能比她更不講理。」

楚留香這才張開眼來，悠悠道：「從來也沒人說過你講理的。」

胡鐵花已圍起塊布巾，衝了出去。

浴池裡的人立刻也跟著跳出來，這熱鬧誰不想看？

那長腿的人走過時，忽然向楚留香笑了笑。

楚留香也對他笑了笑。

長腿的人帶著笑道：「若是我猜得不錯，尊駕想必就是……」

他向後面瞧了一眼，忽然頓住語聲，微笑著走了出去。

走在他後面的正是楚留香覺得很面熟的人。

這人的臉紅得就像是隻剛出鍋的熟螃蟹，也不知是生來如此？是被熱水泡紅？還是看到楚留香之後才脹紅的？

他自始至終都沒有向楚留香瞧過一眼，和他同行的人眼角卻在偷偷瞟著楚留香，但等到楚留香望向他時，他就低下頭，匆匆走了出去。

「快網」張三悄悄道：「這兩人看來不像是好東西，我好像在哪裡見過他們。」

楚留香似乎在想什麼，隨口道：「嗯，我好像也見過他們。」

張三道：「那個腿很長的人，輕功必定極高，派頭也很大，想必也是個很有來頭的人物，但我卻從未見過他。」

他笑了笑，接著道：「我未見過的人，就一定是很少在江湖走動的。」

楚留香道：「嗯。」

張三道：「這地方雖然有碼頭，但平時卻很少有武林豪傑來往，今天一下子就來了這麼多人，倒也是件怪事。」

楚留香忽然笑了笑，道：「你說了這麼多話，只不過想拉著我在這裡陪你，是不是？」

張三的臉紅了。

楚留香道：「但人家爲你在外面打架，你至少也該出去瞧瞧吧！」

張三道：「好，出去就出去，跟你在一起，我哪裡都敢去。」

楚留香道：「你出去之前，莫忘了將藏在池底的珍珠也帶去。」

張三的臉更紅了，搖著頭嘆道：「爲什麼我無論做什麼事，總是瞞不過你……」

逍遙池的門不大。

浴室的門都不會大，而且一定掛著很厚的簾子，爲的是不讓外面的寒風吹進來，不讓裡面的熱氣跑出去。

現在簾子已不知被誰掀開了，門外已擠滿了一大堆人。

居然有個大姑娘膽敢跑到男人的澡堂裡來，已是了不得的大新聞，何況這大姑娘還拿著長劍要殺人。

胡鐵花正慢吞吞地在穿衣服。

「火鳳凰」金靈芝這次倒沉住了氣，鐵青著臉站在那裡，只要有人敢瞧她一眼，她就用那雙大眼睛狠狠地瞪過去。

胡鐵花慢慢地扣好了扣子，道：「你難道真想要我的命？」

金靈芝道：「哼。」

胡鐵花嘆道：「年紀輕輕地小姑娘，為什麼一翻臉就要殺人呢？」

金靈芝瞪眼道：「該殺的人我就殺，為什麼要留著？為什麼要留著？」

胡鐵花道：「你一共殺了多少人？」

金靈芝道：「一千個，一萬個，無論多少你都管不著。」

胡鐵花道：「你若殺不了我呢？」

金靈芝咬著牙道：「我若殺不了你，就把腦袋送給你！」

胡鐵花道：「我也不想要你的腦袋，你若殺不了我，只望你以後永遠也莫要再殺人了，這世上真正該死的人並不多。」

金靈芝叱道：「好——」

一個字出口，劍光已匹練般刺向胡鐵花咽喉。

她劍法不但又快又狠，而且一出招就是要人命的殺手。

胡鐵花身形一閃，就躲開了。

金靈芝瞪著眼，一劍比一劍快，轉瞬間已刺出了十七八劍，女子使的劍法大多以輕靈為主，但她的劍法走的是剛猛一路，只聽劍風破空之聲哧哧不絕，連門口的人都遠遠躲開了。

這地方雖是讓顧客們更衣用的，但地方並不大，金靈芝劍鋒所及，幾乎已沒有留下對方可以閃避的空隙。

只可惜她遇著的是胡鐵花。若是換了別人，身上只怕已被刺穿了十七八個透明窟窿。

胡鐵花別的事沉不住氣，但一和人交上手，就沉得住氣了，只因他和人交手的經驗實在豐富極了，簡直很少有人能比得上他，別人一打起架來總難免有些緊張，在他看來卻好像家常便飯一樣。

就算遇見武功比他高得多的對手，他也絕不會有半點緊張。所以別人看不出的變化，他都能看得出，別人躲不開的招式，他都能躲開。

只見他身形遊走，金靈芝的劍快，他躲得更快。

金靈芝第十九劍刺出，突又硬生生收了回來，瞪著眼道：「你為何不還手？」

胡鐵花笑了笑，道：「是你想殺我，我並沒有想殺你！」

金靈芝跺了跺腳，道：「好，我看你還不還手，看你還不還手？」

她一劍刺出，劍法突變。

直到此刻為止，她出手雖然迅急狠辣，劍法倒並沒有什麼特別奇妙之處，「萬福萬壽園」的武功本不以劍法見長。

但此刻她劍法一變，只見劍光綿密，如拔絲、如剝繭、如長江大河，滔滔不絕，不但招式奇幻，而且毫無破綻。

就算不識貨的人，也看得出這種劍法非尋常可比。

要知世上大多數劍法本都有破綻的，若是沒有破綻，就一定不知經過多少聰明才智之士改進。

但這許多聰明才智之士既然肯不惜竭盡智力來改進這套劍法，那麼這套劍法的本身，自然也必定有非凡之處。

「快網」張三躲在門後，悄悄道：「這好像是峨嵋派的『柳絮劍法』。」

楚留香道：「不錯。」

張三道：「她七姑是峨嵋苦因師太的衣鉢弟子，這套劍法想必就是她七姑私下傳授給她的。」

楚留香點了點頭，還未回話。

只聽金靈芝喝道：「好，你還不回手……你能再不回手算你本事！」

喝聲中，她劍法又一變。

綿密的劍式，忽然變得疏淡起來。

漫天劍氣也突然消失。

只見她左手橫眉，長劍斜削而出，劍光似有似無，出手似快似慢，劍路似實似虛，招式將變未變。

不識貨的人這次已看不出這種劍法有什麼巧妙了。

有的人甚至以爲這小姑娘心已怯，力已竭。

但楚留香看到她這一招出手，面上卻已不禁爲之聳然動容。

他已看出這一招正是華山派的鎮山劍法「清風十三式」中第一式「清風徐來」。

# 二　玉帶中的秘密

武林七大門派齊名，說起來雖以「少林」、「武當」爲內外家之首，其實「崑崙」、「點蒼」、「峨嵋」、「南海」、「華山」，也各有所長，是以這七大門派互相尊敬，卻也絕不相讓。

只不過若是說起劍法來，無論是哪一門，哪一派的，都絕不敢與華山爭鋒，只因華山派這一套「清風十三式」的確是曼妙無儔，非人能及，連崑崙的「飛龍大九式」都自愧不如。

這「清風十三式」妙就妙在「清淡」兩字，講究的正是：「似有似無，似實似虛，似變未變。」正如羚羊掛角，無跡可尋，對方既然根本就摸不清他的劍路和招式，又怎能防避招架？

高亞男號稱「清風女劍客」，劍法之高，連楚留香都佩服得很；但是她也並未將這「清風十三式」學全，只不過學會了九式而已。

除了高亞男外，枯梅大師根本就未將這「清風十三式」的心法傳授給任何弟子，華山派以外的人，自然更無從學起。

但現在金靈芝居然竟使出了一招「清風徐來」，非但楚留香爲之聳然動容，胡鐵花更是嚇了一大跳。

只聽「哧」的一聲，他衣襟已被劍劃破，冰冷的劍鋒堪堪貼著他皮肉劃過，差點兒就要了他的命！

以胡鐵花的武功，本來是不會躲不開這一招的，但他已不知見過高亞男使過多少次「清風徐來」了。這一招「清風徐來」的劍式，他也已學得似模似樣，只不過其中的神髓，他卻無論如何也學不會。

高亞男自然也絕不會將心法傳授給他，枯梅大師門規嚴謹，誰也沒這麼大的膽子敢將師門心法私下傳授給別人。

此刻金靈芝居然使出了一招「清風徐來」，而且神充氣足，意在劍先，竟似已得到了「清風十三式」的不傳之秘！

若是換了別人也還罷了，胡鐵花卻深知其中厲害，自然難免吃驚，一驚之下，心神大分，竟險些送了命！

金靈芝一招得手，第二招已跟著刺出。只見她出手清淡，劍法自飄忽到妙，如分花拂柳，赫然又是一招「清風十三式」中的「清風拂柳」！

就在這時，突見人影一閃，她的手腕已被一個人捉住。

這人來得實在太快，快得不可思議。

金靈芝眼角剛瞥見這人的影子，剛感覺到這人的存在，這人已將她的手腕脈門輕輕扣住。

這人的出手並不勁，但也不知怎的，金靈芝被他一隻手扣住，全身的力氣，就連半分也使不出來。

她大驚回頭，才發現這人正是方才也泡在浴池裡，被人罵做「活像隻猴子」居然還面帶笑容的人。

他現在面上正也帶著同樣的笑容。

金靈芝本覺他笑得不討厭，現在卻覺得他笑得不但討厭，而且可恨極了，忍不住大叫了起來，道：「你想幹什麼？想兩個打一個？不要臉，不要臉！」

楚留香等她罵完了，才微笑著道：「我只想請問姑娘一件事。」

金靈芝大聲道：「我根本不認得你，你憑什麼要問我？」

楚留香淡淡道：「既是如此，在下不問也無妨，只不過……」

他說到這裡，忽然就沒有下文了，居然真的是說不問，就不問。

金靈芝等了半晌，反而沉不住氣了，忍不住問道：「只不過怎樣？」

楚留香笑了笑，道：「我要問的是什麼，姑娘說不定也想知道的。」

金靈芝道：「你要問什麼？」

這句話她連想都沒想，就脫口而出。

胡鐵花暗暗好笑！

這老臭蟲對付女孩子果然有一手，他曾經說過：「女孩子就像人的影子，你若去追她、逼她，她永遠在你前面，你一轉身，她就反而會來盯著你了。」這話看來倒真的是一點都不假。

只聽楚留香沉聲說道：「我只想請問姑娘，姑娘方才使出的這『清風十三式』，是從哪裡學來的？」

金靈芝的臉色突然變了，大聲道：「什麼『清風十三式』？我哪裡使出過『清風十三式』來？你看錯了，你眼睛一定有毛病。」

這就像小孩子偷糖吃，忽然被大人捉住，就只有撒賴，明明滿嘴是糖，卻硬說沒有，明明知道大人不相信，還是要硬著頭皮賴一賴。

誰知楚留香只笑了笑，居然也不再追問下去了。

金靈芝聲音更大，瞪著眼道：「我問你，你是幹什麼的？八成也是那小偷的同黨，說不定就是窩主，識相的就快把我那珍珠還來！」

人家不問她，她反而問起人家來了，這就叫「豬八戒倒打一耙」，自己心裡有鬼的人，大多都會使這一套的。

楚留香還是不動聲色，還是帶著笑道：「窩主倒的確是有的，只不過……不是我。」

金靈芝道：「不是你是誰？」

楚留香道：「是……」

他伸出手，徐徐的劃著圈子，指尖在每個人面前都像是要停下來，經過胡鐵花面前的時候，胡鐵花心裡暗道：「糟了。」

他方才說楚留香「活像猴子」，以為楚留香這下子一定要修理修理他了，誰知楚留香的手並沒有在他面前停下來。

那臉色好像熟螃蟹一樣的人也早已穿起了衣服，穿的是一件紫緞團花的袍子，腰上還繫著根玉帶。

他身材本極魁偉，脫得赤條條時倒也沒什麼，此刻穿起衣服來，紫紅的緞袍配著他紫紅色的臉，看來當真是像貌堂堂，威風凜凜，派頭之大，門裡門外幾十個人就沒有一個能比得上他的。

他本來已經想走了，怎奈門口有人打架，出路被堵住，想走也走不了，只有站在旁邊瞧熱鬧。

只是他彷彿對楚留香有什麼忌憚，始終不敢正眼去看楚留香，只聽楚留香將「是」字拖得長長的，到現在才說出一個「他」字。

他發現每個人臉上都現出了驚訝奇怪之色，而且眼睛都在望著他，他也有些奇怪了，忍不住想瞧瞧楚留香手指的是誰。

他再也想不到，楚留香的手正不偏不倚指著他的鼻子！

只聽楚留香悠然道：「他不但是窩主，而且還是主使，那顆珍珠就藏在他身上！」

這紫袍大漢的臉立刻脹得比熟螃蟹更紅了，勉強擠出一絲笑容，吃吃道：「這……這位朋友真會開玩笑。」

楚留香板著臉，正色道：「這種事是萬萬開不得玩笑的。」

紫袍大漢笑道：「這位姑娘的珍珠是圓是方在下都未見過，閣下不是在開玩笑是什麼？」

這人顯然也是經過大風大浪的老江湖了，驟然吃了一驚，神情難免有些失措，但立刻就恢復了從容。

楚留香目光四掃，道：「各位有誰看到過方的珍珠？……這位朋友若說連珍珠是圓的都不知道，那不但是在開玩笑，簡直是在騙小孩子了。」

紫袍大漢看到別人臉上的神色，知道大家都已被這番話打動，他就算再沉得住氣，此刻也不禁有些發急了，冷笑著道：「閣下如此血口噴人，究竟是什麼意思？好在事實俱在，我也不必再多作辯駁……」

他一面說，一面往外走，似乎怒極之下，已要拂袖而去。

楚留香也沒有攔他，只是放鬆了抓住金靈芝的脈門的手。

只見劍光一閃，金靈芝已攔住了這紫袍大漢的去路，用劍尖指著他的鼻子，冷笑著道：「你想溜？溜到哪裡去？」

紫袍大漢的臉被劍光一映，已有些發青，勉強笑道：「姑娘難道真相信了他的話？」

金靈芝道：「我只問你，珍珠是不是你偷的？」

紫袍大漢用眼角瞟了楚留香一眼，道：「我若說珍珠是這人偷的，姑娘可相信麼？」

楚留香淡淡道：「珍珠若在我身上，就算是我偷的也無妨。」

紫袍大漢的心彷彿已定了，冷笑道：「如此說來，珍珠難道在我身上麼？」

楚留香道：「那倒是一點也不假。」

紫袍大漢突然仰面大笑起來，道：「笑話……嘿嘿，這真是天大的笑話。」

楚留香道：「若從你身上將那珍珠搜出來，那就不是笑話了。」

他話未說完，那小丫頭在旁邊叫了起來道：「對，只有搜一搜才知道誰說的話是真？誰說的是假？」

紫袍大漢的臉色變了，跟著他來的那人，已忍不住衝了過來，反手握住腰上的佩刀，厲聲道：「你們真的要搜？」

那小丫頭眼睛笑瞇瞇瞟著楚留香，道：「只要不做賊心虛，搜一搜又有何妨？」

那人一瞪眼，似乎就想拔刀。

但紫袍大漢反而將他的手拉住了，搶著道：「要搜也無妨，但若搜不出呢？」

楚留香道：「若搜不出，就算我偷的，我若賠不出珍珠，就賠腦袋。」

紫袍大漢道：「各位都聽到了，這話可是他自己說的。」

楚留香沉下了臉，道：「我說話一向言而有信，這點你想必也知道。」

紫袍大漢竟還是不敢正眼瞧他，轉過頭道：「好，你們來搜吧！」

那小丫頭笑道：「是不是先得要他脫光了再搜？」

楚留香笑道：「那倒也不必，我知道珍珠就藏在他束腰的那根玉帶裡，只要他將那根玉帶解下來看看就行了。」

紫袍大漢的臉色又變了，雙手緊握著玉帶，再也不肯放鬆，像是生怕被別人搶去似的。

那小丫頭道：「解下來呀，難道你不敢麼？」

金靈芝劍尖閃動，厲聲道：「不解也得解！」

胡鐵花一直在旁邊笑嘻嘻的瞧著，此刻忽然道：「他當真敢不解下來，我倒佩服他的膽子！」

那佩刀的人又想動手了，但紫袍大漢又攔住了他，大聲道：「好，解就解，但你自己方才說的話，可不能忘記。」

楚留香道：「既是如此，我就得親手檢查檢查，這件事關係重大，我好歹也只有一個腦袋……各位說是不是？」

大家雖未點頭，但目中已露出同意之色。

紫袍大漢跺了跺腳，終於解下玉帶，道：「好，你拿去！」

這玉帶對他實在是關係重大，方才他洗澡時都是帶在手邊的，平時無論如何他也不肯解下。

但此時此刻，眾目睽睽之下，他若不解，豈非顯得無私有弊？何況金靈芝手裡的劍尖距離他面目還不及一尺。更何況他早已知道楚留香是誰了。

好在他自己知道自己根本連碰都沒有碰那珍珠，方才也沒有別人沾過他的身，他也不怕有人來栽贓。

玉帶解下，他反倒似鬆了口氣，斜眼瞪著楚留香，嘴角帶著冷笑，好像已在等著要楚留香的腦袋了。

他卻不知道想要楚留香腦袋的人何止他一個，但到現在爲止，楚留香的腦袋還是好好的長在頭上。

每個人的眼睛都在瞪著楚留香的手。

只見楚留香雙手拿著那根玉帶仔細瞧了幾眼，突然高高舉起，手一扳，只聽「哧哧」之聲不絕於耳，玉帶中竟暴雨般射出了數十點寒星；接著就是「奪，奪，奪」一串急響，數十點寒星全都射入了屋頂，一閃一閃的發著慘碧色的光芒。

這暗器又多又急，瞧那顏色，顯然還帶著見血封喉的劇毒。別人與他交手時，怎會想到他腰中還藏著暗器，自是防不勝防。

旁邊瞧的人雖然大多不是武林中人，但其中的厲害卻是人人都可以想得到的，大家都不禁爲之失色。

金靈芝冷冷道：「好歹毒的暗器，帶這種暗器的，想必就不會是好人。」

紫袍大漢臉色又發青，亢聲道：「暗器是好是歹都無妨，只要沒有珍珠，也就是了。」

楚留香道：「各位現在想必已看出這玉帶是中空的，珍珠就藏在裡面……喏，各位請留心瞧著……」

他兩隻手忽然一扳，「崩」的一聲，玉帶已斷了，裡面掉下了一樣東西，骨碌碌在地上滾個不停。

眼快的人都已瞧見，從玉帶裡落下來的，赫然正是一粒龍眼般大小，光彩圓潤奪目的珍珠！

紫袍大漢幾乎暈了過去，心裡又驚、又急、又痛。

痛的是他這「玉帶藏針」得來極不容易，二十年來已不知救過他多少次命，幫他傷過了多少強敵。

製造這條玉帶的巧手匠人，已被他自己殺了滅口，如今玉帶被毀，再想同樣做一根，已絕無可能了。

驚的是他明明沒有偷這珍珠，珍珠又怎會從他玉帶中落下呢？

珍珠既然在他玉帶裡，他再想不承認也不行了。這叫他如何不急？

紫袍大漢情急之下，狂吼一聲，就想去搶那珍珠。

但別人卻比他更快。

胡鐵花橫身一攔，迎面一拳，他急怒之下，章法大亂，竟未能避開，胡鐵花這一拳正打在他肩頭上。

只聽「砰」的一聲，他的人已被打得退出七八步去，若非那佩刀的人在旁邊扶著，他就難免要仰天跌倒。

但胡鐵花自己也暗暗吃了一驚，他自己當然很明白自己拳頭上的力量，這一拳雖然只用了四五成力，已足以打得人在床上睡上個十天半個月的了，江湖中能捱得了他這一拳的人，只怕沒幾個。

這紫袍大漢捱了一拳，居然並沒有什麼事，不說他的暗器歹毒，單說他這一身硬功大，已是武林中的一流高手。

那小丫頭已乘機將珍珠撿了起來，送過去還給金靈芝。

楚留香面帶微笑，道：「不知這珍珠可是姑娘失落的麼？」

金靈芝鐵青著臉，瞪著那紫袍大漢，厲聲道：「你還有什麼話說？」

紫袍大漢還未說話，那佩刀的人實在忍不住了，大喝道：「大爺們就算拿了你一顆珍珠，又有什麼了不起！成千上萬兩的銀子，大爺們也是說拿就拿，也沒有人敢咬掉大爺的蛋去。」

金靈芝怒極反笑，冷笑道：「好，有你這句話就行了！」

話未說完，劍已刺出。只見劍光飄忽閃爍，不可捉摸。

她怒極之下，情不自禁，又赫然的使出一招清風十三式。

楚留香和胡鐵花交換了個眼色，會心微笑。

就在這時，突見人影一閃，一個人自門外斜掠了進來！這人來得好快！

金靈芝的劍早已刺出，但這人竟比她的劍還快。

只聽「啪」的一聲，金靈芝的劍竟被他的兩隻手夾住！

這一來連楚留香都不免吃了一驚。

這人身法之快，已很驚人，能以雙手夾住別人的劍鋒，更是驚人，但令楚留香吃驚的倒還不是這些。

金靈芝此刻所使的劍法，若不是「清風十三式」，倒也沒什麼，但她此刻用的正是「清風十三式」。

這種劍法的變化誰也捉摸不到，連楚留香也無法猜透她的劍路，但這人出手就已將她劍式制住，武功之高，簡直不可思議。

只見這人長身玉立，輕衫飄飄，面上的笑容更是溫柔親切，叫人一見了他就會生出好感。

楚留香和胡鐵花見了這人，又吃了一驚，他們絕未想到，這人竟是昨夜和枯梅大師同船而去的英俊少年丁楓！

金靈芝見了丁楓，也像吃了一驚，臉色立刻變了。

丁楓卻微笑著道：「多日不見，金姑娘的劍法更精進了，這一招『柳絮飛雪』使得當真是神完氣足，意在劍先，就連還珠大師只怕也得認為是青出於藍。」

還珠大師正是金靈芝的七姑，「柳絮飛雪」也正是峨嵋嫡傳劍法中的一招。旁邊有幾個練家子已在暗暗點頭：「難怪這位姑娘劍法如此高卓，原來是峨嵋派的門下。」

但楚留香和胡鐵花都知道金靈芝方才使出的明明是「清風十三式」中的第八式「風動千

鈴」。

「風動千鈴」和「柳絮飛雪」驟眼看來，的確有些相似，但其中的精微變化，卻截然不同！

這少年爲何偏偏要指鹿爲馬呢？

丁楓又道：「這兩位朋友，在下是認得的，但望金姑娘看在下薄面，放過了他們吧！」

金靈芝雖然滿面怒容，居然忍了下來，只是冷冷道：「他們是小偷，你難道會有這種朋友？」

丁楓笑道：「姑娘這想必是誤會了。」

金靈芝冷笑道：「誤會？我親眼看見的，怎會是誤會？」

丁楓道：「這兩位朋友雖然不及『萬福萬壽園』之富可敵國，但也是擁資百萬的豪富。像姑娘手裡這樣的珍珠，他們兩位家裡雖沒有太多，卻也不會太少。在下可以保證，他們兩位絕不會是小偷。」

這幾句話說得非但份量很重，而且也相當難聽了。

她號稱「火鳳凰」，脾氣的確和烈火差不多，見了這少年居然能將脾氣忍住，更是別人想不到的事。

紫袍大漢和那佩刀的已走了過來，向丁楓長長一揖。

佩刀的人道：「多謝公子仗義執言，否則……」

紫袍大漢搶著笑道：「這件事其實也算不了什麼，大家全是誤會，現在雖已解釋開了，在下今晚還是要擺酒向金姑娘陪禮。」

丁楓笑道：「好極了，好極了……」

紫袍大漢道：「卻不知金姑娘肯賞光麼？」

金靈芝「哼」了一聲，還未說話，丁楓已代替她回答了，笑道：「不但金姑娘今夜必到，在場這幾位朋友，也一定要到，大家既然在此相會，也總算有緣，豈可不聚一聚？」

他忽然轉身面對著楚留香，微笑道：「不知這兩位兄台可有同感麼？」

楚留香笑道：「只要有酒喝，我縱然不去，我這朋友也一定會拉我去的。」

胡鐵花大笑道：「一點也不錯，只要有酒喝，就算喝完了要捱幾刀，我也非去不可。」

丁楓笑道：「好極了，好極了……」

突聽一人說道：「如此熱鬧的場面，不知道請不請我？」

這人站在人叢裡，比別人都高著半個頭，只因他的腿比別人都長得多，正是方才在水槽旁洗澡的那個人。

他此刻當然也穿上了衣服，衣著之華麗絕不在那紫袍大漢之下，手上還提著個三尺見方的黑色皮箱，看來份量極重，也不知裡面裝的是什麼。

紫袍大漢目光閃動，大笑道：「兄台若肯賞光，在下歡迎還來不及，怎有不請之理？」

那長腿的人笑道：「既然如此，我先謝了，卻不知席設哪裡？」

紫袍大漢道：「就在對面的『三和樓』如何？」

長腿的人道：「好，咱們就一言爲定。」

他含笑瞟了楚留香一眼，大步走了出去。

既然已沒什麼熱鬧好看了，大家也就一哄而散。金靈芝是和丁楓一齊走的，她似乎並不想和丁楓一齊走，但也不知爲了什麼，竟未拒絕。

直到大家全走光了，那佩刀的人才恨恨道：「大哥，我真不懂你方才怎麼能忍得下來的？就算那丫頭是金老太婆的孫女，我兄弟難道就是怕事的人麼？」

紫袍大漢嘆了口氣，接著道：「你不知道，我所忌憚的並不是姓金的。」

佩刀的人道：「不是姓金的，難道會是那滿臉假笑的小子麼？他毀了大哥的玉帶，我早就想給他一刀嘗嘗了。」

紫袍大漢又嘆了口氣，苦笑道：「幸好你沒有那麼樣做……你可知道他是誰麼？」

佩刀的人冷笑道：「看他那副得意洋洋的樣子，難道還會是楚留香不成？」

紫袍大漢沉著臉，一字字道：「一點也不錯，他正是楚留香！」

佩刀的人怔住了，再也說不出話來。

紫袍大漢也怔了半晌，嘴角泛起一絲獰笑，喃喃道：「楚留香，楚留香，我們雖對付不了你，但總有人能對付你的，你若還能活三天，我就算你本事！」

楚留香和胡鐵花一轉過街，胡鐵花就忍不住問道：「張三那小子呢？」

楚留香笑了笑，道：「我叫他溜了。」

胡鐵花笑道：「我真想不出你是用什麼法子叫他將那顆珍珠吐出來的，這小子也奇怪，什麼人都不服就服你。」

楚留香微笑不語。

胡鐵花道：「但你那手也未免做得太絕了。」

楚留香道：「你不認得那人？」

胡鐵花道：「我知道他認得你，所以雖然吃了啞巴虧，也不敢出聲，但我卻從來也沒有見過他，倒覺得他怪可憐的。」

楚留香道：「你若知道他是誰，就不會可憐他了。」

胡鐵花道：「哦？」

楚留香道：「你可聽說過，東南海面上有一夥海盜，殺人劫貨，無惡不作？」

胡鐵花道：「紫鯨幫？」

楚留香道：「不錯，那人就是紫鯨幫主海闊天！他一向很少在陸上活動，所以你才沒有見過他。」

胡鐵花動容道：「但這廝的名字我卻早已聽說過了，你方才為何不說出來？我若知道他就是海闊天，那一拳不把他打扁才怪。」

楚留香淡淡一笑，道：「以後你總還有機會的，何必著急。」

胡鐵花忽又笑了道：「聽說海闊天眼光最準，只要一出手，必定滿載而歸，可說是一等一的大強盜，今天卻被你硬扣一頂『小偷』的帽子，他晚上回去想想，能睡得著才怪！」

楚留香笑道：「他脫光時，我本未認出他，但一穿上衣服，我就知道他是誰了。我早已想治治他了，今天正是個機會。」

胡鐵花道：「但你爲何又放他走了呢？」

楚留香道：「我不想打草驚蛇。」

胡鐵花沉吟著，道：「海闊天若是草，蛇是誰？……丁楓？」

楚留香道：「不錯。」

胡鐵花點點頭道：「此人的確可疑，他本在枯梅大師船上，船沉了，他卻在這裡出現；他本是去接枯梅大師的，現在枯梅大師卻不見了。」

楚留香道：「這也是我第一件覺得奇怪的事。」

胡鐵花道：「金靈芝和華山派全無淵源，卻學會了華山派的不傳之秘『清風十三式』，而且還死也不肯認帳。」

楚留香道：「這是第二件怪事。」

胡鐵花道：「金靈芝本來是天不怕、地不怕的，但見了丁楓，卻好像服氣得很，她和丁楓之間，又有什麼關係？」

楚留香道：「這是第三件。」

胡鐵花道：「紫鯨幫一向只在海上活動，海闊天卻忽然也在這裡出現了；丁楓既然肯為他解圍，想必也和他有些關係。他們怎會有關係的？」

楚留香道：「這是第四件。」

胡鐵花想了想，道：「丁楓一出手就能夾住金靈芝的劍，顯然對『清風十三式』的劍路也很熟悉。他怎會熟悉華山派的劍法？」

楚留香道：「這是第五件。」

胡鐵花道：「他明明知道那是華山派的『清風十三式』，卻硬要說它是峨嵋的『柳絮劍法』，顯然也在為金靈芝掩飾。他為的是什麼？」

楚留香道：「這是第六件。」

胡鐵花道：「他的雙掌夾劍，用的彷彿是自扶桑甲賀谷傳來的『大拍手』，輕功身法卻彷彿和昔年的血影人路數相同，又對華山派的劍法那麼熟悉；這少年年紀雖輕，卻有這麼高的武功，而且身兼好幾家的不傳之祕，他究竟是什麼來路？」

楚留香道：「這是第七件。」

胡鐵花揉著鼻子，鼻子都揉紅了。

楚留香道：「還有呢？」

胡鐵花嘆了口氣，苦笑道：「一天之內就遇著了七件令人想不通的怪事，難道還不夠？」

楚留香笑道：「你有沒有想過，這七件事之間的關係？」

胡鐵花道：「我的頭早就暈了。」

楚留香道：「這七件事其實只有一條線，枯梅大師想必就是爲了追查這條線索而下山的。」

胡鐵花道：「哦？」

楚留香道：「清風十三式本是華山派的不傳之秘，現在卻至少已有兩個不相干的人知道了，這秘密是怎麼會走漏的？枯梅大師身爲華山掌門，自然不能不管。」

胡鐵花恍然道：「不錯，枯梅大師下山，爲的就是要追查『清風十三式』的秘傳心法是怎麼會給外人知道的，她爲了行動方便，自然不能以本來身分出現了。」

楚留香道：「知道『清風十三式』秘傳心法的，只有枯梅大師和高亞男，枯梅大師自己當然絕不會洩露這秘密……」

胡鐵花斷然道：「高亞男也絕不是這種人！」

楚留香道：「她當然不是這種人，所以這件事只有一種可能。」

胡鐵花道：「什麼可能？」

楚留香道：「清風十三式的心法秘笈已失竊了。」

胡鐵花長長吸了口氣，道：「不錯，除了這原因之外，枯梅大師怎肯輕易出山？」

楚留香沉吟道：「清風十三式既是華山派的不傳之秘，它的心法秘笈收藏得必定極爲嚴密……」

胡鐵花搶著道：「能有法子將它偷出來的人，恐怕只有『盜帥』楚留香了。」

楚留香苦笑道：「我也沒這麼大的本事。」

胡鐵花也苦笑道：「這件事簡直好像和『天一神水』的失竊案差不多了。」

楚留香道：「驟然一看，兩件事的確彷彿有些大同小異，其實卻截然不同。」

胡鐵花道：「有什麼不同？」

楚留香道：「神水宮弟子極多，分子複雜，華山派卻一向擇徒最嚴，枯梅大師門下弟子一共也只不過有七個而已。」

胡鐵花道：「不錯。」

楚留香道：「神水宮的『天一神水』本就是由『水母』的門下弟子保管，『清風十三式』的劍譜卻一定是枯梅大師自己收藏的……」

胡鐵花道：「不錯，要偷清風十三式的劍譜，的確比偷『天一神水』困難多了。」

楚留香道：「由此可見，偷這劍譜的人，一定比偷『天一神水』的無花還要厲害得多。」

胡鐵花道：「你想這人會不會是……丁楓？」

楚留香沉吟道：「縱然不是丁楓，也必定和丁楓有關係。」

他接道：「枯梅大師想必已查出了些線索，所以才會冒那『藍太夫人』的名到這裡來和丁楓相見。」

胡鐵花道：「如此說來，她只要抓住了丁楓，豈非就可問個水落石出？」

楚留香笑了笑道：「枯梅大師自然不會像你這麼魯莽，她當然知道丁楓最多也只不過是條小蛇而已，另外還有條大蛇……」

胡鐵花道：「大蛇是誰？」

楚留香道：「到現在爲止，那條大蛇還藏在草裡，只有將這條大蛇捉住，才能查出這其中的秘密，捉小蛇是無用的。」

胡鐵花沉思著點了點頭，道：「枯梅大師現在的做法，想必就是爲了要追出這條大蛇究竟藏在哪堆草裡，所以她不能輕舉妄動。」

楚留香笑道：「你終於明白了。」

胡鐵花道：「但我們……」

楚留香打斷了他的話，道：「我們也絕不能輕舉妄動，因爲這件事不但和枯梅大師有關，也和很多別的人有關。」

胡鐵花道：「哦？」

楚留香道：「除了枯梅大師外，一定還有很多別人的秘密也落在這條大蛇的手裡，和這件事有牽連的更都是極有身分的人物。」

胡鐵花嘆道：「不錯，這件事的確比那『天一神水』失竊案還要詭密複雜得多。」

楚留香道：「最重要的是，無花盜取『天一神水』，只不過是爲了自己要用，這條大蛇盜取別人的秘密，卻是爲了出售！」

胡鐵花愕然道：「出售？」

楚留香道：「你想，金靈芝是怎麼會得到『清風十三式』秘傳心法的？」

胡鐵花也不禁動容道：「你難道認爲她是向丁楓買來的？」

楚留香道：「不錯。」

他接著又道：「這種交易自然極秘密，丁楓想必早已警誡過她，不可將劍法輕易在人前炫露，但今天她情急之下，就使了出來。」

胡鐵花恍然道：「所以她一見丁楓，就緊張得很，明明不能受氣的人，居然也忍得住氣了，爲的就是知道自己做錯了事。」

楚留香道：「正因爲如此，所以丁楓才會故意替她掩飾。」

胡鐵花笑了笑，道：「只可惜他無論怎樣掩飾，縱能瞞得過別人，也瞞不過我們的。」

楚留香道：「丁楓現在還不知道我們是誰，不知道我們和華山派的關係，也許他還以爲將我們也一齊瞞過了。」

胡鐵花道：「但他遲早總會知道的。」

楚留香緩緩道：「不錯，他遲早總會知道，等到那時……」

胡鐵花變色道：「等到那時，他就一定要將我們殺了滅口了，是不是？」

楚留香淡淡一笑，道：「你的確還不算太笨。」

胡鐵花冷笑道：「想殺我們的人可不止他一個，現在那些人呢？」

楚留香道：「那些人是那些人，丁楓是丁楓！」

胡鐵花道：「丁楓又怎樣，難道能比石觀音，比血衣人更厲害？」

楚留香嘆了口氣，道：「丁楓也許不足懼，但那條大蛇……」

胡鐵花大聲道：「你怎麼也長他人志氣，滅自己威風起來了？……那條大蛇又怎樣？難道能把我們吞下肚裡去？」

楚留香沉聲道：「甲賀谷的『大拍手』、血影人的輕功心法，已都是武林中難見的絕技，『清風十三式』更不必說了，他們能將這三種武功都學會，何況別的？一個人若能身兼數十家武功之長，這種人難道不比石觀音他們可怕？」

胡鐵花道：「哼！」

楚留香道：「何況，能學到這幾種武功，那得要多大的本事？由此可見，那條大蛇的心機和手段，也必定非常人能及。」

胡鐵花冷笑道：「陰險毒辣的人，我們也見得不少了。」

楚留香笑了笑，道：「我也不是真怕了他們，只不過能小心總是小心好些。」

胡鐵花冷冷道：「你若再小心些，就快要變成老太婆了。」

楚留香笑道：「老太婆總是比別人活得長些，她若在三十三歲時就被人殺死，又怎會變成老太婆？」

胡鐵花也笑了，道：「虧你倒還記得我的年紀，我這個人能夠活到三十三歲，想來倒也真不容易。」

他嘆了口氣，接著道：「其實我也知道這件事不是好對付的，無論誰只要牽連進去了，再想要脫身，只怕就很難。」

楚留香道：「現在牽連到這件事裡來的，據我所知，已有『萬福萬壽園』、華山派、紫鯨幫，我不知道的，還不知有多少。」

胡鐵花沉吟著，道：「就算只有這些人，已經很了不得了。」

楚留香道：「除此之外，我知道至少還有一個很了不得的人。」

胡鐵花道：「誰？」

楚留香道：「這人現在就在我們身後。」

胡鐵花吃了一驚，霍然轉身，果然看到一個人早就跟在他們後面，他也看出，這人必定很有些來歷。

這是條通向江岸的路，很是偏僻。

路旁雜草叢生，四下渺無人跡——只有一個人。

這人穿著件極講究的軟緞袍，手裡提著個黑色的皮箱，衣服是嶄新的，皮箱卻已很破舊。

他的人很高，腿更長，皮膚是淡黃色的，黃得很奇怪，彷彿終年不見陽光，又彷彿常常都在生病。

但他的一雙眸子卻很亮，和他的臉完全不相稱，就好像老天特地借了別人的一雙眼睛，嵌在他臉上。

胡鐵花笑了。

若是別人在後面盯他們的梢，他早就火了，但他對這人本來就沒有惡感，此刻遠遠就含笑招呼著道：「同船共渡，已是有緣，我們能在一個池子裡洗澡，更有緣了，爲何不過來大家聊聊。」

這人也笑了。

他距離胡鐵花他們本來還很遠，看來走得也不太快，但一眨眼間，就已走近了三四丈，再一眨眼，就已到了他們面前。

楚留香脫口讚道：「好輕功！」

這人笑了笑，道：「輕功再好，又怎能比得上楚香帥？」

楚留香含笑道：「閣下認得我，我卻不認得閣下，這豈非有點不公平？」

這人微微一笑道：「我的名字說出來，兩位也絕不會知道。」

楚留香道：「閣下忒謙了。」

胡鐵花已沉下了臉，道：「這倒也不是忒謙，只不過是不願和我們交朋友而已。」

這人搶著道：「我絕非故意謙虛，更不是不願和兩位交朋友，只不過……」

他笑了笑，接著道：「在下姓勾，名子長，兩位可聽過麼？」

楚留香和胡鐵花都怔住了。

這名字實在奇怪得很，無論誰只要聽過一次，就很難忘記，他們非但沒聽過這名字，簡直連這姓都很少聽到。

「勾子長。」

勾子長笑道：「兩位現在總該知道，我是不是故意作狀了。」

他接著又道：「其實我這人從來也不知道『謙虛』兩字，以我的武功，在江湖中本該已很有名才是，只不過，我根本就未曾在江湖走動過，兩位自然不會聽過我的名字。」

這人果然一點也不謙虛，而且直爽得很。

胡鐵花最喜歡的就是這種人，大笑道：「好，我叫胡鐵花，你既認得楚留香，想必也知道我的名字。」

勾子長道：「不知道。」

胡鐵花笑不出了。

他忽覺得太直爽的人也有點不好。

幸好勾子長已接著道：「但我也看得出，以胡兄你的武功在江湖中的名氣絕不會在楚香帥之下……」

胡鐵花忍不住笑道：「你用不著安慰我，我這人還不算太小心眼……」

他瞪了楚留香一眼，板起了臉道：「但你也不必太得意，我就算不如你有名，那也只不過是因爲我酒比你喝得多，醉的時候比你多，所以風頭都被你搶去了。」

楚留香笑道：「是是是，你的酒比我喝得多，每次喝酒，我喝一杯，你至少已喝了七八十杯。」

胡鐵花道：「雖然沒有七八十杯，至少也有七八杯，每次我看見你舉起杯子，以爲你要喝了，誰知你說幾句話後，就又放了下去。」

他指著楚留香的鼻子道：「你的毛病就是話說得太多，酒喝得太少。」

楚留香道：「是是是，天下哪有人喝酒能比得上你？你喝八杯，我喝一杯，先醉倒的也一定是我。」

胡鐵花道：「那倒一點也不假。」

勾子長忍不住笑了。

他覺得這兩人鬥起嘴來簡直就像是個大孩子，卻不知他們已發現路旁的雜樹叢中有人影閃動，所以才故意鬥嘴。

那人影藏在樹後，勾子長竟全未覺察。

胡鐵花和楚留香對望了一眼，都已知道這勾子長武功雖高，江湖歷練卻太少，他說「根本未在江湖走動」，這話顯然不假。

但他既然從未在江湖走動，又怎會認得楚留香呢？

那時那人影已一閃而沒，輕功彷彿也極高。

胡鐵花向楚留香打了個眼色，道：「你說他可曾聽到了什麼？」

楚留香笑道：「什麼也沒有聽到。」

勾子長咳嗽了兩聲，搶著道：「我非但未曾聽說過胡兄的大名，連當今天下七大門派的掌門，我都不知道是誰。」

胡鐵花失笑道：「那我心裡就舒服多了。」

勾子長道：「當今天下的英雄，我只知道一個人，就是楚香帥。」

胡鐵花道：「他真的這麼有名？」

勾子長笑道：「這只因我有個朋友，時常在我面前提起楚香帥的大名，還說我就算再練三十年，輕功也還是比不上楚香帥一半。」

胡鐵花微笑道：「這只不過是你那位朋友在替他吹牛。」

勾子長道：「我那朋友常說楚香帥對他恩重如山，這次我出來，他再三叮嚀，要我見到楚香帥，千萬要替他致意，他還怕我不認得楚香帥，在我臨行時，特地將楚香帥的手采描敘了一遍。」

他笑了笑，接著道：「但我見到楚香帥時，還是未能立刻認出來，只因……」

胡鐵花笑著接道：「只因那時他脫得赤條條的，就像是個剛出世的嬰兒，你那朋友當然不會是女的，又怎知他脫光了時是何模樣？」

勾子長笑道：「但我一見到楚香帥的行事，立刻就想起來了。只不過……我到現在為止，還想不通那顆珍珠是怎會跑到玉帶中去的。」

胡鐵花道：「那只不過是變把戲的障眼法，一點也不稀奇。他一定是從住在天橋變戲法的『四隻手』那裡學來的。所以他還有個外號叫『三隻手』，你難道沒有聽說過？」

勾子長道：「這……我倒未聽敝友說起。」

楚香笑道：「這人嘴裡從來也未長出過象牙來，他的話你還是少聽為妙。」

胡鐵花道：「你嘴裡難道就長得出象牙來？這年頭象牙可值錢得很呢，難怪有些小姑娘要將你當做個活寶了。」

楚留香也不理他，問道：「卻不知貴友尊姓大名，是怎會認得我的？」

勾子長道：「他叫王二呆。」

楚留香皺眉道：「王二呆？」

勾子長笑道：「我也知道這一定是個假名，但朋友貴在知心，只要他是真心與我相交，我又何必計較他用的是真名，還是假姓？」

楚留香點了點頭，並沒有再追問下去。

別人不願說的事，他就絕不多問。

他們邊談邊走，已快走到江岸邊了。

風中傳來一陣陣烤魚的鮮香。

胡鐵花笑道：「張三這小子總算還是懂得好歹的，已先烤好了魚，在等著慰勞我們了。」

「快網」張三的船並不大，而且已經很破舊。

但楚留香和胡鐵花都知道，這條船是張三自己花了無數心血造成的。船上每一根木頭、每一根釘子都經過仔細的選擇，看來雖是破舊，其實卻堅固無比，只要坐在這條船上，無論遇著多麼大的風浪，楚留香都絕不會擔心。

他相信張三的本事，因爲他自己那條船也是張三造成的。

船頭上放著個紅泥小火爐，爐子旁擺滿了十來個小小的罐子，罐子裡裝著的是各式各樣不同的作料。

爐火並不旺，張三正用一把小鐵叉叉著條魚在火上烤，一面烤，一面用個小刷子在魚上塗著作料。

他似乎已將全副精神全都放在手裡這條魚上，別人簡直無法想像「快網」張三也有如此聚精會神、全神貫注的時候。

楚留香他們來了，張三也沒有招呼。

他烤魚的時候，就算天塌下來，他也不管的，無論有什麼事發生，他也要等魚烤好了再說。

他常說：「魚是人人都會烤的，但我卻比別人都烤得好，就因爲我比別人專心，『專心』

這兩個字，就是我烤魚最大的訣竅。」

楚留香認為無論做什麼事的人，都應該學學他這訣竅。

香氣愈來愈濃了。

胡鐵花忍不住道：「我看你這條魚大概已經烤好了吧？」

張三不理他。

胡鐵花道：「再烤會不會烤焦？」

張三嘆了口氣，道：「被你一打岔，一分心，這條魚的滋味一定不對了，就給你吃吧！」

他將魚連著鐵叉子送過去，喃喃道：「性急的人，怎麼能吃得到好東西？」

胡鐵花笑道：「但性急的人至少還有東西可吃，總比站在一邊乾流口水的好。」

他也真不客氣，盤膝坐下，就大嚼起來。

張三這才站起來招呼，笑道：「這位朋友方才在澡堂裡差點被我撞倒，我本該先烤條魚敬他才是……你們為何不替我介紹介紹？」

勾子長道：「我叫勾子長，我不吃魚，一看到魚我就飽了。」

張三怔了怔，大笑道：「好，好，這位朋友說話真乾脆，但不吃魚的人也用不著罰站呀……來，請坐請坐，我這條船雖破，洗得倒很乾淨，絕沒有魚腥臭。」

他船上從來沒椅子，無論什麼人來，都只好坐在甲板上。

張三眼睛瞪著他的皮箱——這皮箱放下來的時候，整條船都似乎搖了搖，顯見份量重得驚人。」

勾子長笑道：「我不是嫌髒，只不過我的腿太長，盤著腿坐不舒服。」

張三似乎全未聽到他在說什麼。

勾子長笑道：「你一定在猜我這箱子裡裝的是什麼，但你永遠也猜不著的。」

張三似也覺得有點不好意思了，笑道：「我知道箱子裡裝的至少不會是魚。」

勾子長目光閃動，帶著笑道：「我可以讓你猜三次，若猜出了，我就將這箱子送給你。」

張三笑道：「我又不是神仙，怎麼猜得出？」

他嘴裡雖這麼說，卻還是忍不住猜著道：「份量最重的東西，好像就是金子。」

勾子長搖了搖頭，道：「不是。」

他忽又笑了笑，接著道：「就算將世上所有的黃金堆在我面前，我也絕不會將這箱子換給他。」

張三眼睛亮了，道：「這箱子竟如此珍貴？」

勾子長道：「在別人眼中，也許一文不值，在我看來，卻比性命還珍貴。」

張三嘆了口氣，道：「我承認猜不出了。」

他凝注著勾子長，試探著又道：「如此珍貴之物，你想必也不會輕易給別人看的。」

勾子長道：「但你遲早總有看得到的時候，也不必著急。」

他笑了笑，接著道：「性急的人，是看不到好東西的。」

魚烤得雖慢，卻不停地在烤，胡鐵花早已三條下肚了，卻還是睜大了眼睛，在盯著火上烤的那條。

勾子長笑道：「晚上『三和樓』還有桌好菜在等著，胡兄爲何不留著點肚子？」

胡鐵花笑道：「這你就不懂了，世上哪有一樣菜能比得上張三烤魚的美味？」

他閉上眼睛，搖著頭，道：「熊掌我所欲也，魚亦我所欲也，若是張三烤的魚，捨熊掌而食魚矣！」

張三失笑道：「想不到這人倒還有些學問。」

胡鐵花悠然道：「我別的學問沒有，吃的學問卻大得很，就算張三烤的魚並不高明，我也先吃了再說，能吃到嘴的魚骨頭，也比飛著的鴨子好。」

他忽然又瞪起眼睛道：「你們以爲今天晚上那桌菜是好吃的麼？菜裡若沒有毒，那才真是怪事了。」

楚留香忽然道：「這罐醋裡怎麼有條蜈蚣？難道你也想毒死我？」

醋裡哪有什麼蜈蚣？

胡鐵花第一個忍不住要說話了，楚留香卻擺了擺手，叫他閉著嘴，然後就拿起那罐醋，走到船舷旁。

誰也猜不出他這是在做什麼，只見他將整罐醋全都倒了下去。

「這人究竟有了什麼毛病了？」

胡鐵花這句話還未說出來，就發現平靜的江水中忽然捲起了一陣浪花，似乎有條大魚在水裡翻跟斗。

接著，就有個三尺多長、小碗粗細的圓筒從水裡浮了起來。

圓筒是用銀子打成的，打得很薄，所以才會在水中浮起。

胡鐵花立刻明白了，道：「有人躲在水裡用這圓筒偷聽？」

楚留香點了點頭，笑道：「現在他只怕要有很久聽不到任何聲音了。」

水裡聽不見水上的聲音，只有將這特製的銀筒套在耳朵上伸出水面，水上的聲音就會由銀筒傳下去。

但他卻再也想不到上面會灌下一瓶醋。

胡鐵花笑道：「耳朵裡灌醋，滋味雖不好受，但還是太便宜了那小子。若換了是我，一定將這瓶辣椒油灌下去。」

張三嘆了口氣，喃喃道：「沒有辣椒油倒還無妨，沒有醋，魚就烤不成了。」

勾子長早已動容，忍不住說道：「香帥既已發現水中有人竊聽，爲何不將他抓起來問問，是誰派他來的？」

楚留香淡淡一笑，道：「問是絕對問不出什麼的，但縱然不問，我也知道他是誰派來的了。」

途急馳。

勾子長道：「是誰？」

楚留香還未說話，突見兩匹快馬，沿著江岸急馳而來。

馬上人騎術精絕，馬也是千中選一的好馬，只不過這時嘴角已帶著白沫，顯然是已經過長途急馳。

經過這條船的時候，馬上人似乎說了兩句話。

但馬馳太急，一眨眼間就又已奔出數十丈外，誰也沒有這麼靈的耳朵。

只有一個人是例外。

胡鐵花自然知道這人是誰，問道：「老臭蟲，他們說的是什麼？」

楚留香道：「那有鬍子的人說：『幫主真的在那條船上？』沒鬍子的人說：『只希望……』。」

胡鐵花道：「只希望什麼？」

楚留香笑道：「抱歉得很，下面的話，我也聽不清了。」

胡鐵花搖了搖頭，道：「原來你的耳朵也不見得有多靈光。」

但勾子長已怔住了。

他簡直想不通楚留香是怎麼能聽到那兩人說話的，非但聽到了那兩人說話，還看出了誰有鬍子，誰沒鬍子，還能分辨話是誰說的。

勾子長簡直佩服得五體投地。

楚留香忽然又道：「你可看出這兩人是從哪裡來的麼？」

胡鐵花和張三同時搶著道：「自然是『十二連環塢』來的。」

兩人相視一笑，胡鐵花接著道：「奇怪的是，武老大怎會到江上來了？」

勾子長又怔住了，忍不住問道：「十二連環塢是什麼地方？」

胡鐵花道：「十二連環塢就是『鳳尾幫』的總舵所在地。」

勾子長道：「鳳尾幫？」

胡鐵花道：「鳳尾幫乃是江淮間第一大幫，歷史之悠久，幾乎已經和丐幫差不多了，而且行事也和丐幫差不多，正派得很。」

勾子長道：「武老大又是誰呢？」

胡鐵花道：「武老大就是武維揚，也就是鳳尾幫的總瓢把子。」

張三接著道：「此人不但武功極高，為人也極剛正，可算得上是個響噹噹的好漢子，我若見到他，一定請他吃條烤魚。」

胡鐵花道：「你要知道，想吃張三的烤魚，並不容易，『神龍幫』的雲從龍已想了很多年，就硬是吃不到嘴。」

張三道：「其實雲從龍也並不是什麼壞東西，只不過他以為我既然在長江上混，就該聽他的話，我就偏偏要叫他看到吃不到。」

勾子長道：「神龍幫就在長江上？」

張三道：「不錯，神龍幫雄踞長江已有許多年了，誰也不敢來搶他們的地盤，武維揚就因爲昔年和神龍幫有約，才發誓絕不到長江上來。」

胡鐵花道：「但他今天卻來了，所以我們才會覺得奇怪。」

勾子長道：「可是……你們又怎知道那兩騎一定是從『十二連環塢』來的呢？」

胡鐵花問道：「你可看到，他們穿的是什麼樣的衣服？」

勾子長道：「好像是墨綠色的衣服，但穿墨綠色衣服的人也很多呀。」

胡鐵花道：「他們的腰帶卻是用七根不同顏色的絲絛編成的，那正是『鳳尾幫』獨 無二的標誌。」

勾子長怔了半晌，長長嘆了口氣，苦笑道：「你們的眼睛好快……」

張三淡淡地說道：「要在江湖中混，非但要眼睛快，還要耳朵長，單憑武功高強是絕對不夠的……」

突聽蹄聲響動，兩匹馬自上流沿岸奔來。

馬上卻沒有人。

這兩匹馬一花一白，連勾子長都已看出正是方才從這裡經過的，現在又原路退回，但馬上的騎士怎會不見了呢？

勾子長忽然從船頭躍起，橫空一掠，已輕輕地落在白馬的馬鞍上，手裡居然還提著那黑色的皮箱。

只聽耳畔一人讚道：「好輕功！」

他轉頭一瞧，就發現胡鐵花也已坐到花馬的馬鞍上，笑嘻嘻地瞧著他。

兩人相視而笑，同時勒住了馬。

這時楚留香才慢慢地走了過來，笑道：「兩位的輕功都高得很，只不過勾兄更高一籌。」

胡鐵花笑道：「一點也不錯，他手裡提著個幾十斤重的箱子，自然比我吃虧多了。」

勾子長居然並沒有現出得意之色，翻身下馬道：「香帥深藏不露，功夫想必更深不可測，幾時能讓我開開眼界才好。」

胡鐵花笑道：「你以爲他真是深藏不露？告訴你，他只不過是個天生的懶骨頭而已，能躺下的時候，他絕不坐著，能走的時候，他絕不會跑。」

楚留香笑道：「能閉著嘴的時候，我也絕不亂說話的。」

勾子長目光閃動，忽然道：「香帥可知道這兩匹馬爲何去而復返？馬上的騎士到哪裡去了？」

楚留香道：「勾兄想必也已看出，他們只怕已遭了別人毒手！」

胡鐵花動容道：「你們已看出了什麼？怎知他們已遭了毒手？」

勾子長指了指白馬的馬鞍，道：「你看，這裡的血漬還未乾透，馬上人想必已有不測。」

馬鞍上果然是血漬斑斑，猶帶殷紅。

胡鐵花嘆了口氣，道：「你學得倒真不慢，簡直已像是個老江湖了。」

勾子長苦笑道：「我只不過是恰巧站在這裡，才發現的，誰知香帥談笑之間就已看到了。」

楚留香沉聲道：「武維揚強將手下無弱兵，這兩人騎術既精，武功想必也不弱，兩騎來去之間，還未及片刻，他們就已遭了毒手……」

胡鐵花搶著道：「去瞧瞧他們的屍體是不是還找得到……」

一句話未說完，已打馬去遠。

勾子長道：「縱能找得到他們的屍體，又有什麼用？」

楚留香道：「能找到他們的屍體，就能查出他們致命之傷在哪裡？是被什麼兵刃所傷的？也許就能猜出殺他們的人是誰了。」

勾子長默然半晌，長嘆道：「看來我要學的事，實在太多了……」

# 三 推測

江岸風急，暮色漸濃。

胡鐵花放馬而奔，沿岸非但沒有死人的屍首，連個活人都瞧不見。

江上的船隻也少得很。

「還不到一頓飯的時候，那兩匹馬就已去而復返，顯然並沒有走出多遠，就已被人截擊，他們的屍首怎麼會跑到這麼遠的地方來？」

胡鐵花終於還是想通這道理了，立刻勒轉馬頭，打馬而回。

走了還沒有多久，他就發現楚留香、勾子長、張三都圍在岸邊，那兩個騎士的屍首，赫然就在他們的腳下。

胡鐵花覺得奇怪極了，來不及翻身下馬，已大呼道：「好小子，原來你們找到了，也不招呼我一聲，害我跑了那麼多冤枉路。」

楚留香笑了笑，道：「你好久沒有馬騎了，我還以爲你想乘此機會騎騎馬又兜兜風哩，怎麼敢打斷你的雅興！」

胡鐵花只好裝做聽不懂，一掠下馬，道：「你們究竟是在哪裡找到的？」

張三道：「就在這裡。」

胡鐵花道：「就在這裡？我怎麼會沒有瞧見？」

張三笑道：「你殺了人後，難道會將屍體留在路上讓人家看麼？」

他搖了搖頭，喃喃道：「想不到這人活了三十多歲，還是這種火燒屁股的脾氣。」

胡鐵花叫了起來，道：「好呀，連你這小子也來臭我了，你是什麼東西？下次你偷了別人的珍珠，看我還會不會替你去頂缸？」

他剛受了楚留香的奚落，正找不著出氣的地方。

張三正是送上門來的出氣筒。

勾子長還不知道他們的交情，也不知道他們沒事就鬥嘴，只不過是爲了鬆弛緊張的神經，已搶著來解圍了，道：「這兩人的屍首，都是從水裡撈起來的。」

胡鐵花道：「哦。」

其實他也早已看到這兩具屍首身上都是濕淋淋的，又何嘗不知道屍首必已被拋入江水中。

勾子長又道：「那兇手還在他們衣服裡塞滿了沙土，所以一沉下去，就不再浮起，若非香帥發現地上的血漬，誰也找不到的。」

胡鐵花淡淡道：「如此說來，他的本事可真不小，是不是？」

勾子長嘆了口氣，道：「香帥目光之敏銳，的確非人能及。」

胡鐵花道：「你對他一定佩服得很，是不是？」

勾子長道：「實在佩服已極。」

胡鐵花道：「你想跟著他學？」

勾子長道：「但願能如此。」

胡鐵花也嘆了口氣，道：「你什麼人不好學，為什麼偏偏要學他呢？」

勾子長笑了笑，還沒有說話。

突見一道淡青色的火光沖天而起，在暮色中一閃而沒。

這時天還沒有完全黑，火光看來還不明顯。

但勾子長的面色卻似已有些變了，突然拱了拱手，笑道：「我還有事，得先走一步。香帥、胡兄，晚上『三和樓』再見了。」

話未說完，身形已展動。

只見他兩條長腿邁出幾步，人已遠在二三十丈外，眨眼就不見蹤影，胡鐵花就算還想拉住他也已來不及了。

過了很久，張三才長長嘆息了一聲，道：「憑良心說，這人的輕功實在不錯。」

楚留香道：「的確不錯。」

張三道：「看他的輕功身法，似乎和中土各門各派的都不同。」

楚留香道：「是有些不同。」

張三道：「他這種輕功身法，你見過麼？」

楚留香搖了搖頭，微笑道：「我沒有見過的武功很多……」

胡鐵花忽然道：「我看他非但輕功不弱，馬屁功也高明得很。」

楚留香道：「哦？」

胡鐵花道：「你以爲他真的很佩服你麼？」

他冷笑著接道：「他故意裝成什麼都不懂的樣子，故意拍你的馬屁，討你的好，想必對你有所圖謀，我看你還是小心地好。」

楚留香笑了笑，道：「也許他真的佩服我呢？你又何必吃醋？」

胡鐵花哼了一聲，搖頭道：「千穿萬穿，馬屁不穿，這句話可真是一點也不錯。但『不聽老人言，吃苦在眼前。』等你上了當時，莫怪我話未說在前頭。」

楚留香道：「這只怪他沒有拍你的馬屁，所以你事事看他不順眼了。」

張三也笑了，卻又皺眉道：「但我看這人的行蹤也有些可疑，那隻箱子裡面更不知有什麼古怪，你至少也該問問他的來歷才是。」

楚留香淡淡道：「這倒用不著我們費心，自然有別人會問他的。」

張三道：「誰？」

楚留香道：「丁楓！」

胡鐵花道：「今晚他若不到『三和樓』去呢？」

楚留香笑道：「他肚子裡又沒有美酒烤魚，怎肯放過白吃一頓的機會？」

胡鐵花看了看地上的屍首，問道：「你可找到了他們致命的傷痕？」

楚留香道：「就在左肋。」

胡鐵花扳起屍體來一瞧，只見兩人左肋上果然都有個銅錢般大小的傷口，血已流盡。傷口已被江水沖得發白，看來深得很。

胡鐵花道：「這是箭傷。」

楚留香道：「嗯。」

胡鐵花道：「這一帶兩岸水都很淺，至少要離岸十丈外，才能行船。」

張三道：「至少要二十丈外。」

胡鐵花道：「那人一箭自二十丈外射來，就能穿透他們的肋骨，取了他們的性命，這手勁倒也少見得很。」

楚留香道：「的確少見得很。」

胡鐵花又道：「看他們的傷口，那人用的顯見是特大的箭鏃，箭的份量沉重，射箭的弓，想必也是柄強弓。」

楚留香道：「他用的至少是五百石的強弓。」

胡鐵花道：「江湖中，能用這種強弓大箭的人並不多。」

楚留香道：「的確很少人有這種臂力，能挽得起五百石的強弓。」

胡鐵花道：「就算有人能挽得起這種強弓，也沒有這種準頭，能在二十丈外取人的性命，而且令人閃避都無法閃避。」

楚留香道：「不錯。」

胡鐵花長長吐出口氣，道：「既然如此，這件事豈非已很明顯了？」

楚留香道：「很明顯，我倒不覺得……」

胡鐵花道：「你還想不出那人是誰？」

楚留香道：「想不出。」

胡鐵花面上不禁露出得意之色，道：「除了武維揚還有誰！」

楚留香皺眉道：「你是說武維揚殺了他們？」

胡鐵花道：「不錯，武維揚臂力之強，天下皆知，用的正是把五百石的強弓，壺中十三根『鳳尾箭』更是百發百中，昔年與『神龍幫』決鬥，七陣中雖敗了五陣，但武維揚十三箭射落了神龍幫十三條船的主篷，也嚇得神龍幫心膽俱寒，否則雲從龍挾大勝之餘威，又怎肯和鳳尾幫訂下互不侵犯的條約？」

他笑著接口道：「這件事非但是武維揚生平得意之作，也是當年轟動江湖上的大消息，你難道已忘了麼？」

楚留香道：「倒也沒有忘記。」

胡鐵花大笑道：「既然沒有忘記，你怎會沒有想到這件事就是武維揚下的手？我看你的腦袋這兩年來只怕已被酒色掏空了。」

張三聽得眼睛發呆，脫口讚道：「這兩年來，小胡果然變得聰明多了！」

胡鐵花更得意了，又道：「還有，武維揚想必也知道自己用的『鳳尾箭』太引人注目，所以殺了他們後，還要將箭拔出來，再毀屍滅跡，爲的就是要人想不到他是兇手。」

張三拊掌道：「有道理。」

胡鐵花笑道：「這件事我只有一點想不通。」

張三道：「哪一點？」

胡鐵花道：「這兩人既是他的手下，他爲什麼要殺他們呢？」

張三沉吟著，眼睛瞧著楚留香，道：「你知不知道他是爲了什麼？」

楚留香道：「我什麼都不知道，我只知道殺他們的人，絕不是武維揚！」

胡鐵花叫了起來，道：「不是武維揚是誰？你這人的腦袋怎麼忽然變成了塊木頭？」

楚留香道：「這兩人一路急奔，爲的就是要追上武維揚，是不是？」

胡鐵花道：「不錯，只可惜他們真的追上了，否則也不會遭了武維揚的毒手。」

楚留香又道：「他們既然是爲了追武維揚的，追上之後，見著了武維揚，自然一定要停下來招呼，是不是？」

胡鐵花道：「不錯。」

楚留香道：「他們停下來招呼時，一定是面對著武維揚的，是不是？」

胡鐵花道：「不錯。」

楚留香道：「他們既然是面對著武維揚的，武維揚一箭射來，又怎會射入了他們的左肋？」

胡鐵花怔住了，面上的得意之色立刻連半點都瞧不見了。

張三失笑道：「也許武維揚射出來的箭會半途轉彎的。」

胡鐵花瞪了他一眼，似乎想咬他一口。

楚留香道：「還有，武維揚縱橫江湖已有二十多年，可算是一等一的老江湖了，他若真想毀屍滅跡，又怎會被我們發現？」

張三笑道：「他也許是喝醉了酒。」

胡鐵花瞪眼道：「還有沒有？」

楚留香道：「還有，這兩匹馬是向前急馳，這兩人受傷墮馬之後，兩匹馬本該是向前跑才對，又怎會忽然回頭了呢？」

張三笑道：「也許這兩匹馬也是吃葷的，不吃草，也想吃吃我的烤魚。」

胡鐵花已跳了起來，大聲道：「好，好，好！你們兩個都比我聰明，你們就告訴我這是怎麼一回事吧！」

楚留香道：「射箭的人，必定是藏在岸邊的人。這兩人一路急馳，什麼也沒有瞧見，驟出不意，是以才會被他一箭射入左肋。」

胡鐵花道：「哼！」

楚留香道：「這人用的雖是大箭，卻未必是強弓，因爲他們之間相距根本就沒有二十丈。」

張三道：「非但沒有二十丈，也許連兩丈都沒有。在兩丈之內，我射出去的箭也準得很！」

楚留香道：「他如此做，爲的就是要讓我們以爲這是武維揚下的手，所以，他才故意在岸邊留下些血漬，好讓我們找到這兩人的屍身。」

張三道：「他還怕我們不找到這裡來，所以才故意將兩匹空馬放回，還故意在馬鞍上也留下些血漬，是不是？」

楚留香道：「不錯，否則這兩人左肋中箭，血又怎會滴到馬鞍上去？」

胡鐵花不說話了。

張三道：「但這件事我也有一點還沒有想通。」

楚留香道：「哪一點？」

張三道：「他殺了這兩人，本是神不知，鬼不覺的，爲什麼一定要我們知道？」

胡鐵花忍了忍，終於還是忍不住道：「因爲他知道我們已瞧見了這兩人，怕我們追究。」

張三道：「這道理勉強也說得通，但這兩人就算真是武維揚殺的，也是他們『鳳尾幫』的事，別人也無法插手，他嫁禍給武維揚又有什麼用？」

胡鐵花又說不出話來了。

楚留香緩緩道：「他們這樣做，既不是爲了怕我們追究，也不是想嫁禍給武維揚。」

張三道：「那麼，他們是爲了什麼？」

楚留香道：「只爲了要我們知道武維揚還活著。」

張三和胡鐵花對望了一眼，顯見都沒有聽懂他這句話的意思。

楚留香接著道：「若是我猜得不錯，武維揚想必已死了！」

張三動容道：「你說武老大也已遭了他們毒手？」

楚留香道：「不錯，但他們還不想讓別人知道，也許還另有圖謀，所以才這樣做，我們若相信這兩人真是武維揚殺的，那麼武維揚自己當然就還沒有死了，以後若有人問起武維揚的死活，我們就一定會證明武維揚還活著的！」

他嘆了口氣，接道：「這些人心計之深、手段之毒、計劃之周密，固然都可怕得很，最可怕的還是，到現在爲止，還沒有人知道他們圖謀的究竟是什麼？」

張三伸了伸舌頭，笑道：「幸好今天晚上他們沒有看清我……」

船頭上的爐火猶未熄。

張三拍著胡鐵花的肩頭，笑道：「現在時候還不算晚，再到我船上去吃兩條魚如何？」

胡鐵花笑道：「今天我還想留著肚子去吃那些孫子，等明天再來吃你這孫子吧！」

張三喃喃道：「今天你若錯過機會，明天只怕就吃不到了……」

他搖著頭，嘆著氣，慢慢地走上船，居然唱起歌來。仔細一聽，他唱的竟是：「風蕭蕭兮易水寒，壯士一去兮不復還……」

胡鐵花笑罵道：「這小子才真是狗嘴裡吐不出象牙來，我就不信『三和樓』上，真有人能夠要了我們的命去。」

楚留香沉默了半晌，忽然笑道：「我倒想再吃他兩條魚，這機會也許真不多了……」

突聽一聲輕呼，張三剛走入船艙，又退了出來，面上雖有驚異之色，還是帶著笑道：「我這船上連半件值錢的東西都沒有，朋友若想來光顧，那可真是抱歉得很了。」

胡鐵花瞟了楚留香一眼，失笑道：「想不到今天樑上君子也遇著了小偷。」

兩人掠上船頭，就發現果然有個人蜷伏在船艙的角落裡。

船艙裡還沒有點燈，暗得很，他們也瞧不清這人的面貌和身形，只瞧見了一雙眼睛——一雙亮晶晶的眼睛。

無論誰都很少能見到如此明亮、如此美麗的眼睛，只可惜現在這雙眼睛卻充滿了驚慌和恐懼，看來自然遠不及平時那麼動人。

張三笑道：「我這裡什麼都沒有，只有幾隻破襪子，姑娘若不嫌臭，就請帶走吧，賴在這裡，可沒有好處的。」

船艙裡的人既不動，也不走，竟似賴定在這裡了。

張三皺眉道：「你還不想走？」

船艙裡的人很快地搖了搖頭。

張三道：「你究竟想在這裡幹什麼？非等著我轟你出去不可？」

他似乎真的要進去趕人了，胡鐵花卻一把拉住了他，瞪眼道：「你這人是不是有毛病？」

張三怔了怔，道：「毛病？什麼毛病？」

胡鐵花道：「若有這麼美麗的女孩子肯賞光到我家去，我想盡法子留住她還來不及，怎麼能板下臉來趕人家走呢？」

張三失笑道：「你聽見沒有，我雖然是個大好人，這小子卻是個大色狼，我勸你還是快走吧，愈快愈好。」

除了魚和珍珠外，張三對別的本都沒興趣。

誰知船艙裡的人兒還是在搖著頭。

胡鐵花笑了，道：「姑娘千萬莫聽他的，我這人只不過是喜歡交朋友而已。只要姑娘高興，隨便在這裡耽多久都沒關係，我保證他絕不敢對你無禮。」

他以爲船艙裡的這人一定會對他很感激了，誰知這位姑娘竟似全不知好歹，反而狠狠地瞪了他一眼。

就在這一瞬間，胡鐵花忽然發覺這雙眼睛看來竟熟悉得很，彷彿是在什麼地方見過的。

他還未說話，楚留香已問道：「是金姑娘？」

船艙裡的人果然點了點頭。

胡鐵花也想起來了，失聲說道：「對了，就是那個兇姑娘，她一兇起來，一瞪起眼睛，我就認出她是誰來了。張三……」

他再回過頭去找張三，張三早已溜之大吉。

楚留香道：「金姑娘爲何會到這裡來了呢？」

金靈芝還是躲在那裡，不肯說話。

胡鐵花沉下了臉，冷哼道：「像金姑娘這麼尊貴的人，居然會到這裡來，倒真是怪事，莫非還是想來要我的命麼？」

金靈芝眨了眨眼，眼圈竟似已有些紅了。

她居然又忍住了沒有發脾氣。

這強橫霸道的大姑娘，此刻看來竟有些可憐兮兮的樣子。

胡鐵花的心立刻軟了。

他的心本來就不太硬，尤其是見到女孩子時，軟得更快，本來還想板著臉的，怎奈臉上的肉已不聽指揮，展顏笑道：「這裡雖然沒有什麼好東西，但烤魚卻還不錯，金姑娘只要不發脾氣，無論要什麼都好商量。」

金靈芝又眨了眨眼，目中竟流下淚來。

一見到女人的眼淚，胡鐵花非但心軟，人也軟了，柔聲道：「金姑娘若還是在對我生氣，就算打我幾下出氣也沒關係。」

楚留香笑了笑，道：「但金姑娘只怕並不是來找你的。」

胡鐵花瞪眼道：「不是找我的，難道是找你的？她找你幹什麼？」

楚留香也不理他，沉聲道：「金姑娘莫非遇著了什麼意外？」

金靈芝果然又點了點頭。

胡鐵花搶著道：「難道有人敢對金姑娘無禮？」

金靈芝垂下頭，竟似已在輕輕啜泣。

胡鐵花道：「難道金姑娘不是那些人的對手，所以才躲到這裡來的？」

金靈芝的身子往後縮了縮，似乎在發抖。

胡鐵花大聲道：「是誰欺負金姑娘，是不是丁楓那小子？」

金靈芝既未點頭，也未搖頭，泣聲卻更悲哀。

胡鐵花大怒道：「那小子膽子可真不小，金姑娘，有我們在這裡，你什麼都不必怕……」

他愈說火氣愈大。

看到有人欺負女孩子，他的火氣一發，就簡直不可收拾，恨恨道：「那小子現在在哪裡？你帶我們找他去！」

金靈芝的身子又往後縮了縮，就像是隻已被追得無處可逃的小羊，好容易找到了個可以藏身之地，哪裡還肯出來？

胡鐵花皺眉道：「金姑娘莫非已受了傷？」

金靈芝顫聲道：「我……」

一個字剛說出，就忍不住輕呼了一聲，似已痛得無法忍受。

胡鐵花動容道：「你傷在哪裡，讓我瞧瞧，要不要緊？」

他嘴裡說著話，已一頭鑽入了船艙。

船艙裡的地方不大，而且果然有種很特別的臭氣——單身漢住的地方，大多都有這種臭氣。

像金靈芝這樣的千金小姐，若非已被人逼急了，就算捏住她的鼻子，她也是萬萬不肯到這裡來的。

胡鐵花暗中嘆了口氣，柔聲道：「我雖不是名醫，但卻也會治傷的；金姑娘你只管放心，將傷勢讓我瞧瞧，我總有法子治好。」

金靈芝掙扎著，伸出了腿，顫聲道：「他……他想殺我，一刀險些將我的腿砍斷了。」

胡鐵花咬牙道：「好小子，好狠的心……」

船艙裡暗得很，他蹲下去，還是瞧不清金靈芝腿上的傷在哪裡，皺眉道：「張三，你這鬼地方難道連盞燈都沒有麼？」

他想去摸摸她腿上的傷勢，誰知他手剛伸出，金靈芝這條已受了重傷的腿突然能動了，非但能動，而且還動得很快、很有力，飛起一腿，就踢在胡鐵花的肩井穴上，接著又是一腿，將胡鐵花踢得滾了出去，用的竟是正宗的北派鴛鴦腿。

胡鐵花連一聲驚呼都未發出，已被制得不能動了。

只見劍光一閃，一柄長劍已抵住了他的咽喉。

金靈芝的眼睛又已瞪了起來，厲聲道：「你這色狼，你敢摸我的腿？你難道忘記我是什麼人了？」

胡鐵花嘆了口氣，苦笑道：「我什麼都未忘記，只忘記你是個女人了。男人想幫女人的忙，就是在自找麻煩，若相信了女人的話，更是活該倒楣！」

金靈芝冷笑道：「你算是什麼東西，我會要求你幫我的忙？就是天下的人都死光了，我也不會找到你的。」

她忽然扭轉頭，大喝道：「站在那裡不許動，動一動我就先要他的命！」

其實楚留香根本就沒有動。

他發覺不對的時候，再想出手已來不及了。

金靈芝瞪著眼睛道：「我問你，這人是不是你的好朋友？」

楚留香嘆道：「看來，我就算想不承認也沒有法子了！」

金靈芝道：「你想要他活著，還是想他死？」

胡鐵花搶著道：「他當然是想我活著的，我若死了，還有誰來跟他鬥嘴？」

楚留香道：「不錯，他若死了，我就太平了；只可惜我這人一向過不得太平日子。」

金靈芝道：「好，你若想救他，先去將那張三找來再說。」

這句話剛說完，張三已出現了，苦著臉道：「我也不想他死，我的朋友裡還沒有他這樣的呆子，再想找這麼樣一個也不是容易事。」

胡鐵花也叫了起來，道：「我究竟是色狼?還是呆子?」

張三道：「你是個呆色狼，色呆子，一個人就已身兼兩職。」

胡鐵花笑道：「若有薪餉可拿，身兼兩職倒也不是壞事。」

金靈芝目光閃動，居然沒有插嘴。

只因她實在也聽得怔住了。

若是別人，落到他們這種情況，縱然不嚇得渾身發抖，面如死灰，也一定難免急得愁眉苦臉。

誰知這幾人還是在嘻嘻哈哈的開玩笑，彷彿已將這種事當做家常便飯，根本就沒有放在心上。

胡鐵花居然還笑得很開心。

金靈芝的手一緊，劍尖就幾乎刺入了胡鐵花的咽喉，厲聲叱道：「你們以爲我不敢殺他，是不是?」

張三嘆了口氣，喃喃道：「你當然敢，連男人洗澡的地方你都敢闖進去，天下還有什麼是你不敢做的事?」

金靈芝怒道：「你嘰嘰咕咕在說些什麼？」

張三陪笑道：「我說金姑娘本是位女中豪傑，殺個把人有什麼稀奇？只求姑娘莫要逼我跳到這條江裡去，我什麼東西都往這裡倒的。」

金靈芝眼珠子一轉，道：「你既然明白就好，快跳下水裡去洗個澡吧！」

張三失聲道：「什麼？洗澡……在下半個月前剛洗過澡，現在身上還乾淨得很。」

金靈芝厲聲道：「你想救他的命，就快跳下去，少說廢話。」

張三哭喪著臉道：「可是……可是現在天已涼了，這條江裡又髒得很……」

金靈芝冷笑道：「若是不髒，我也不要你跳了。」

張三道：「為……為什麼？」

金靈芝道：「你害我在這裡嗅了半天臭氣，我怎麼能輕易放過你？」

張三道：「但我並未請姑娘來呀！」

金靈芝怒道：「你為何不將這地方收拾乾淨？」

張三道：「我怎麼知道姑娘要來呢？」

金靈芝道：「不管，不管，我只問你，你是跳？還是不跳？」

張三又嘆了口氣，喃喃的說道：「這位姑娘可真真蠻不講理，我看將來她老公一定難免要被她活活氣死。」

金靈芝瞪眼道：「你又在嘀咕些什麼？」

張三趕緊陪笑道：「我只是在說，姑娘的吩咐，有誰敢不聽呢？」

他一隻手捏著鼻子，竟真的「噗通」一聲，跳入江裡。

但金靈芝的火氣還是一點也沒有消，瞪著楚留香道：「現在輪到你了！」

楚留香苦笑道：「姑娘難道也想要我跳下去洗個澡？」

金靈芝冷笑道：「你就沒有那麼便宜了。」

楚留香道：「姑娘要我怎樣？」

金靈芝道：「我只想要你替我拿樣東西，你若答應了我，我就立刻放了他。」

楚留香鬆了口氣，道：「卻不知姑娘要我去拿的是什麼？」

金靈芝道：「桃子。」

楚留香怔了怔，道：「桃子？什麼桃子？」

金靈芝道：「當然是吃的桃子，你難道連桃子都沒聽說過麼？」

楚留香笑了，道：「現在雖不是出桃子的時候，但姑娘若一定想要，總還找得到的。」

金靈芝悠然道：「只不過我要的桃子稍微有些特別而已。」

楚留香道：「什麼特別？」

他似乎忽然想到了什麼，臉色已經變了，失聲道：「姑娘要的，莫非是西方星宿海、極樂宮裡的玉蟠桃？」

金靈芝道：「不錯。」

楚留香倒抽了口涼氣，苦笑道：「姑娘要的桃子，的確特別得很。」

金靈芝淡淡道：「若不特別，我也就不要了。」

她接著又道：「半個月後，就是我祖母的八旬華誕之期，我哥哥姐姐、叔叔伯伯，都已準備了一份特別的壽禮，我怎麼能沒有？」

楚留香嘆道：「姑娘若能以極樂宮的玉蟠桃爲壽禮，那自然是出色當行，一定可以將別人送的禮全都壓下去了。」

金靈芝道：「正是如此。江湖傳言，都說那玉蟠桃是西天王母娘娘蟠桃園中的仙種，少年人吃了能養氣駐顏，永保青春，老年人吃了能延年益壽，長生不老。」

楚留香道：「既然如此，姑娘也就該知道，這玉蟠桃十三年才結實一次，而且……」

金靈芝打斷了他的話，道：「我早已打聽清楚了，今年正是玉蟠桃結實之期，而且我要的也不多，只要有四五個也就夠了。」

胡鐵花也嘆了口氣，苦笑道：「你好像還覺得自己的心平得很，但你可知道那玉蟠桃一次才結實幾枚麼？」

金靈芝道：「七枚。」

胡鐵花道：「不錯，那玉蟠桃十三年才結實七枚，你卻想去問人家要四五個，你難道以爲那極樂宮中的老怪物，是這老臭蟲的兒子不成？」

楚留香嘆道：「就算真是他老子，只怕也是一樣要不到的。」

金靈芝道：「為什麼？」

楚留香道：「極樂宮主張碧奇的夫人孫不老最是愛美，最怕老，昔年曾發下重誓，絕不讓她丈夫看到她老時候的樣子。」

胡鐵花道：「這位張夫人本是個聰明人，她知男人最怕看到老太婆——妻子一老，一個丈夫中，只怕就有九個要變心。」

金靈芝輕輕嘆息了一聲，道：「但每個人都要老的，誰也不能例外，是不是？」女人只要聽到「老」字，心裡就不免要發愁，金靈芝的脾氣雖然像男人，卻也不能例外。

楚留香道：「她說那句話的意思，正是說一等自己快要老的時候，就要去死，那麼她丈夫就永遠看不到她的老態了。」

胡鐵花笑了笑，道：「她也許並不是這意思。」

楚留香道：「哦？」

胡鐵花道：「她的意思也許是說，等到她要老的時候，就要將她丈夫殺了——只有死人才是永遠不會變心的，是不是？」

楚留香道：「其實她夫妻伉儷情深，可說是武林中最恩愛的一對，無論是誰先死了，另一個只怕也活不下去。」

他接著又道：「極樂宮昔年本名為『離愁宮』，離愁宮主軒轅野，也是當時數一數二的武林高手。」

胡鐵花道：「我也聽說過這個人，據說他天生神力，當世無雙，用的兵器重達一百多斤，天下無出其右，後來不知爲了什麼，竟忽然失蹤了。」

楚留香道：「張碧奇那時還不到三十歲，在江湖中剛露頭角，有一天，忽然跑到星宿海去，要找軒轅野決鬥，而且還訂下賭注，要以他夫妻兩人的性命來賭軒轅野的離愁宮，爲的，也就是聽說那玉蟠桃可令人青春永駐。」

胡鐵花失笑道：「這賭注實在有點不公道，張碧奇若勝了，不但就可擁有比皇宮還華麗的離愁宮，還可令他夫人青春不老；軒轅野若勝了，要他夫妻兩人的性命又有何用？我若是軒轅野，才不會跟他打這個賭。」

楚留香道：「賭得雖不公道，但軒轅野縱橫無敵，又怎會將這初出茅廬的少年放在眼裡？當下就答應了，以三陣見勝負。」

胡鐵花道：「是哪三陣？」

楚留香道：「一陣賭兵刃，一陣賭內力，一陣賭暗器輕功。」

胡鐵花道：「軒轅野的兵器之強，可說是前無古人，後無來者，內力之深厚，自然也絕非二十來歲的小伙子可比，至少已有兩陣他是贏定的了。」

楚留香道：「當時軒轅野自己想必也認爲如此，誰知張碧奇非但武功得有真傳，爲人更是聰明絕頂，早已想出了一種剋制軒轅野的兵器。」

胡鐵花道：「什麼兵器？」

過。」

楚留香道：「消魂索。」

胡鐵花皺眉道：「這種兵器我倒還未聽到過。」

楚留香道：「這種兵器本是他自己創出來的，名字也是他自己取的，別人自然從未聽到過。」

胡鐵花道：「那究竟是種什麼樣的兵器？」

楚留香道：「只不過是條長繩子而已。」

胡鐵花道：「繩子？繩子又怎能做兵刃？又怎能傷人？」

楚留香道：「他用的那條繩子長達三丈，他就站在三丈外和軒轅野交手，軒轅野用的兵器雖重，卻也無法震飛他手裡的繩子；軒轅野用的兵器雖長，卻也無法遠及三丈，他輕功不較軒轅野高，軒轅野想逼近他，也絕無可能。」

胡鐵花道：「但他用的那條繩子又怎能傷得到軒轅野？豈非已先立於不勝之地？和人打架，哪有用這種笨法子的？」

楚留香道：「他這一陣，本就不想贏的，用意只不過是在消耗軒轅野的內力。」

胡鐵花道：「不錯，軒轅野用的兵器既然重達一百多斤，施展起來自然費力得很，只不過，他也不是呆子，也該明瞭張碧奇的用意，張碧奇用的兵器既然根本傷不了他，他也根本不必白費氣力出手的。」

楚留香道：「問題就在這裡，張碧奇雖不想勝軒轅野，軒轅野卻一心想勝張碧奇。」

胡鐵花嘆了口氣，道：「不錯，以軒轅野的身分地位，自然不願和張碧奇戰成和局，只要他存了求勝之心，就難免要上當了。」

楚留香道：「軒轅野既然一心求勝，自然要使出全力。兩人這一戰自清晨開始，直達深夜，本來還未分出勝負，張碧奇卻忽然自認敗了，只因他已看出軒轅野那時真力已將耗盡，幾乎已成了強弩之末！」

胡鐵花道：「既然如此，他爲何不再打下去呢？索性叫軒轅野力竭倒地，豈非更好？」

楚留香道：「只因那時軒轅野已將他逼入了絕谷，他已退無可退，若是再打下去，他也就再也沒有便宜可占；但他既已認輸，軒轅野自然也無法再出手。」

胡鐵花道：「於是他就乘此機會立刻要比第二陣了，是不是？」

楚留香道：「不錯。」

胡鐵花道：「第二陣比的一定是內力，那時軒轅野既已惡戰了一晝夜，先就吃了大虧，只怕已經不是他敵手。」

楚留香道：「這你就錯了。軒轅野天生異稟，神力無窮，雖然已將力竭，但張碧奇還是沒有必勝的把握，所以他們第二陣鬥的是暗器和輕功。」

胡鐵花皺眉道：「軒轅野本不以暗器輕功見長，只怕也不是張碧奇的對手。」

楚留香道：「你又錯了，第二陣出手的不是張碧奇，而是他的夫人孫不老。」

胡鐵花道：「這兩人用的竟是車輪戰麼？」

楚留香道：「軒轅野雖然也知道他們是投機取巧，但他自負爲天下第一高手，認爲已必勝兩陣無疑，所以也沒有計較，以他那樣的身分地位，自然是話出如風，永無更改，後來發覺不對時，也不能說出不算了。」

胡鐵花嘆道：「不錯，一個人若是想充英雄，就難免要吃虧的。」

楚留香道：「孫不老號稱『凌波仙子，散花天女』，輕功暗器之高，幾乎已不可思議，這一陣軒轅野本就必敗無疑。」

胡鐵花眼角瞟著楚留香，悠然道：「就算輕功比人高些，也算不了什麼本事，那本來就是逃命用的本事。」

到了這種時候，他居然還是忘不了要臭楚留香幾句。

楚留香也不理他，接著道：「兩陣下來，軒轅野就算神力無窮，也已到了強弩之末，而張碧奇體力卻已完全恢復，第三陣不到兩個時辰，就已見了勝負。」

胡鐵花冷笑道：「但張碧奇就算勝了，也勝得不光榮。我看這種投機取巧的法子，大概也不是他自己想出來的。」

楚留香道：「怎見得？」

胡鐵花道：「這種法子也只有女人才想得出。」

楚留香笑了笑，道：「但張碧奇夫妻那時總還是武林後輩，無論是用什麼法子取勝的，軒轅野都無話可說，立刻就將離愁宮拱手讓人，他自己也就從此失蹤，至今已有四十餘年，江湖中簡直就沒有人再聽到過他的消息。」

他接著又道：「但自從那一戰之後，張碧奇夫婦也很少在江湖露面了。近二十年來，更已絕跡紅塵，後一輩的人，幾乎已未聽過他們的名字。」

胡鐵花冷冷道：「他們只怕也自知勝得不光榮，問心有愧，所以才沒臉見人。」

兩人你一言，我一語，說得興高采烈，金靈芝竟一直沒有打斷他們的話，只因這兩人口才極好，說的又是件極引人入勝的武林掌故，當真是緊張曲折，高潮迭起，金靈芝實已聽得出神。

直到兩人說完，金靈芝才回過神來，大聲道：「我到這裡來，可不是聽你們說故事的。我只問你，到底是答應，還是不答應？」

楚留香苦笑道：「我說這故事，只爲了想要姑娘知道，張碧奇夫婦對那玉蟠桃是如何珍視，我和他們素昧平生，毫無淵源，怎麼能要得到？」

金靈芝道：「我也知道你要不到，但要不到的東西，你就會偷。江湖中人人都知道，天下再也沒有『盜帥』楚留香偷不到的東西，是不是？」

楚留香道：「但張碧奇夫婦在極樂宮一住四十年，武功之高，想必已深不可測，這四十年來，江湖中也有不少人想去打他們那玉蟠桃的主意，簡直就沒有一個能活著回來的。」

他嘆了口氣，接著道：「何況，星宿海遠在西極，迢迢萬里，我又怎能在短短半個月裡趕去趕回？姑娘你這不是強人所難麼？」

金靈芝大聲道：「不錯，我就是要強人所難！你若不答應，我現在就殺了他！」

胡鐵花閉上眼睛，苦笑道：「看來你不如還是快替我去買棺材吧，買棺材總比偷桃子方便得多了。」

金靈芝冷笑道：「連棺材都不必買，我殺了你後，就將你抛到江裡去餵……」

這句話還未說完，突聽「轟」的一聲，船底竟然裂開了一個大洞，江水立刻噴泉般湧出——

船身震盪，金靈芝驟出不意，腳下一個踉蹌，只覺手腕一麻，也不知被什麼東西打了一下，手裡的劍就再也拿不住了。

這柄劍忽然間就到了楚留香手上。

洶湧的江水中，竟然鑽出個人來，正是「快網」張三。

只聽張三大笑道：「姑娘在這裡耽了半天，想必也被薰臭了，也下來洗個澡吧！」

笑聲中，他竟伸手去抱金靈芝的腿。

金靈芝臉都嚇白了。

船艙明明是開著的，她居然不會往外鑽，只是大聲道：「你敢碰我，你敢……」

張三已看出她一定不懂水性，所以才會慌成這樣子，笑道：「在地上是姑娘你厲害，可是在水裡，就得看我的了。」

金靈芝驚呼一聲，突然覺得有隻手在她肘下一托，她的人就被托得飛了起來，飛出了船艙。

只聽楚留香的聲音帶著笑道：「下次若想要人的命，就千萬莫要聽人說故事……」

船在慢慢地往下沉。

張三托著腮，蹲在岸邊，愁眉苦臉的瞧著，不停地嘆著氣，好像連眼淚都已快掉了下來。

胡鐵花心裡雖然對他有說不出的感激，嘴裡卻故意道：「舊的不去，新的不來，這條船反正也快報銷了，早些沉了反而落得個乾淨，你難受什麼？」

張三跳了起來，大叫道：「破船？你說我這是條破船？這樣的破船你有幾條？」

胡鐵花笑道：「一條也沒有，就算有，我也早就將它弄沉了，免得看著生氣。」

張三仰天打了兩個哈哈，道：「好好好，胡相公既然這麼說，那不破的船胡相公想必至少也有十條八條的了，就請胡相公隨便賠我一條如何？」

胡鐵花悠然道：「船，本來是應該賠的，應該賠你船的人，本來也在這裡，只可惜……」

他用眼角瞇著楚留香，冷冷的接著道：「只可惜那人已被這位憐香惜玉的花花公子放走了。」

楚留香笑了，道：「我放走了她，你心裡是一萬個不服氣，但我若不放走她，又當如何？你難道還能咬她一口麼？」

張三道：「一點也不錯，以我看也是放走了的好，她若留在這裡，少時若又掉兩滴眼淚，胡相公的心就難免又要被打動了，胡相公的心一軟，說不定又想去摸人家的大腿，若再被人家的劍抵住脖子，到了那時，唉……」

他長長嘆了口氣，搖著頭道：「我就算想再救胡相公，也找不到第二條破船來弄沉了。」

胡鐵花也仰天打了兩個哈哈，道：「好好好，你兩人一搭一檔，想氣死我是不是？告訴你，我一點也不氣，我上了人家一次當，就再也不會上第二次了！」

張三道：「哦？胡相公這難道是第一次上女人的當麼？」

胡鐵花說不出話來了，鼻子似乎又有點發癢，又要用手去摸摸，楚留香這摸鼻子的毛病，他早已學得「青出於藍」了。

張三道：「據我所知，胡相公上女人的當，沒有七八百次，也有三五百次了，每次上了當後，都指天誓言，下次一定要學乖了，但下次見了漂亮女人時，他還是偏偏要照樣上當不誤，你說這是不是怪事？」

楚留香笑道：「他上輩子想必欠了女人不少債，留著這輩子來還的，只不過……憑良心講，他這次上當，倒也不能怪他。」

張三道：「哦？」

楚留香道：「那位金姑娘本就是什麼事都做得出的，若說她騎馬上過房、闖過男人澡堂，甚至說她脫光了衣裳自街上走過，我都不會覺得奇怪，但若說她會以奸計騙人，那就連我也是萬萬想不到的了。」

胡鐵花嘆了口氣，喃喃道：「這老臭蟲雖然也是個臭嘴，但有時至少還會說幾句良心話，我就因爲再也想不到她是這樣的人，所以才會上她的當。」

張三道：「這話倒也有理，但方才騙人的難道不是她麼？」

楚留香道：「我想，她方才那麼樣做，一定不是她自己的主意。」

胡鐵花道：「不錯，她一定是受了別人的指使，說不定還是被人所脅，否則……」

張三道：「否則她一定不忍心來騙我們這位多情大少的，是不是？」

他不讓別人說話，接著又道：「但像她那種脾氣的人，又有誰能指使她？威脅她？」

楚留香沉吟著，道：「說不定她有什麼把柄被人捏在手裡。」

胡鐵花道：「不錯，威脅她的人一定是丁楓，你看她見到丁楓時的樣子，就可看出來了。」

張三道：「那也未必，她對那位丁公子事事忍讓，說不定只因爲她對他早已情有所鍾，女人家對自己喜歡的，總是讓著些的，你看那位丁公子，不但少年英俊，風流瀟灑，而且言語得體，文武雙全，我若是女人，見了他時，那脾氣也是萬萬發作不出來的。」

胡鐵花眼睜睜的聽著，忽然站起來，向他長長作了一揖，道：「我求你一件事好不好？」

張三也不禁怔了怔，道：「你想求我什麼？還想吃烤魚？」

胡鐵花嘆了口氣，道：「我求求你，不要再氣我，我實在已經受不了，等我發了財時，一定賠你一條船，而且保管和你那條船一樣破。」

張三忍不住笑了，喃喃道：「這人本來說的還像是人話，誰知說到後來又不對了……」

他接著道：「你們若說她竟是受丁楓所脅，也未嘗沒有道理，只不過，丁楓想要的本是楚留香的命，又何苦要他去偷那玉蟠桃？」

胡鐵花道：「這你都不懂麼？……這就叫做借刀殺人之計！」

張三道：「借刀殺人？」

胡鐵花道：「丁楓想必也知道這老臭蟲不是好對付的，所以就要他去盜那玉蟠桃，想那極樂宮豈是容人來去自如之地？老臭蟲若是真去了，還能回得來麼？」

張三拊掌道：「不錯，想不到你居然也變得聰明起來了。」

楚留香道：「還有呢？」

胡鐵花道：「還有什麼？」

楚留香笑道：「丁楓用的本是一條連環計，一計之外，還有二計，你這位聰明人怎會看不出了。」

胡鐵花道：「還有第二計？是哪一計？」

楚留香道：「那是三十六計中的第十八計，叫調虎離山。」

胡鐵花道：「調虎離山？」

楚留香道：「不錯，他在這裡想必有什麼勾當，生怕我們礙了他的事，所以就想將我們遠遠的支到星宿海去，這一去縱能回來，至少也是半個月以後的事了。」

胡鐵花默然半晌，搖著頭嘆道：「看來也只有你這樣的人，才能看得破丁楓那種人的奸計，我的確還差得遠了，這種陰險狡詐的事，我非但做不出，簡直連想也想不出。」

楚留香失笑道：「但你罵人的本事倒不錯，罵起人來，全不帶半個髒字。」

胡鐵花道：「這我也是跟你學的，你難道忘了？」

# 四 心懷鬼胎

三和樓自然有「樓」，非但有二樓，二樓上還有個閣樓。

閣樓的地方並不大，剛好可以擺得下一桌酒。

海闊天請客的一桌酒，就擺在這閣樓上。

胡鐵花走上這閣樓，第一眼看到的人，竟然是金靈芝。

金靈芝居然還是來了。

胡鐵花在「逍遙池」裡看到她的時候，她看來活脫脫就像是個潑婦，而且還是有點神經病的潑婦。

在那船艙裡，她就變了，變得可憐兮兮的，像條小綿羊，但一眨眼，這條小綿羊就變成了一條狐狸、一隻老虎。

現在，她居然又變了。

她已換了件質料很高貴，並不太花的衣服，頭上戴的珠翠既不太多，也不太少。

她端端正正、規規矩矩的坐在那裡，看來既不刺眼，也絕不寒傖，正是位世家大宅中的千金小姐應該有的模樣。

胡鐵花暗中嘆了口氣：「女人真是會變，有人說：女人的心，就像是五月黃梅天時的天氣，說這話的人，倒真是個天才。」

最高明的是，在她看到楚留香和胡鐵花時，居然還是面不改色，就彷彿什麼事都沒有發生過似的。

方才躲在船艙裡的那個人，好像根本就不是她。

胡鐵花又不禁嘆了口氣：「我若是她，她若是我，我見了她，只怕早已紅著臉躲到桌子下面去了，如此看來，女人的臉皮的確要比男人厚得多。」

他卻不知道，若說女人的臉皮比男人厚，那也只不過是因爲她們臉上多了一層粉而已，縱然臉紅了，別人也很難看得出。

也有人說：「年紀愈大的女人，臉皮愈厚。」

其實那也只不過因爲年紀愈大的女人，粉也一定擦得愈多。

金靈芝左邊兩個位子，是空著的，顯然是準備留給楚留香和胡鐵花的，在酒席上，這兩個位子都是上座。

但胡鐵花卻寧可坐在地上，也不願坐在那裡。

被人用劍抵住脖子，畢竟不能算是件很得意地事。

胡鐵花的脖子到現在還有點疼。

金靈芝右邊，坐的是個像貌堂堂的錦袍老人，鬚髮都已花白，但一雙眸子，卻還是閃閃有光，顧盼之間，稜稜有威，令人不敢逼視。

無論誰都可看出，這人的來頭必定不小。可喜的是，他架子倒不大，見到胡鐵花他們進來，居然起來含笑作禮。

胡鐵花立刻也笑著還禮。

但也不知爲了什麼，他笑容很快就又瞧不見了。

他一進來，就覺得這老人面熟得很，只不過驟然間想不起是誰了，等到他見到這老人錦袍上繫著的腰帶，他才想了起來。腰帶是用七根不同顏色的絲絛編成的。

這老人赫然竟是「鳳尾幫」的總瓢把子「神箭射日」武維揚！

胡鐵花忍不住偷偷瞪了楚留香一眼，意思正是在說：「你豈非已算定武維揚死了麼？他現在爲何還是好好的活著？」

楚留香居然也面不改色，就像是根本沒有說過這些話似的。胡鐵花常常都在奇怪，這人的臉皮如此厚，鬍子怎麼還能長得出來？

勾子長居然也來了，武維揚旁邊坐的就是他，再下來就是丁楓、海闊天，和那佩刀的大漢。

坐在那裡，勾子長也比別人高了半個頭。

「但他的腿雖長，上身並不長呀。」

胡鐵花正在奇怪，勾子長也已含笑站了起來，胡鐵花這才看出原來他竟還是將那黑皮箱墊著坐下，像是生怕被人搶走。

等到入座之後，胡鐵花才發覺旁邊有個空位子，也不知是留著等誰的，這人居然來得比他們還遲。

丁楓的笑容還是那麼親切，已舉杯道：「兩位來遲了，是不是該罰？」

楚留香笑道：「該罰該罰，先罰我三杯。」

他果然舉起酒杯，一飲而盡。

胡鐵花也放心了。

楚留香喝下去的酒，就絕不會有毒，酒裡只要有毒，就瞞不過楚留香。

丁楓又笑道：「楚兄既已喝了，胡兄呢？」

胡鐵花笑道：「連他都喝了三杯，我至少也得喝六杯。」

他索性將六杯酒都倒在一個大碗裡，仰著脖子喝了下去。

丁楓拊掌道：「胡兄果然是好酒量，果然是名不虛傳。」

胡鐵花道：「原來閣下早已認得我們了。」

丁楓微笑道：「兩位的大名，誰人不知，哪個不曉，在下若說不認得兩位，豈非是欺人之談了。」

胡鐵花瞪了海闊天一眼，道：「有海幫主在這裡，閣下能認得出我們，倒也不奇怪，但我若說，我們也認得閣下，那只怕就有些奇怪了，是不是？」

丁楓笑道：「那倒的確奇怪得很，在下既無兩位這樣的赫赫大名，也極少在江湖間走動，兩位又怎會認得在下？」

胡鐵花笑道：「怪事年年都有的，我倒偏偏就是認得你，你信不信？」

丁楓道：「哦？」

胡鐵花道：「閣下姓丁，名楓……」

他話未說完，丁楓的面色已有些變了，失聲說道：「不錯，在下正是丁楓，卻不知兩位怎會知道？」

他在枯梅大師艙上自報姓名時，當然想不到岸上還有人偷聽。

胡鐵花心裡暗暗好笑，面上卻正色道：「其實閣下的大名我們已知道很久了，閣下的事，我們也都清楚得很，否則今日我們又怎會一請就來呢？」

丁楓嘴裡好像突然被人塞了個拳頭，半晌說不出話來。

胡鐵花察言觀色，忽然仰天一笑，道：「丁兄若是認為自己的身分很神秘，不願被人知道，那就只怪我多嘴了，我再罰六杯。」

這六杯，他喝得比上六杯更快。

楚留香笑道：「這人有個最大的本事，無論你說什麼，他總能找到機會喝酒的。」

丁楓也立刻跟著笑了，道：「在座的人，只怕還有一位是兩位不認得的。」

那佩刀的大漢立刻站了起來，抱拳道：「在下向天飛。」

他只說了這五個字，就坐了下去，眼睛始終也沒有向胡鐵花他們這邊看過一眼，方才那一肚子火氣，到現在竟還是沒有沉下去。

楚留香笑道：「幸會幸會，『海上孤鷹』向天飛的大名，不知道的人只怕還很少……」

勾子長突然打斷了他的話，淡淡道：「這名字我就不知道，而且從來也未聽說過。」

向天飛的面色變了，冷笑道：「那倒巧得很，閣下的大名，我也從未聽人說起。」

陸上的強盜大致可分成幾種，有的是幫匪，有的是股匪，有的占山為王，有的四處流竄，有的坐地分贓，還有一種，叫獨行盜。

獨行盜的武功通常都很高，一個人獨來獨往，從來不要幫手，因為他們覺得這樣做不但行事較隱秘，而且也沒有人搶著要和他們分肥，其中的高手，有的甚至真能做到「日行千家，夜盜百戶」的。

他們只要做成一宗大買賣，就能享受很久。

但獨行盜既然是獨來獨往，從無幫手，所冒的風險自然也比較大，是以他們大多身懷幾種獨門絕技，足以應變。

也有的是輕功極高，一擊不中，也能全身而退。總之，若非對自己武功有自信的人，就絕不敢做獨行盜。在海上做案，遇險的機會總比陸上多，因為商船航行海上，必定有備，而且海上風浪險惡，也絕非一個人所能應付得了的。所以海盜大多是嘯聚成群，很少有獨行盜。

這「海上孤鷹」向天飛卻正是海上絕無僅有的獨行盜。此人不但武功高，水性熟，而且極精於航海術，一人一帆，飄遊海上，遇著的若非極大的買賣，他絕不會出手。

自東而西，滿載而歸的商船，常會在半夜中被洗劫，船上的金珠珍寶已被盜一空，沉重的銀兩，卻原封不動。那時船上的人縱未見到下手的人是誰，也必定會猜出這就是「海上孤鷹」向天飛的手筆了。大家也只有自認倒楣。

因爲那時向天飛早已揚帆而去，不知所終，在茫茫大海中要找一個人，正好像要在海底撈針一般。

獨行盜大多都脾氣古怪，驕橫狂傲，很少有朋友，而且下手必定心黑手辣，這向天飛自然也不例外。

比起別的獨行盜，這向天飛卻有兩樣好處。第一，他手下極少傷人性命，而且一向只劫財，不劫色。

楚留香總覺這人並不太壞。

但這人的脾氣卻壞極了，一言不合，好像就要翻桌子出手。

這次勾子長倒很沉得住氣，居然還是神色不動，淡淡道：「我本就是個無名小卒，閣下未曾聽過我的名字，本不足爲奇，但閣下既然號稱『海上孤鷹』，輕功必是極高明的了。」

若是別人聽了這話，少不得總要謙謝一番。

向天飛只是冷冷道：「若論輕功麼，在下倒過得去。」

勾子長大笑道：「好好好，原來閣下也是個直爽人，正投我的脾氣。」

他舉杯一飲而盡，緩緩接著道：「我這次出來，爲的就是要見識見識江湖中的輕功高手，閣下既然這麼說，我少不了是要向閣下領教的了。」

向天飛道：「向某隨時候教。」

勾子長淡淡一笑，悠然道：「我想你用不著等多久的。」

胡鐵花心裡暗暗好笑：「想不到這勾子長也是個喜歡惹事生非的角色，卻不知爲何偏偏找上向天飛，莫非他初出江湖，想找個機會成名立萬？」

丁楓忽然笑道：「勾兄的輕功，想必也是極高明的了？」

勾子長瞟了向天飛一眼，淡淡道：「若論輕功麼，在下也倒還過得去。」

丁楓道：「勾兄若真想見識見識當今江湖中的輕功高手，今天倒真是來對了地方。」

勾子長道：「哦？」

丁楓笑道：「勾兄眼前就有一人，輕功之高當世無雙，勾兄若不向他請教請教可真是虛此一行了。」

胡鐵花瞟了楚留香一眼，兩人心裡都已有數：「這小子在挑撥離間。」

勾子長卻好像聽不懂，笑道：「在下正也想請丁兄指教指教的。」

丁楓笑道：「在下又算得了什麼？勾兄千萬莫要誤會了……」

勾子長目光閃動，道：「丁兄說的難道並不是自己麼？」

丁楓大笑道：「在下臉皮雖厚，卻也不敢硬往自己臉上貼金。」

勾子長道：「那麼，丁兄說的是誰呢？」

丁楓還未說話，勾子長忽又接著道：「丁兄說的若是楚香帥，那也不必了，楚香帥的輕功，我的確自愧不如，但別人麼……嘿嘿。」

他「嘿嘿」乾笑了兩聲，接著道：「無論是哪位要來指教，我都隨時奉陪。」

他這句話無異擺明了是站在楚留香一邊的。

胡鐵花雖對他更生好感，卻又不免暗暗苦笑，覺得這人實在是初出茅廬，未經世故，平白無故的就將滿桌子人全都得罪了。幸好這時那最後一位客人終於也已趕來。

只聽樓梯聲只響了兩聲，他的人已到了門外。來的顯然又是位輕功高手。

胡鐵花就坐在門對面，是第一個看到這人的。

這人身材不高，簡直可說是瘦小枯乾，臉上黃一塊，白一塊的，彷彿長了滿臉的白癬，一雙眼睛裡也佈滿了紅絲，全無神采。

他相貌既不出眾，穿的衣服也很隨便，甚至已有些破舊，不認識他的人，一定會覺得奇怪：「堂堂紫鯨幫的幫主，怎麼會請了這麼樣一位客人來？」

但胡鐵花卻是認得他的。

這人正是長江「神龍幫」的總瓢把子雲從龍雲二爺。水性之高，江南第一，據說有一次曾經在水底潛伏了三日三夜，沒有人看見他換過氣，他臉上黃一塊、白一塊的，並不是癬，而是水鏽。

他一雙眼睛，也是因爲常在水底視物，才被泡紅了的。

長江水利最富，船隻最多，所以出的事也最多，「神龍幫」雄踞長江，只要是在長江一帶發生的事，無論大小，「神龍幫」都要伸手去管一管的。

能坐上「神龍幫」幫主的金交椅，並不是件容易的事，每天也不知要解決多少糾紛，應付多少人。

雲從龍自奉雖儉，對朋友卻極大方，應付人更是得體，正是個隨機應變，八面玲瓏的角色。

但此刻這位八面玲瓏的雲幫主卻鐵青著臉，全無笑容，神情看來也有些憤怒、慌張，竟好像完全變了一個人了。

「神龍幫」裡，莫非也發生了什麼極重大的意外變化？

# 五　死客人

四熱炒、四冷盤還沒搬下去，一尾「清蒸時魚」已擺上來，海闊天請客的菜，是從來不會令客人失望的。

「清蒸時魚」正是三和樓錢師傅的拿手名菜，胡鐵花覺得它雖不如張三烤魚的鮮香，但滑嫩處卻彷彿猶有過之。

但無論多麼好的菜，也得要心情好的時候才能夠欣賞領略，一個人若是滿肚子彆扭，就算將天下第一名廚的第一名菜擺在他面前，他也會覺得食而不知其味的。

現在大家心裡顯然都彆扭得很。

雲從龍自從坐下來，就一直鐵青著臉，瞪著武維揚，看到這麼樣一張臉，還有誰能吃得下去？

「神龍幫」與「鳳尾幫」爲了搶地盤，雖曾血戰多次，但那已是二十年以前的事了，早已成了過去。

近年來江湖中人都以爲兩幫早已和好，而且還謠傳武維揚和雲從龍兩人「不打不相識」，如今已成爲好朋友。

但看今天的情形，兩人還像是在鬥公雞似的。

胡鐵花實在想不通，海闊天爲何將這兩人全都請到一個地方來？難道是存心想找個機會讓這兩人打一架麼？

只聽樓梯聲響，又有人上樓來了，聽那腳步聲，顯然不止一個人。

丁楓皺了皺眉頭，道：「難道海幫主還請了別的客人？」

海闊天目光閃動，笑道：「客人都已到齊，若還有人來，只怕就是不請自來的不速之客了。」

雲從龍忽然長身而起，向海闊天抱了拳，道：「這兩人是在下邀來的，失禮之處，但望海幫主千萬莫要見怪！」

海闊天道：「焉有見怪之禮？人愈多愈熱鬧，雲幫主請來的客人，就是在下的貴賓，只不過……」

他大笑著接道：「規矩卻不可廢，遲來的人，還是要罰三杯的。」

雲從龍又瞪了武維揚一眼，冷冷道：「只可惜這兩人是一滴酒也喝不下去的人。」

海闊天笑道：「無論誰說不能喝酒，都一定是騙人的，真正一滴酒都不能喝的人，在下倒未見過。」

胡鐵花忍不住笑道：「真正連一滴酒都不能喝的，只怕是個死人。」

雲從龍鐵青著臉，毫無表情，冷冷道：「這兩人正是死人！」

胡鐵花怔住了。

這人居然找了兩個死人來做陪客！

難道他還嫌今天這場面太熱鬧了麼？

海闊天面上陣青陣白，神情更尷尬，忽然仰面大笑道：「好好好，什麼樣的客人在下都請過，能有死客人來賞光，今天倒真還是破題兒第一遭，雲幫主倒真替在下想得週到，總算讓在下開了眼界。」

他臉色一沉，厲聲道：「但既然是雲幫主請來的，無論是死是活，都請進來吧！」

雲從龍似乎全未聽出他話中的骨頭，還是面無表情，抱拳道：「既是如此，多謝海幫主了！」

他緩緩走了出去，慢慢地掀起門簾。

門口竟果然直挺挺站著兩個人。

死人！

死人自然不會自己走上樓的，後面自然還有兩個活人扶著。但大家看到了這兩個死人，就誰也不會再去留意他們背後的活人。

只見這兩個死人全身濕淋淋的，面目浮腫，竟像是兩個剛從地獄中逃出來的水鬼，那模樣真是說不出的猙獰可怕。

屋子裡的燈火雖然很明亮，但大家驟然見到這麼樣兩個死人，還是不禁倒抽了口涼氣。

胡鐵花和勾子長的面色更都已變了。

這兩個死人，他居然是認得的。

這兩人都穿著緊身的黑衣，腰上都繫著七色的腰帶，竟赫然正是楚留香他們方才從江裡撈出來的那兩具屍體。

楚留香本要將這兩具屍首埋葬的，但張三和胡鐵花卻都認爲還是應該將「他們」拋回江裡。

張三認爲這件事以後一定會有變化。

他倒真還沒有猜錯，這兩人此刻果然又被人撈起來了。

但這兩人明明是「鳳尾幫」門下，雲從龍將他們送來幹什麼呢？

海闊天的確也是個角色，此刻已沉住氣了，乾笑兩聲，道：「這兩位既然是雲幫主請來的貴客，雲幫主就該爲大家介紹介紹才是。」

雲從龍冷冷道：「各位雖不認得這兩人，但武幫主卻一定是認得的。」

他目光一轉，刀一般瞪著武維揚，厲聲道：「武幫主可知道他們是爲何而來的？」

武維揚道：「請教。」

雲從龍一字字地續道：「他們是要向武幫主索命來的！」

死人索命，固然誰也不會相信，但雲從龍說的這句話每個字裡都充滿了怨毒之意，連別的人聽了，背脊中都彷彿升起了一陣寒意。

門簾掀起，一陣風自門外吹來，燈火飄搖。

閃動的燈光照在這兩個死人臉上，這兩張臉竟似也動了起來，那神情更是說不出的詭秘可怖，竟似真的要擇人而噬。

武維揚的身子不由自主向後縮了縮，勉強笑道：「雲幫主若是在說笑話，這笑話就未免說得太不高明了。」

雲從龍冷冷道：「死人是從來不說笑的。」

他忽然撕開了死人身上的衣襟，露出了他們左肋的傷口來，嘶聲說道：「各位都是江湖中的大行家，不知是否已看出，他們這致命的傷口是被什麼樣的兇器所傷的？」

大家面面相覷，閉口不言，顯然誰也不願涉入這件是非之中。

雲從龍道：「在下縱然不說，各位想必也已看出這是『神箭射日』武大幫主的大手筆了。一箭入骨，直穿心腑，武大幫主的『鳳尾箭』果然是高明極了，厲害極了……」

他仰天冷笑了幾聲，接著又道：「只不過這兩人卻死得有些不明不白，直到臨死時，還不知武大幫主爲何要向他們下這毒手！」

武維揚厲聲道：「這兩人本是我『鳳尾幫』屬下，我就算殺了他們，也是『鳳尾幫』的私事，與『神龍幫』的雲大幫主又有何關係？」

這句話正是人人心裡都想問的。

雲從龍鐵青臉，道：「這兩人與我的關係，莫非武幫主你還不知道？」

武維揚打斷了他的話，冷笑著道：「這兩人莫非是你派到『鳳尾幫』來臥底的奸細？否則怎會和你有關係？」

雲從龍臉色忽然變得更可怕，眼睛瞬也不瞬的瞪著武維揚，就像是從未見過這個人似的。

大家瞧見他的神色，心裡都已明白，死的這兩個「鳳尾幫」弟子，想必正是他派去臥底的奸細，不知怎地卻被武維揚發覺了，是以才殺了他們滅口——這推測不但合情，而且合理。

楚留香以前的推測，竟似完全錯了。

胡鐵花用眼角瞟著楚留香，湊到他耳邊，悄悄道：「我求求你，你以後少弄些自作聰明好不好？千萬莫要把自己當做諸葛亮。」

楚留香卻連一點慚愧的樣子都沒有，反而微笑道：「諸葛亮假如當時若在那裡，想法也必定和我一樣的。」

胡鐵花嘆了口氣，搖著頭道：「諸葛亮若在這裡，也一定要被你活活氣死。」

只見雲從龍眼角的肌肉不停地跳動，目中也露出了一種驚恐之色，彷彿忽然想起件極可怕的事，嗄聲道：「我明白了，完全明白了。」

武維揚厲聲道：「我也明白了，但這是我們兩人的事，豈可在海幫主的宴前爭吵，打斷這些貴客的酒興？有什麼話，我們到外面說去！」

雲從龍遲疑著，目光緩緩自眾人面前掃過，看到丁楓時，他目中的驚恐怨毒之色更深，忽然咬了咬牙道：「好，出去就出去！」

武維揚霍然長身而起，道：「走！」

雲從龍目光已移到門口那兩個死人身上，慘然一笑，道：「但這兩人都是我的好兄弟，無論他們是死是活，既然來遲了，就該罰酒三杯——這六杯罰酒，我就替他們喝了吧。」

武維揚仰面而笑，冷笑道：「各位聽到沒有？我鳳尾幫的屬下弟子，居然會是雲大幫主的好兄弟，這位雲大幫主的手段，可真是高明極了！厲害極了！」

雲從龍眼睛發直，竟似根本未聽到他說的是什麼，大步走回座位上，倒了六杯酒，自己舉杯道：「雲某本想陪各位喝幾杯的，只可惜……此刻卻宛如有『骨鯁在喉』，連酒都喝不下去了，失禮失禮……失禮……」

他語聲中忽又充滿淒涼之意，是以他這「骨鯁在喉」四個字用得雖然極不恰當，文不對題，也沒有人去留意了。

只見他很快地喝了三杯酒，拿起筷子，挾起那尾「清蒸時魚」的頭，將魚頭上的魚眼睛挑了出來。

魚眼睛雖然淡而無味，但也有些人卻認爲那是魚身上最美味之物，胡鐵花就最喜歡用魚眼睛下酒。

雲從龍挾起魚眼睛，胡鐵花正在後悔，方才爲甚麼不先將這魚眼睛挑出來吃了，如今卻讓別人占了便宜。

好吃的人，看到別人的筷子伸了出去，總是特別注意；若看到別人將自己喜歡吃的東西挑走，那更要難受極了。

誰知雲從龍挾起這魚眼睛，只是用眼睛瞧著，卻不放到嘴裡去。瞧了很久，筷子忽然一滑，那魚眼睛竟不偏不倚跳入武維揚面前的醬油碟子裡。

胡鐵花心裡早已叫了一百聲「可惜」，簡直恨不得要指雲從龍的鼻子，大聲告訴他：「這種東西是要用嘴吃的，不是用眼睛瞧的。」

雲從龍這時已喝完了第五杯酒，喝到第六杯時，咽喉似被嗆著，忽然彎下腰去，不停地咳嗽了起來。

楚留香目光閃動，忽然道：「雲幫主若已不勝酒力，這杯酒就讓在下替你喝了吧！」

雲從龍非但毫不推辭，反似歡喜得很，立刻道：「多謝多謝，在下正已有些喝不下去了。」

胡鐵花不禁奇怪：「只有喝醉了的人，才會搶著替別人喝酒，這老臭蟲喝酒一向最精明，今天怎地也搶酒喝？」

楚留香將酒杯接過去的時候，他眼角又瞥見酒杯裡彷彿有樣東西，楚留香卻似全未瞧見，舉杯一飲而盡。

胡鐵花又不禁奇怪：「這老臭蟲除了鼻子外，什麼都靈得很，今天怎地連眼睛也不靈了？」

只聽雲從龍大笑道：「楚香帥果然名下無虛，果然是好酒量、好朋友。」

他大笑著走了出去，似已全無顧忌。

門口的兩個死人立刻向兩旁退開，大家這才看到後面果然有兩個人在扶著他們。兩人身上穿的都是緊身水靠，顯然都是「神龍幫」屬下，看他們氣度神情，在幫中的地位卻不低。

右面一人年紀較長，也是滿臉水鏽，眼睛發紅，顯見是長久在水上討生活的，在「神龍幫」的歷史也必已很悠久。

左面一人卻是個面白無鬚的少年，此人年紀雖輕，但目光炯炯，武功似乎比他的同伴還要高一些。

雲從龍經過他們面前時，腳步突然停下，像是要說什麼，但武維揚已到了他身後，竟伸手在他背上推了一把，輕叱道：「到了這時，你還不快走？」

雲從龍回頭瞪了他一眼，竟長嘆了一聲，道：「既已到了這時，你還著急什麼？」

閣樓外，有個小小的平台。

武維揚和雲從龍就站在平台上，也不知在說些什麼，只聽武維揚不停地冷笑，過了很久，忽然低叱一聲，道：「你多說也無用，還是手下見功夫吧！」

雲從龍冷笑道：「好，雲某難道還怕了你這……」

他下面的話還未出口，武維揚的掌已擊出，但聞掌風呼嘯，掌力竟十分強勁，逼得雲從龍再也沒有開口的機會。

胡鐵花忍不住站了起來，道：「我們難道真要在這裡坐山觀虎鬥麼！我出去勸勸他們，要他們再回來喝兩杯酒，也許他們的火氣就消了。」

丁楓卻笑道：「武幫主既已說過這是他們的私事，別人也無法勸阻，又何苦去多事——來，小弟敬胡兄一杯。」

他有意無意間，舉起酒杯，擋住了胡鐵花的去路。

別人敬酒，胡鐵花一向不會拒絕的。

他剛喝完這杯酒，就聽到雲從龍發出了一聲慘呼！

呼聲很短促。

這次丁楓非但不再勸阻別人，反而搶先掠了出去。

他掠出去時，雲從龍已倒在地上。

那滿面水鏽的大漢狂呼一聲，道：「好，姓武的，想不到你竟敢真的下毒手，我跟你拚了！」

他反手抽刀，就待衝過去。

誰知那白面少年卻將他一手拉住，厲聲說道：「孫老二，你難道忘了幫主交給你的那封信了麼？」

孫老二呆了呆，嗄聲道：「信在這裡，只不過……」

白面少年道：「信既然還在，你就該記得幫主再三囑咐你的話……」

他提高了聲音，接著道：「幫主說，他無論有什麼意外，你都得立刻將他交給你的信拆開當眾宣讀，千萬不可有片刻延誤，這話我是記得的。」

孫老二呆了半晌，終於咬著牙自懷中取出了封書信，他兩隻手不停地發抖，拆了半天才將信封拆開，大聲唸了出來：「余此去一月中若不回返，即將本幫幫主之位傳交……」

他只唸了兩句，唸到這裡，面色突然大變，兩隻手抖得更是劇烈，牙齒也在不停地「格格」打戰，竟無法再唸出一個字來。

白面少年皺了皺眉，忽然伸手搶過那封書信，接著唸了下去：「余此去一月中若不回返，即將本幫幫主之位傳交於『鳳尾幫』之武維揚；從此兩幫合併，『神龍幫』中無論大小事務，均由武幫主兼領，本幫弟子唯武幫主之命是從，不得異議，若有抗命者，殺無赦！」

他一口氣唸完了這封信，面上神色也不禁變了。

別的人聽在耳裡，心裡也是驚奇交集：武維揚明明是雲從龍的冤家對頭，雲從龍為何要留下遺書，將幫主之位傳給他呢？

丁楓忽然沉聲道：「這封信是否的確是雲幫主親手所寫？」

孫老二滿頭冷汗，涔涔而落，嗄聲道：「確是幫主親筆所書，親手交給我的，可是……可是……」

丁楓嘆了口氣，道：「這既是雲幫主的遺命，看來兩位就該快去拜見新幫主才是了！」

孫老二突然狂吼一聲，道：「不行，我『神龍幫』子弟，人人都視幫主為父，他殺了雲幫主，就與本幫上下三千子弟結下了不共戴天之仇！他若要來做本幫幫主，我孫老二第一個不服！」

白面少年厲聲道：「但這是幫主的遺命，你怎能不服抗命？」

孫老二眼睛都紅了，怒喝道：「不管你們說什麼，我都要跟他拚了！」

他掙脫了白面少年的手，揮刀衝了過去。

白面少年大喝道：「若有抗命者，殺無赦！」

「赦」字出口，只見刀光一閃。

這少年手裡的刀，已刺入了孫老二的背脊。

孫老二慘呼一聲，轉身望著這少年，顫聲道：「你……你……你好……」

一句話未說完，就已撲面而倒。

白面少年呆了半晌，忽也撲倒在他屍身上，放聲痛哭起來。

只聽他一面哭，一面說道：「這是幫主遺命，小弟情非得已，但望孫二哥你在天之靈莫要怪我。」說完了這幾句話，他又大哭了幾聲，才慢慢站起，用衣袖擦了擦眼睛，走到武維揚面前，伏地而拜，道：「神龍幫屬下第三分舵弟子夏奇峰，叩見新幫主。」

丁楓長揖到地，含笑道：「武幫主從此兼領兩幫，必能大展鴻圖，可喜可賀。」

這兩人一揖一拜，武維揚的「神龍幫」幫主之位就已坐定了，雲從龍的屍身猶倒臥在血泊中，竟全沒有人理會。

胡鐵花忽然嘆了口氣，喃喃道：「雲從龍呀雲從龍，你爲何不將這幫主之位傳給宋仁鐘呢？」

這句話說出，丁楓、夏奇峰、武維揚的面色都變了變。

武維揚忍不住問道：「卻不知這位宋仁鐘宋大俠和雲故幫主有什麼關係？」

胡鐵花道：「宋仁鐘是我的朋友，和雲從龍一點關係也沒有。」

武維揚勉強笑道：「這位宋大俠若真雄才大略，力足以服人，在下就將這幫主之位轉讓給他也無不可。」

胡鐵花道：「這位宋仁鐘既非什麼大俠，更沒有什麼雄才大略，只不過是棺材店老闆而已。」

武維揚怔了怔，道：「棺材店老闆？」

胡鐵花淡淡道：「不錯，他最大的本事，就是送人的終，雲從龍若將這幫主之位傳給了他，雖沒有別的好處，至少也有副棺材可睡，至少還有人爲他送終。」

武維揚的臉紅了，乾咳兩聲，道：「雲故幫主的遺蛻，自然應該由在下收殮……夏舵主！」

夏奇峰躬身道：「在。」

武維揚道：「雲故幫主的後事，就交給你去辦吧，務必要辦得風光隆重。從今天起，『神龍幫』三千子弟，上下一體，都得爲雲故幫主戴孝守制七七四十九天。嚴禁喜樂，若有違命，從重嚴辦……知道了麼？」

夏奇峰再拜道：「遵命！」

武維揚突然在雲從龍屍身前拜了三拜，雙手捧起了他的屍身，哽咽道：「君之生前，爲我之敵，君之死後，爲我之師，往者已矣，來者可追，歸君遺蛻，以示哀思。」

說完了這八句話，他的人竟已走下樓去。

胡鐵花道：「他倒是說走就走，竟連招呼都不打一聲。」

丁楓微笑道：「被胡兄那麼一說，若換了我，只怕也無顏留在這裡。」

胡鐵花冷冷道：「依我看，他殺了雲從龍，生怕有人找他報仇，所以乘早溜之大吉了。」

丁楓道：「神龍與鳳尾兩幫本是世仇，近百年來，兩幫血戰不下數十次，死者更以千計，別人就算要替他們復仇，只怕也是無從著手的。」

楚留香忽然笑了笑，道：「不錯，這本是他們兩幫的私事，別人還是少管些的好。」

胡鐵花瞪了他一眼，終於忍住了沒有說話。

丁楓道：「如今雲幫主雖不幸戰死，但神龍、鳳尾兩幫，經此併成一家，自然也就不必再流血了，這倒也未嘗不是件好事。」

胡鐵花冷笑道：「有這麼樣的大好喜事，丁兄是不是準備要慶賀一番呢？」

丁楓像是完全聽不出他話中的譏誚之意，反而笑道：「正該如此，我們既然都不是『神龍幫』屬下，自然也不必爲雲故幫主戴孝守制，只不過……」

他目光閃動，接著又笑道：「此間自然已非飲宴之地，幸好海幫主的座船就在附近，在下也知道紫鯨幫主的座船上，酒菜想必是終年不缺的，卻不知海幫主可捨得再破費一次麼？」

海闊天笑道：「丁兄也未免將在下看得太小氣了，卻不知各位是否肯賞光……」

胡鐵花道：「我……」

他只說了一個字，楚留香就打斷了他的話，笑道：「這裡的酒喝得實在有點不上不下的，若能到海幫主座船上去作長夜之飲，實足大快生平，海幫主就算不請我，我也要去的。」

丁楓拊掌笑道：「長夜之飲雖妙，若能效平原君十日之飲，就更妙了。」

楚留香笑道：「只要丁兄有此雅興，小弟必定奉陪君子。」

丁楓道：「胡兄呢？」

楚留香搶著道：「他？十日之醉，他只怕還覺得不過癮，最好來個大醉三千年。」

胡鐵花又瞪了他一眼，冷冷道：「我只希望那裡的客人都是活的，因爲死人都不喝酒，看到不喝酒的人，我就生氣。」

勾子長忽然笑道：「我現在雖然還活著，但到了那條船上後，恐怕就要變成死人了。」

海闊天皺了皺眉，道：「閣下難道還怕我有什麼惡意不成？」

勾子長淡淡笑道：「我倒並沒有這個意思。只不過，若真連喝十天，我若還未醉死，那才真是怪事。」

海闊天展顏一笑，道：「金姑娘呢？也賞光麼？」

到現在為止，金靈芝居然一直沒開口說過一個字。

現在她居然還是不說，只點了點頭。

胡鐵花瞧了她一眼，冷冷道：「其實，不喝酒的人，去不去都無妨。」

金靈芝非但未開口說話，也未喝過酒，不認識她的人，簡直要以為她的嘴已被縫起來了。

但這次胡鐵花話未說完，她眼睛已瞪了過來，大聲道：「你以為我不會喝酒？」

胡鐵花也不理睬她，卻喃喃自語著道：「只要是活人，就一定會喝酒的，但酒量的大小，卻大有分別了。」

金靈芝冷笑道：「你以為只有你一個人酒量好？」

胡鐵花還是不睬她，喃喃道：「男人也許還有酒量比我好的，但女人麼……嘿嘿，女人的酒量就算再好，也有限得很。」

金靈芝的臉已氣紅了，道：「好，我倒要讓你瞧瞧女人的酒量究竟如何？」

胡鐵花這才瞧了她一眼，道：「真的？」

金靈芝大聲道：「我若喝不過你，隨便你要怎麼樣都行，但你若喝不過我呢？」

胡鐵花笑了，道：「隨便你要怎麼樣都行？這句話女人家是萬萬不可隨便說的，否則你若輸了，那豈非麻煩得很？」

金靈芝臉更紅了，咬著牙道：「我說了就說了，說出來的話一定算數。」

胡鐵花笑道：「好，你喝一杯，我喝兩杯，我若先醉了，也隨便你怎麼樣。」

金靈芝道：「好，這句話可是你自己說的。」

胡鐵花道：「我說出來的話，就好像釘子釘在牆上，再也沒有更可靠的了。」

丁楓忽然笑道：「胡兄這次只怕要上當了。」

胡鐵花道：「上當？」

丁楓道：「萬福萬壽園中，連三尺童子都有千杯不醉的酒量，金姑娘家學淵源，十二歲時就能喝得下一整罈陳年花雕；胡兄雖也是海量，但若以兩杯換她一杯，只怕就難免要敗在娘子軍的手下了。」

胡鐵花大笑道：「花雕甜如蜜，美人顏如玉，勝敗何足論，醉死也無妨。」

勾子長嘆了口氣，喃喃道：「看來死人又多了一個了。」

紫鯨幫主的座船，自然是條好船，堅固、輕捷、光滑、華麗，甲板上也洗刷得一塵不染，就像是面鏡子，映出了滿天星光。

好船就正和美人與名馬一樣，就算停泊在那裡不動，也自有一種動人的風姿神采，令人不飲自醉。

但無論是好船、是美人，還是良駒名馬，也只有楚留香這樣的人才懂得如何去欣賞。

胡鐵花就只懂得欣賞酒。幸好酒也是佳釀。

岸邊水淺，像這樣的大船，只有停泊在江心，離岸至少也有二三十丈，無論輕功多麼好的人，也難飛越。

楚留香他們是乘著條小艇渡來的。

胡鐵花一上了甲板，就喃喃道：「在這裡烤魚倒不錯，只可惜張三不在這裡，這條船也不是金靈芝的……」

楚留香忍不住笑道：「若是金姑娘的又如何？」

胡鐵花眨著眼道：「這條船若是她的，我就想法子要她賠給張三。」

楚留香笑道：「我看只要你能不『隨便她怎樣』，已經謝天謝地了。」

胡鐵花瞪起了眼睛，道：「我一定要叫她『隨便我怎樣』，然後再叫她嫁給你，要你也受受這位千金大小姐的氣，能不被氣死，就算你運氣。」

楚留香笑道：「花雕甜如蜜，美人顏如玉，就算受些氣，也是開心的……只怕你到了那時，又捨不得了。」

只聽身後一人道：「捨不得什麼？像胡兄如此大方的人，還有什麼捨不得的？」

胡鐵花用不著回頭，就知道是勾子長來了。因爲別人的腳步也沒有這麼輕。

楚留香已笑道：「再大方的人，總也捨不得將自己的老婆讓人的。」

勾子長道：「胡兄原來已成家了，這倒看不出。」

楚留香道：「有老婆的人，頭上也不會掛著招牌，怎會一眼就看得出來？」

勾子長目光上下打量著胡鐵花，像愈看愈有趣。

胡鐵花忍不住道：「你看什麼？我臉上難道長出了一朵花麼？」

勾子長的臉似乎已有些紅了，吶吶地道：「我只是覺得……覺得有了家室的人，絕對不會像胡兄這樣……這麼樣……」

他眼睛瞟著胡鐵花，似乎不敢將下面的話說出來。

楚留香卻替他說了下去，笑道：「你覺得有老婆的人，就絕不會像他這麼髒，是不是？」

勾子長臉更紅了，竟已默認。

楚留香大笑道：「告訴你，這人除了捨不得老婆外，還捨不得洗澡，他常說一個人若是將身上洗乾淨了，就難免大傷元氣。」

勾子長雖然拚命想忍住，還是忍不住笑出聲來。

胡鐵花板著臉道：「滑稽滑稽，像你這麼滑稽的人，天下真他媽的找不出第二個來。」

丁楓、金靈芝、向天飛，本都已入了船艙，聽到他們的笑聲，大家居然又全都退了出來。

金靈芝此刻像是又恢復「正常」了，第一個問道：「你們在聊些什麼呀，聊得如此開心？」

楚留香忍住笑，道：「我們正在聊這位胡兄成親的事。」

金靈芝瞪了胡鐵花一眼，道：「哼。」

楚留香忍住笑，道：「只因他馬上就要成親了，所以大家都開心得很。」

金靈芝頭一扭，大步走回了船艙，嘴裡還冷笑著道：「居然有人會嫁給這種人，倒真是怪事，想來那人必定是個瞎子。」

胡鐵花實在忍不住了，大聲道：「不但是個瞎子，而且鼻子也不靈，所以才嗅不到我的臭氣，但我寧願要這種人，也不願娶個母老虎的。」

金靈芝跳了起來，一個轉身，已到了胡鐵花面前，瞪著眼道：「誰是母老虎？你說！你說！你說！」

胡鐵花昂起頭，背負起雙手，道：「今天的天氣倒不錯，只可惜沒有月亮。」

楚留香悠然道：「月亮就在你旁邊，只可惜你自己看不見而已。」

金靈芝本來還想發脾氣的，聽了這句話，也不知怎的，臉突然紅了，狠狠跺了跺腳，扭頭走入了船艙。

丁楓目光閃動，笑道：「胡兄若真的快成親了，倒是件喜事，卻不知新娘子是哪一位？」

楚留香道：「說起新娘子麼……人既長得漂亮，家世又好，武功也不錯，酒量更不錯，聽說能喝得下一整罈……」

胡鐵花跳了起來，大叫道：「老臭蟲，你再說一個字，我就……就……宰了你。」

一句話未說完，他的臉居然也紅了。

大家都忍不住覺得有些好笑，就在這時，突見一條小船，自江岸那邊飄飄盪盪的搖了過來。

船頭上站著一個人，雙手張著塊白布。

白布上寫著四個大字：「賣身葬友」。

董永「賣身葬父」，千古傳爲佳話，但「賣身葬友」這種事，倒真還是古來所無，如今少有，簡直可說是空前絕後。

勾子長失聲道：「各位請看，這人居然要將自己賣了，去埋葬他的朋友，如此夠義氣的人，我倒要交上他一交。」

胡鐵花道：「對，若想交個朋友，還是將他買下來的好，以後他若臭，你至少還可將他再賣出去。」

楚留香道：「只要不臭、不髒、不懶、不拚命喝酒的人，總有人要的，怎會賣不出去？」

胡鐵花還未說話，只聽小船上那人已大聲吆喝道：「我這人既不臭，也不髒，更不懶，酒喝得不多，飯吃得比麻雀還少，做起事來卻像條牛，對主人忠心得又像看家狗，無論誰買了我，都絕不會後悔的，絕對是貨真價實，包君滿意。」

吆喝聲中，小船漸漸近了。

但胡鐵花卻連看也不必看，就已聽出這人正是「快網」張三。

他忍不住笑道：「這小子想必是窮瘋了。」

張三站在船頭，正色道：「船上的大爺大奶奶們，有沒有識貨的，把我買下來。」

丁楓目光閃動，笑道：「朋友是真的要將自己賣了麼？」

張三嘆了口氣，道：「我本來還有條船可賣的，怎奈交友不慎，船也沉了，如今剩下光棍兒一個，不賣自己賣什麼？」

丁楓道：「卻不知要價多少？」

張三道：「不多不少，只要五百兩，若非我等著急用，這價錢我還不賣哩。」

丁楓道：「朋友究竟有什麼急用？」

張三又嘆了口氣，道：「只因我有個朋友，眼看已活不長了，我和他們交友一場，總不能眼見著他們的屍體餵狗，就只好將自己賣了，準備些銀子，辦他們的後事。」

丁楓瞟了胡鐵花和楚留香一眼，笑道：「既是如此，也用不著五百兩銀子呀。」

張三嘆道：「大爺你有所不知，我這兩個朋友，活著時就是酒鬼，死了豈非要變成酒鬼中的酒鬼了？我每天少不得還要在他們的墳上倒些酒，否則他們在陰間沒酒喝，萬一又活回來了，我可真受不了！」

他竟指著和尚罵起禿驢來了。胡鐵花只覺得牙癢癢的，恨不得咬他一口。

勾子長忍不住笑道：「既是如此，丁兄不如就將他買下來了吧！」

丁楓微笑道：「買下也無妨，不過……」

突聽一人道：「你不買，我買。」

語聲中，金靈芝已又自船艙中衝了出來，接著道：「五百兩就五百兩。」

張三卻搖了搖頭，笑道：「只是姑娘買，就得要五千兩。」

金靈芝瞪眼道：「爲什麼？」

張三道：「只因男主人好侍候，女主人的麻煩卻多了，有時還說不定要我跳到臭水裡去洗澡。」

金靈芝想也不想，大聲道：「好，五千兩就五千兩，我買下了。」

張三反倒怔住了，吃吃道：「姑娘真的要買？」

金靈芝道：「誰跟你說笑？」

張三目光四轉，道：「還有沒有人出價比這位姑娘更高的？」

胡鐵花搖著頭，道：「這人不但像麻雀、像牛，還像狗，豈非活脫脫是個怪物，我腦袋又沒毛病，何必花五千兩買個怪物？」

金靈芝又跳了起來，怒道：「你說誰是怪物？你說！你說！」

胡鐵花悠然道：「我只知有個人不但是母老虎，還是個怪物，卻不知是誰，金姑娘你莫非知道麼？」

金靈芝氣得滿臉通紅，卻說不出話來。

胡鐵花嘆了口氣，喃喃道：「搶銀子、搶錢的人都有，想不到居然還有人搶著要挨罵的，奇怪奇怪，真是奇怪極了。」

他嘴裡說著話，人已遠遠的溜了。

張三乾咳兩聲，道：「若沒有人再出價，我就賣給這位姑娘了。」

突聽一人道：「你就是『快網』張三麼？」

張三道：「不錯，貨真價實，如假包換。」

那人道：「好，我出五千零一兩。」

江心中，不知何時又盪來了一艘小艇。出價的這人，就坐在船頭，只見他身上穿著件灰撲撲的衣服，頭上戴著頂大帽，帽簷低壓，誰也看不到他的面目。

他這句話說出，大家都吃了一驚。

誰也想不到竟真的還有人要和金靈芝搶著要買張三的。

楚留香也覺得這件事愈來愈有趣了。

金靈芝更是火冒三丈，大聲道：「我出六千兩。」

船頭那人道：「我出六千零一兩。」

金靈芝道：「我出七千兩。」

船頭那人道：「我出七千零一兩。」

金靈芝火氣更大了，怒道：「我出一萬兩。」

船頭那人身子紋風不動，居然還是心平氣和，緩緩道：「我出一萬零一兩。」

兩人這一叫價，連張三自己都怔住了。

他實在也沒有想到自己竟這麼值錢。

胡鐵花更是聽得目定口呆，喃喃道：「早知他如此值錢，我先將他買下來，豈非奇貨可居？只可惜我隨便怎麼看，也看不出他有什麼值錢的地方！」

船頭那人似乎笑了笑，悠然道：「貨賣識家，我這一萬零一兩銀子，出得本不算高。」

金靈芝咬著嘴唇，大聲道：「好，我出……」

這次她價錢還未說出，丁楓忽然截口道：「且慢且慢，做買賣講究的是公公道道，銀貨兩訖是麼？」

張三立刻道：「不錯，我這裡更得要現金買賣，賒欠免談。」

丁楓道：「既是如此，無論誰在出價之前，總得將銀錢拿出來瞧瞧，總不能空口說白話。」

金靈芝立刻從懷中取出一疊銀票，道：「你看這夠不夠？」

丁楓瞧了瞧，笑道：「夠了夠了，這是山西利源號的銀票，就和現金一樣。」

海闊天道：「若還不夠，我這裡還有些銀子，金姑娘儘管使用無妨。」

紫鯨幫主富可敵國，有了他這句話，也和現金差不多了。

丁楓笑道：「那邊船上的朋友呢？」

船頭那人還是心平氣和，緩緩道：「閣下想必生怕我是和張三串通好了，故意來抬高價錢的是麼？」

丁楓只笑了笑，居然默認了。

船頭那人冷冷一笑，招手道：「拿來！」

船尾立刻有人抬了個箱子過來，這人打開箱子，但見金光燦然，竟是滿滿的一箱金元寶。

胡鐵花眼睛張得更大了，苦笑著道：「想不到還真有人抬著元寶來買張三的，我倒真小看他了。」

只聽船頭那人道：「這夠了麼？」

丁楓也怔了怔，展顏笑道：「足夠了。」

船頭那人淡淡道：「若是不夠，我這裡還有幾箱，姑娘你儘管出價吧。」

金靈芝縱然生長在豪富之家，平日視金銀如糞土，但要她花整萬兩的銀子來買個人，這實在連她自己都覺得有些莫名其妙。此刻她臉色已有些發白，咬了咬嘴唇，道：「一萬一千兩。」

船頭那人道：「一萬一千另一兩。」

金靈芝道：「一萬一千五百兩。」

船頭那人道：「一萬一千五百另一兩。」

金靈芝道：「一萬二千兩。」

這時她實已騎虎難下，想收手也不行了，但豪氣卻已大減，本來是一千兩一加的，現在已變成五百兩一加了。

船頭那人還是不動聲色，緩緩道：「一萬二千另一兩。」

金靈芝忍不住叫了起來，怒道：「你為什麼非要買他不可？」

船頭那人淡淡道：「姑娘又為何非要買他不可？」

金靈芝怔住了。她自己實在也說不出個道理來，怔了半晌，才大聲道：「我高興，只要我高興，將幾萬兩銀子拋下水也沒關係。」

船頭那人冷冷道：「只許姑娘高興，就不許別人高興麼？」

丁楓忽又笑道：「其實這位朋友的來意，在下是早已知道的了。」

船頭那人道：「哦？」

丁楓道：「江湖中人人都知道，『快網』張三不但水上功夫了得，造船航行之術，更是冠於江南，在水面上只要有張三同行，便已勝過了千百水手，閣下求才之心，如饑如渴，莫非也將有海上之行麼？」

船頭那人忽然仰天大笑了幾聲，道：「好！厲害，果然厲害！」

丁楓道：「在下猜得不錯吧？」

船頭那人道：「明人面前不說暗話，閣下猜得正是，一點也不錯。」

丁楓道：「既然如此，在下倒有一言相勸。」

船頭那人道：「請教。」

丁楓道：「海上風雲，變幻莫測，航行之險，更遠非江湖可比，閣下若沒有十分急要之事，能不去還是不去的好。」

船頭那人淡淡道：「多謝朋友的好意，只可惜在下此番是非去不可的。」

他不讓丁楓說話，忽又問道：「據說海上有個銷金之窟，不知閣下可曾聽說過？」

丁楓皺眉道：「銷金窟？人間到處皆有銷金窟，卻不知閣下說的這一個在哪裡？」

船頭那人道：「這銷金窟在東南海面之上，虛無縹緲之間，其中不但有瓊花異草、仙果奇珍、明珠白璧、美人如玉，還有看不盡的美景、喝不完的佳釀、聽不完的秘密、說不完的好處！」

江面空闊，江風又急，兩船相隔在十丈開外，常人在船上互相對答，只怕已將喊得聲嘶力竭了；只不過，這些人都是一等一的武林高手，內力深厚，一句話說出，每個字都可以清清楚楚的遠送出去。

船頭這人說的話，聽來本也十分穩定清晰，只可惜他這次話說得太長了，說到最後幾句，氣力似已不繼，已不得不大聲呼喊起來。

海闊天、向天飛、胡鐵花，這些人是何等厲害的角色，一聽之下，已知道這人武功縱然不弱，內力卻不深厚，並不是很可怕的對手。

連他們都已聽出，楚留香和丁楓自然更不在話下。

胡鐵花笑道：「你說的那些事，別的也沒什麼，但那『喝不完的佳釀』六字，倒的確打動了我，世上若真有這樣的地方，我也想去瞧瞧的。」

船頭那人道：「這地方確在人間，但若真的想去，卻又難如登天了。」

胡鐵花道：「爲什麼？」

船頭那人道：「此處地誌不載，海圖所無，誰也不知道究竟在哪裡，若是無人接引，找上十年，也無法找到。」

胡鐵花道：「卻不知有誰能接引呢？」

船頭那人道：「自然也只有銷金主人的門下，才知道那銷金窟途徑。」

胡鐵花聽得更感興趣了，忍不住追問道：「銷金主人？這又是個怎麼樣的人物？」

船頭那人道：「誰也不知道他是個怎麼樣的人，既沒有人聽說過他的姓名來歷，更沒有人見過他的形狀容貌，有人說他昔年本是江湖巨盜，洗手後歸隱海上，也有人說他只不過是個少年，胸懷異志，在中原不能展其所長，只有到海上去另謀發展。」

他笑了笑，接著道：「甚至還有人說她本是個貌美如花的年輕女子，而且手段高明，是以令很多才智異能之士，聽命於她。」

楚留香也笑了笑，道：「如此說來，這人倒的確神秘得很。」

胡鐵花道：「神秘的人，我倒也見得多了。」

船頭那人道：「但兩位若想見到這人，只怕也不太容易。」

胡鐵花道：「至少總有人到那銷金窟去過的吧？」

船頭那人道：「自然有的，否則在下也不會知道世上有這麼樣個奇妙之地了，只不過，真去過那地方的人並不多。」

胡鐵花道：「有哪些人？」

船頭那人道：「近幾年來，那銷金主人每年都要請幾個人到那裡去作十日半月之遊，能被他請去的，自然人人都是富可敵國的豪門鉅富。」

楚留香道：「不錯，到銷金窟原本就是要銷金去的，若是無金可銷，去了也無趣，倒不如不去了。」

胡鐵花目光四掃一眼，淡淡道：「如此說來，我們這裡倒有幾個人是夠資格去走一走的。」

金靈芝臉色變了變，竟忍住了沒有說話。

船頭那人道：「能到這種地方去走一走，本是大可吹噓，奇怪的是，去過的人，回來後卻絕口不提此事，而且……」

他帽簷下目光一閃，似乎瞟了丁楓一眼，緩緩接道：「那銷金主人行事十分隱秘，收到他請帖的人，也諱莫如深，是以江湖中根本就不知道有哪些人被他請去過，別人縱然想問，也不知道該去問誰，想要在暗中跟蹤他們，更是絕無可能。」

胡鐵花道：「爲什麼？」

船頭那人道：「那銷金主人並未在請帖上寫明去處，只不過約好某時某地相見，到了那時，他自會派人接引，去的人若不對，接的人也就不會接了。接到之後，行跡更是詭秘，若有人想要在暗中追蹤，往往就會不明不白的死在半途。」

楚留香和胡鐵花悄悄交換了個眼色。

胡鐵花嘆了口氣，道：「要去這鬼地方，竟如此困難，不去也罷。」

船頭那人道：「但人人都有好奇之心，愈是不容易去的地方，就愈想去。」

丁楓一直在旁邊靜靜的聽著，此刻忽然道：「閣下若是真的想去，在下倒說不定有法子的。」

船頭那人目光又一閃，道：「閣下莫非知道那銷金窟的所在之地？」

丁楓淡淡一笑，道：「在下正湊巧去過一次，而且閣下身懷鉅資，不虞無金可銷，到了那裡，那銷金主人想必也歡迎得很。」

船頭那人大喜道：「既是如此，就請指點一條明路，在下感激不盡。」

丁楓笑道：「更湊巧的是，我們這裡也有人本是要到那裡去的，閣下若不嫌棄，就請上船同行如何？」

船頭那人沒有說話，顯然還在猶疑著。

胡鐵花卻說話了，冷冷道：「我早就說過，這裡有幾個人是夠資格去走一走的……」

說這話的時候，他眼色瞟著金靈芝。這次金靈芝卻扭轉了頭，裝作沒有聽到。

海闊天也說話了，大聲道：「這位朋友既然身懷鉅資，若要他隨隨便便就坐上陌生人的船，他自然是不放心的。」

向天飛冷冷道：「何況，這還不是陌生人的船，而是條海盜船。」

這人不說話則已，一說話，就是副想要找痲煩的神氣。

船頭那人淡淡笑道：「在下倒對各位沒有不放心的，只怕各位不放心我。」

丁楓道：「我們對別人也許會不放心，但對閣下卻放心得很。」

船頭那人道：「爲什麼？」

丁楓笑道：「一個人若像閣下這樣身懷鉅資，防範別人還來不及，又怎會再去打別人的主意？」

船頭那人笑道：「既是如此，在下就恭敬不如從命了。」

胡鐵花冷冷道：「原來一個人只要有錢了，就是好人，就不會打別人的壞主意了。」

他拍了拍楚留香的肩頭，道：「如此看來，我們還是快下船吧！」

丁楓笑道：「酒還未喝，胡兄怎地就要走了？」

胡鐵花道：「我們身上非但沒有鉅資，而且簡直可說是囊空如洗，說不定隨時都要在各位身上打打壞主意，各位怎能放心得下？」

他又瞟了金靈芝一眼，冷冷地接著道：「但這也怪不得各位，有錢人對窮鬼防範些，原是應該的。」

丁楓道：「胡兄這是說笑了，兩位一諾便値千金，俠義之名，早已轟傳天下，若有兩位在身旁，無論到哪裡去，在下都放心得很，何況……」

金靈芝忽然截口道：「何況他還沒有跟我拚酒，就算想走也不行。」

楚留香笑道：「既是如此，在下等也就恭敬不如從命了。聽到世上竟有那麼樣的奇境，在下確實也動心得很。」

張三長長嘆了口氣，道：「好了好了，你們都有地方可去了，就只剩下我這個孤魂野鬼，方才大家還搶著買的，現在就已沒人要了。」

胡鐵花道：「別人說的話若不算數，只好讓我將你買下來吧！」

金靈芝板著臉，道：「我說過的話，自然是要算數的。」

胡鐵花眨了眨眼，道：「你還要買他？」

金靈芝道：「當然。」

胡鐵花道：「還是出那麼多銀子？」

金靈芝道：「當然。」

胡鐵花道：「還是現金交易？」

金靈芝「哼」了一聲，揚手就將一大疊銀票甩了出去。

張三突然飛身而起，凌空翻了兩個跟斗，將滿天飛舞的銀票全都抄在手裡，這才飄落到甲板上，躬身道：「多謝姑娘。」

海闊天拍手道：「好功夫，金姑娘果然有眼力。這麼樣的功夫，就算再多花些銀子，也是值得的。」

丁楓長長向金靈芝一揖，笑道：「恭喜金姑娘收了位如此得力的人，日後航行海上，大家要借重他之處想必極多，在下先在此謝過。」

他不謝張三，卻謝金靈芝，顯然已將張三看做金靈芝的奴僕。

胡鐵花冷笑道：「張三，看來我也要恭喜你了，有位這樣的主子，日後的日子想必一定好過得很。」

張三笑道：「日後我的朋友若是嗚呼哀哉，至少我總有錢爲他收屍了。」

胡鐵花道：「我什麼樣的朋友都有，做人奴才的朋友，你倒真還是第一個。」

張三笑道：「這你就不懂了，交有錢的奴才總比窮光蛋朋友好，至少他總不會整天到你那裡去白吃。」

# 六　白蠟燭

胡鐵花和張三在這裡鬥嘴，楚留香和丁楓卻一直在留意那邊船上的動靜。

那條船雖比張三乘來的瓜皮艇大些，卻也不太大。船上只有兩個人，除了船頭戴大帽，身穿灰袍的怪客外，船尾有個搖櫓的艄公，也就是方才將那一箱黃金提到船頭來的人。

這時他又提了三口箱子到船頭來，那大灰袍的怪客正在低聲囑咐著他，他只是不停地點頭，一言不發，就像是個啞巴。

兩條船之間，距離還有五六丈。

海闊天和丁楓並沒有叫人放下搭的繩梯，顯然是想考較這兩人，看看他們用什麼法子將那四箱黃金弄過來。只見那船伕已將四口箱綑住，又提起團長索，用力掄了掄，風聲呼呼，繩頭顯然還繫著件鐵器，彷彿是個小鐵錨。

只聽「呼」的一聲，長索忽然間橫空飛出，接著又是「奪」的一響，鐵錨已釘入大船的船頭，入木居然很深。

那船伕又用力拉了拉，試了試是否吃住勁，然後就將長索的另一端繫在小船頭的橫木上。

海闊天笑了笑，道：「看樣子他們是想從這條繩子上走過來。」

丁楓淡淡道：「只望他們莫要掉到水裡去才好。」

海闊天笑道：「若真掉了下去，倒也有趣，麻煩的是我們還要將他撈起來。」

其實索上行人，也並不是什麼上乘的輕功，就算走江湖賣藝的繩伎，也可以在繩子上走個三五丈。

但這時丁楓和海闊天都已看出這灰袍人的氣派雖不小，武功卻不高，他自己能走得過來已是運氣了，他手下那船伕只怕就要他用繩子提過來，再提那四口箱子的時候，他是否還有氣力，更大成問題了。

繩子一繫好，那灰衣人果然就飛身躍了上去，兩個起落已掠出四五丈，再躍起時，身形已有些不穩，一口真氣似已換不過來。

連楚留香手裡都為他捏著把汗，擔心他會掉到水裡去。只聽「咚」的一聲，他居然落到船頭上了，就好像是從空中摔下一袋石頭似的，震得艙門口的燈籠都在不停地搖盪。

看來這人非但內力不深，輕功也不高明，這麼樣一個人，居然敢帶著四箱黃金走上紫鯨幫幫主的船上來，膽子倒真不小。

海闊天背負著雙手，笑瞇瞇的瞧著他。那眼色簡直就像是在瞧著一條自己送上門的肥羊。

楚留香嘆了口氣，暗道：「這位仁兄這下子可真是『上了賊船了』。」

「上了賊船」本是北方的一句俗話，正是形容一個人自投虎口，此刻用來形容這人，倒真是再也恰當不過的絕妙好辭。

海闊天笑瞇瞇道：「原來閣下也是位武林高手。」

灰衣人低著頭，喘著氣道：「老了，老了，不中用了。」

海闊天道：「那邊船上還有一人，不知是否也要和閣下同行？」

灰衣人道：「那正是小徒，在下這就叫他過來拜見海幫主。」

海闊天笑道：「好說好說，令高徒的身手想必也高明得很。」

灰衣人居然並沒有謙虛，只是高聲呼喚道：「白蠟燭，你也過來吧！留神那四口箱子。」

他搖著頭，又笑道：「我這徒弟從小就是蠟燭脾氣，不點不亮，我從小就叫慣他『白蠟燭』了，但望各位莫要見笑。」

勾子長忍不住道：「要不要我過去幫他一下？」

他雖想乘此機會將自己的輕功露一露，卻也是一番好意。

誰知灰衣人卻搖頭道：「那倒不必，他自己還走得過來的。」

海闊天又笑了。師父險些掉下水，徒弟還能走得過來麼？

只見那「白蠟燭」已拿起船上的木槳，將四口箱子分別繫在兩頭，用肩頭擔了起來，突然飛身一躍，躍上了長索。

大家的一顆心都已提了起來，以為這下子他就算能站得住，這條繩子也一定要被壓斷了。

四箱黃金加在一齊，至少也有幾百斤重，能挑起來已很不容易，何況還要挑著它施展輕功？

誰知這「白蠟燭」挑著它走在繩子上，竟如履平地一般。

海闊天笑不出來了。

勾子長也瞧得眼睛發直，他自負輕功絕頂，若要他挑著四口箱子，走過六七丈飛索，也絕難不倒他。但若要他走得這麼慢，他就未必能做到了。這「走索」的輕功，本是愈慢愈難走的。

只聽灰衣人一聲輕呼，白蠟燭竟然一腳踩空，連人帶箱子都似已將落入水中，誰知人影一閃，不知怎地，他已好好的站在船頭上了——原來他適才是露一手功夫給大家瞧瞧。

大家本來誰也沒有注意他，此刻卻都不禁要多瞧他幾眼，然後大家就知道他為什麼被人叫做「白蠟燭」了。

他的皮膚很白，在燈光下看來，簡直白得透明，可以看到裡面的血脈骨骼，這種白雖然是病態的，卻又帶著說不出的奇異魅力。

他的五官都很端正，眉目也很清秀，但卻又帶著某種驚恐癡呆的表情，就好像一個剛剛受過某種巨大驚駭的小孩子一樣。

他身上穿的衣服，本來無疑也是白的，但現在卻已髒得令人根本無法辨別它本來是什麼顏色。

這麼樣一個人，實在很難引起別人的好感。

但也不知為了什麼，楚留香對他的印象並不壞。看到了他，就好像看到了個受了委屈的髒孩子，只會覺得他可憐，絕不會覺得他可厭。

但他的師父卻不同了。大家本來只看到他頭上戴的那頂銅盆般的大帽子，這頂帽子幾乎已將他整個頭蓋住了三分之二，令人根本無法瞧見他面目。但進了船艙後，燈光亮了，這人也總不能用帽子將他整個頭完全蓋住，所以大家就瞧見了他露在帽子外那三分之一的臉。

雖然只有三分之一張臉，卻也似乎太多了——只瞧了這三分之一張臉，大家的背脊上就覺得有些黏黏的、濕濕的、冷冷的。

那種感覺就好像剛有一條蛇從身上爬過去。

這張臉看來就如同一個蒸壞了的饅頭、一個煮壞了的蛋、一個剝了皮的石榴、一個摔爛了的柿子。

誰也無法在這臉上找出鼻子和嘴來。在原來生著鼻子的地方，現在已只剩下兩個洞，洞裡不時往外面「絲絲」的出著氣，那聲音聽來簡直像響尾蛇。

在原來生著嘴的地方，現在已剩下一堆扭曲的紅肉，每當他說話的時候，這堆紅肉就會突然裂開，又好像突然要將你吸進去。

楚留香可說是最沉得住氣的人，但就算是楚留香，看到這人時也不能忍受。他簡直不能再去看第三眼。

幸好這人自己也很知趣，一走入船艙，就找了個最陰暗的角落坐下，他那徒弟也寸步不離，跟在他身後，一雙手始終握得緊緊的。

楚留香知道，無論誰只要對他的師父無禮，他這雙拳頭立刻就要出手，楚留香認爲世上能擋得住他一拳的人絕不會太多。

這師徒都怪得離奇，怪得可怕，就連胡鐵花和張三的嘴都像是被封住了，還是丁楓先開口的。

他先笑了笑——他無論說什麼話，都不會忘記先笑一笑。

他微笑著：「今日大家同船共渡，總算有緣，不知閣下尊姓大名，可否見告？」

他這話自然是對那灰衣人說的，但眼睛卻在瞧著桌子上的酒壺——這酒壺的確比那個灰衣人的臉好看得多了。

灰衣人道：「在下公孫劫餘，別字傷殘。」

他長長嘆了口氣，才接著道：「各位想必也可看出，在下這『劫餘』兩字，取的乃是『劫後餘生』之意；至於『傷殘』兩字，自然是傷心之傷，殘廢之殘了。」

其實他用不著說，大家也已看出，這人必定經歷過一段極可怕的往事，能活到現在必不容易。沒有人的臉會天生像他這樣子的。

丁楓道：「令高足武功之高，江湖罕睹，大家都仰慕得很……」

公孫劫餘道：「他就叫白蠟燭，沒有別的名字，也沒有朋友。」

丁楓默然半晌，才笑了笑，道：「這裡在座的幾位朋友，可說都是名滿天下的英雄豪傑，待在下先爲公孫先生引見引見。」

公孫劫餘嘆道：「在下愚昧，卻還有些自知之明，只要有眼睛的人，看到在下這樣子，都難免要退避三舍，是以在下這十餘年來，已不再存著結交朋友的奢望，此番只求能有一席之地容身，就已感激不盡了。」

他居然擺明了自己不願和在座的人交朋友，甚至連這些人的姓名都不願知道。丁楓就算口才再好，也說不出話來了。

向天飛突然站了起來，抱了抱拳，大聲道：「多謝多謝。」

公孫劫餘道：「閣下謝的是什麼？」

向天飛笑道：「我謝的是你不願和我交朋友，你若想和我交朋友，那就麻煩了。」

公孫劫餘只是淡淡道：「在下正是從不願意麻煩的。」

他居然一點也不生氣。

其實他就算生氣，別人也萬萬看不出來。

海闊天勉強笑道：「公孫先生既不願有人打擾，少時必定爲兩位準備間清靜的客房，但現在……」

他舉起酒杯，接著道：「兩位總得容在下稍盡地主之誼，先用些酒菜吧！」

向天飛冷冷道：「不錯，就算不交朋友，飯也總是要吃的。」

白蠟燭突然道：「你是不是這裡的主人？」

向天飛道：「不是。」

白蠟燭道：「好，我吃。」

他忽然從角落裡走了出來，拿起桌上的酒壺，「咕嘟咕嘟」，一口氣便將大半壺酒全都喝了下去。

這酒壺肚大身圓，簡直就和酒罈子差不多，海闊天方才雖倒出了幾杯，剩下的酒至少還有三四斤。

白蠟燭一口氣喝了下去，居然還是面不改色。

胡鐵花眼睛亮了，笑道：「想不到這裡還有個好酒量的，極妙極妙。」

喜歡喝酒的人，看到別人的酒量好，心裡總是開心得很。

白蠟燭卻已沒工夫去聽別人說話，只見他兩隻手不停，眨眼間又將剛端上來的一大碟醬肉吃得乾乾淨淨。

這碟醬肉本是準備給十個人吃的，最少有三四斤肉。這少年看來也不高大，想不到食量卻如此驚人。

胡鐵花又笑了，大聲道：「好，果然是少年英雄，英雄了得！」

向天飛冷笑道：「酒囊飯袋若也算英雄，世上的英雄就未免太多了。」

白蠟燭似乎根本沒有聽到他的話，卻慢慢地走出了船艙，走到門外，才轉過身子，瞪著向天飛，一字字道：「你出來。」

向天飛臉色變了，冷笑道：「出去就出去，誰還怕了你不成？」

海闊天本來想攔住他們的，卻被丁楓使個眼色阻止了。

公孫劫餘也只是嘆息著，道：「我早就說過他是蠟燭脾氣，不點不著，一點就著，你又何苦偏偏要去惹他呢？」

勾子長冷冷道：「那人本就有點毛病，一天到晚想找人麻煩，有人教訓教訓他也好。」

胡鐵花笑道：「我只要有熱鬧可瞧，誰教訓誰都沒關係。」

大家都走出了船艙，才發現白蠟燭根本就沒有理會向天飛，一個人慢慢地走上了船頭。船向東行，他乘來的那條船還漂在前面江上。

白蠟燭伸手拔出了釘在船頭上的鐵錨，口中吐氣開聲，低叱了一聲，那條船突然奇蹟般離水飛起。

此刻整條船橫空飛來，力量何止千斤，只聽風聲刺耳，本來站在船頭的兩個水手，早已嚇得遠遠躲了開去。

他們以為白蠟燭這下子縱然不被撞得血肉橫飛，至少也得被撞去半條命，誰知他身子往下一蹲，竟將船平平穩穩的接住了。

大家不由自主，全都失聲喝道：「好！」

白蠟燭仍是面不紅，氣不喘，雙手托著船，慢慢地走到船艙旁，輕輕地放了下來，才轉身面對著向天飛，一字字道：「你少說話。」

向天飛面上陣青陣白，突然跺了跺腳，走到船尾的舵手旁，一掌將那舵手推開，自己掌著舵，望著江上的夜色，再也不回頭。

從此之後，誰都沒有瞧見他再走下過船艙，也沒有再聽到他說過一句話，直到第二次上弦月升起的那天晚上——

桌上的酒壺又加滿了。

白蠟燭緩緩走入了船艙，竟又拿起了這壺酒，嘴對嘴，片刻間這一壺酒又喝得乾乾淨淨。

然後他才走回角落，站在公孫劫餘身後，面上仍帶著那種驚恐癡呆的表情，就像是個受了驚的孩子。

胡鐵花挑起了大拇指，失聲讚道：「老臭蟲，你瞧見了麼？要這樣才算是喝酒的，像你那樣，只能算是在舐酒。」

他立刻又搖了搖頭，道：「連舐酒都不能算，只能算是嗅酒。」

金靈芝忽然道：「再去倒六壺酒來。」

她這話也不知道是對誰說的，張三卻立刻應聲道：「遵命！」

其實他也不知道酒在哪裡，在這地方也用不著他去倒酒。

但他還是拿著酒壺走了出去，嘴裡還喃喃自語道：「花了成萬兩的銀子買下我，就只叫我倒酒，這豈非太不合算了麼？」

胡鐵花冷笑道：「你不用著急，以後總有得叫你好受的，你慢慢地等著吧。」

金靈芝瞪了他一眼，居然沒有搭腔，張三也已走遠了。

用不了多久，六壺酒都已擺到桌子上。

金靈芝道：「你喝四壺，我喝兩壺。」

她這話也還是不知對誰說的，但每個人的眼睛都瞧著胡鐵花。

胡鐵花搓了搓鼻子，笑道：「金姑娘是在跟我說話麼？」

丁楓笑道：「看來只怕是的。」

胡鐵花望著面前的四壺酒，喃喃道：「一壺酒就算五斤吧，四壺就是整整的二十斤，我就算喝不醉，也沒有這麼大的肚子呀！」

張三悠然道：「沒有這麼大的肚子，怎能吹得出那麼大的氣？」

胡鐵花嘆道：「看來這人幫腔拍馬的本事倒不錯，果然是個天生的奴才胚子。」

金靈芝瞪眼道：「廢話少說，你究竟是喝?還是不喝？」

胡鐵花道：「喝，自然是要喝的，但現在卻不是時候。」

張三笑道：「喝酒又不是娶媳婦，難道也要選個大吉大利的日子麼？」

胡鐵花這次不理他了，笑道：「我喝酒是有名的『見光死』，現在天已快亮了，只要天一亮，我就連一滴酒也喝不下去。」

金靈芝道：「你要等到幾時？」

胡鐵花道：「明天，天一黑——」

金靈芝霍然長身而起，冷笑道：「好，明天就明天，反正你也逃不了的。」

胡鐵花瞟了丁楓一眼，淡淡道：「既已到了這裡，恐怕誰也沒有再打算走了，是麼?」

公孫劫餘一字字道：「走，總是要走的，但在什麼時候走?是怎麼樣走法?那就誰也不知道了。」

船艙一共有兩層。

下面的一層，是船上十七個水手的宿處，和堆置糧食貨物清水的地方，終年不見陽光。

上面的一層，除了前面他們在喝酒的一間外，後面還有四間艙房，在當時說來，這條船的規模已可算是相當不小了。

公孫劫餘和白蠟燭師徒兩人占了一間，金靈芝獨據一間，勾子長和丁楓勉強共宿一室。

楚留香、張三和胡鐵花只好三人擠在一間。客人們已將後艙都占滿，做主人的海闊天只有在前艙搭鋪了。

胡鐵花光著腳坐在枕頭，眼睛瞪著張三，一回到屋子，他第一件事就是將鞋子襪子全都脫下來。

他認爲每個人的腳都需要時常透透氣，至於洗不洗，那倒沒關係了。

張三捏著鼻子，皺著眉道：「原來鼻子不靈也有好處的，至少嗅不到別人腳上的臭氣。」

胡鐵花瞪著眼道：「你嫌我的腳臭是不是？」

張三嘆道：「臭倒也罷，你的腳不但臭，而且臭得奇怪。」

胡鐵花道：「我若也肯花上萬兩的銀子買個奴才回來，就算把腳擱在鼻子上，他也不會嫌臭的，是不是？」

張三笑道：「一點也不錯，有錢人連放個屁都是香的，何況腳？」

胡鐵花道：「既然如此，你爲何不去嗅那闊主人的腳去？」

張三悠然道：「我本來倒也想去的，就只怕有人吃醋。」

胡鐵花怒道：「吃醋，你說誰吃醋？」

張三不理他了，卻將耳朵貼到板壁上。

艙房是用木板隔出來的，隔壁就是公孫劫餘和白蠟燭住的地方。

胡鐵花冷笑道：「奴才果然是奴才，幫腔、拍馬、偷聽別人說話，這些正是奴才們最拿手的本事。」

張三還是不理他，臉上的表情卻奇怪得很。只見他忽而皺眉，忽而微笑，忽然不停地搖頭，忽又輕輕地點頭，就好像一個戲迷在聽連台大戲時的表情一樣。

隔壁屋子裡兩個人究竟在幹什麼？說什麼？

胡鐵花實在忍不住了，搭訕著問道：「你聽到了什麼？」

張三似已出神，全沒聽到他說的話。

胡鐵花又忍耐了半晌，終於忍不住也將耳朵貼到板壁上。

隔壁屋子裡靜得就像是墳墓，連一點聲音都沒有。

胡鐵花皺眉道：「我怎麼連一點聲音都聽不到？」

楚留香笑了，道：「本來就沒有聲音，你若能聽到，那才是怪事了。」

胡鐵花怔了怔，道：「沒有聲音？他爲何聽得如此有趣？」

張三也笑了，道：「這就叫『此時無聲勝有聲』，我聽你說話聽煩了，能讓耳朵休息休息，自然要覺得有趣得很。」

胡鐵花跳了起來，一個巴掌還未打出去，自己也忍不住笑了，笑罵道：「想不到你剛和老臭蟲見面沒多久，就將他那些壞根全學會了，你爲什麼不學學他別的本事？」

張三笑道：「這就叫做學壞容易學好難。何況，他那些偷香竊玉的本事，我本就不想學，只要能學會如何氣你，能把你氣得半死，就已心滿意足了。」

楚留香淡淡道：「隔壁屋子若也有人偷聽我們說話，那才真的有趣，他一定要以爲我關了兩條瘋狗在屋子裡，正在狗咬狗。」

胡鐵花道：「我是瘋狗，你是什麼？色狼？」

張三道：「但話又說回來了，色狼至少也比瘋狗好，色狼只咬女人，瘋狗卻見人就咬。」

胡鐵花剛瞪起眼睛，還未說話。

突聽門外一人道：「三位的屋子裡難道又有狼？又有狗麼？這倒怪了，我方才明明要他們將屋子先收拾乾淨的。」

這竟是海闊天的聲音。

楚留香向胡鐵花和張三打了個手勢，才打開了房門，笑道：「海幫主還未安寢？」

海闊天沒有回答他這句話，卻目光四掃，喃喃說道：「狼在哪裡？狗在哪裡？在下怎麼未曾見到？」

楚留香也不知道他是真笨，還是在裝糊塗，笑道：「海幫主的大駕一到，就算真有虎狼成群，也早已嚇得望風而逃了。」

海闊天也笑了，只不過此刻看來竟有些像是心事重重，臉色也很凝重，雖然在笑，卻也笑得很勉強，而且目光閃動，不時四下張望，又回頭緊緊的關起房門，一副疑神疑鬼的樣子。別人也不知道他在弄什麼玄虛，只有瞧著。

海闊天將門上了栓，才長長吐了口氣，悄聲道：「隔壁屋子，可有什麼動靜麼？」

胡鐵花搶著道：「沒有，吃也吃飽了，喝也喝足了，還不睡覺？」

海闊天沉吟著，又皺著眉道：「香帥足跡遍及天下，交遊最廣，不知以前可曾見過他們？」

楚留香道：「沒有。」

海闊天道：「香帥再仔細想想……」

楚留香笑道：「無論誰只要見過他們一面，恐怕就永遠也忘不了。」

海闊天點了點頭，嘆道：「不是在下疑神疑鬼，只因這兩人的行蹤實在太可疑，尤其是徒弟，看來簡直像是個白癡，武功又深不可測。」

胡鐵花道：「不錯，尤其他將船搬上來時露的那手功夫，那用的絕不是死力氣，若沒有『借力化力，四兩撥千斤』的內家功夫，就算力氣再大，也是萬萬接不住的。」

海闊天道：「但他那師父的武功，卻連他十成中的一成都趕不上，在下本來還以為他是故意深藏不露，後來一看，卻又不像。」

胡鐵花道：「不錯，他就算再會裝，也瞞不過這許多雙眼睛的。」

海闊天道：「所以，依我看，這兩人絕非師徒。」

胡鐵花道：「不是師徒是什麼關係？」

海闊天道：「我想那白蠟燭必定是公孫劫餘請來保護他的武林高手，爲了瞞人耳目，才故作癡呆，假扮他的徒弟。」

楚留香摸了摸鼻子，道：「海幫主的意思是說……白蠟燭這名字根本就是假的？」

海闊天道：「公孫劫餘這名字也必定是假的，這人必定是個很有身分，很有地位，而且……」

他接道：「他的臉本來也絕對不是這種怪樣子，他故意扮得如此醜陋可怕，正是要別人不敢看他，也就看不出他的破綻了。」

楚留香道：「海幫主果然是目光如炬，分析精闢，令人佩服得很。」

他這話倒並不完全是故意恭維。

海闊天的看法，竟和他差不多，的確不愧是個老江湖。

胡鐵花道：「這兩人費了這麼多事，到這船上來，爲的是什麼呢？」

海闊天苦笑道：「這的確費人猜疑，只不過……」

他聲音壓得更低，悄聲道：「在下卻可帶三位去看樣東西。」

胡鐵花皺眉道：「什麼東西如此神秘？」

海闊天還未答話，突聽門外「篤」的輕輕一響。

他臉色立刻變了，耳朵貼到門上，屏息靜氣的聽了很久，將門輕輕地打開了一線，又向外面張望了半晌，才悄聲道：「三位請隨我來，一看就明白了。」

艙房外有條很窄的甬道。甬道盡頭，有個小小的樓梯。

這樓梯就是通向下面船艙的，海闊天當先領路，走得很輕、很小心，像是生怕被人聽到。下面的船艙終年不見陽光，陰森而潮濕，一走下梯，就可隱隱聽到水手們發出來的鼾聲。十七個水手不分晝夜，輪班睡覺，一睡就很沉——工作勞苦的人，若是睡著，就很難再叫得醒了。

堆置貨物的艙房，就在樓梯下，門上重鎖，兩個人守在門外，手掌緊握著腰畔的刀柄，目中都帶著驚慌之色。

海闊天當先走了過去，沉聲道：「我走了之後，有別人來過麼？」

兩人一齊躬身道：「沒有。」

海闊天道：「好，開門。無論再有什麼人來，都切切不可放他進來！」

門一開，胡鐵花就嗅到了一種奇怪的味道：又臭又腥，有些像鹹魚，有些像海菜，又有些像死屍腐爛時所發出的臭氣。誰也說不出那是什麼味道。

張三皺著眉，眼角瞄著胡鐵花的赤腳——看到海闊天的神情那麼詭秘，他出來時也忘記穿鞋子了。

胡鐵花瞪著眼道：「你少看我，我的腳還沒有這麼臭。」

海闊天勉強笑道：「這是海船貨中獨有的臭氣，但食物和清水，都放在廚房邊的那間小艙房裡。」

胡鐵花長長吐出口氣：「謝天謝地，否則以後我真不敢放心吃飯了。」

張三道：「但酒卻是放在這裡的，你以後難道就不敢放心喝酒了麼？」

貨艙中堆著各式各樣的東西，其中果然有幾百罈酒。中間本有塊空地，現在卻也堆著些東西，上面還置著層油布。

胡鐵花還未說話，突見海闊天用力將油布掀起，道：「各位請看這是什麼？」

油布下蓋著的，竟是六口棺材。

胡鐵花失笑道：「棺材我們見得多了，海幫主特地叫我們來，難道就是看這些棺材的麼？」

海闊天面色凝重，道：「海船之上，本來是絕不會有棺材的。」

胡鐵花道：「爲什麼？難道船上從來沒死過人？」

海闊天道：「在海上生活的人，在海上生，在海上死，死了也都是海葬，根本用不著棺材。」

胡鐵花皺眉道：「那麼，這幾口棺材卻是從哪裡來的呢？」

海闊天道：「誰也不知道。」

胡鐵花愕然道：「難道誰也沒有瞧見有人將這六口棺材搬到船上來？」

海闊天道：「沒有。」

他臉色更凝重，道：「每次航行之前，我照例都要將貨艙清點一遍，是以方才各位回房就寢之後，我就到這裡來了。」

胡鐵花道：「直到那時，你才發現這六口棺材在這裡？」

海闊天道：「不錯，所以我就立刻查問管理貨艙的人，但卻沒有一個人知道這些棺材是誰送來的。這兩人俱已隨我多年，一向很忠實，絕不會說謊。」

楚留香沉吟著，道：「若非幫主信得過的人，也不會要他們來管理貨艙了。」

海闊天道：「正是如此。」

胡鐵花笑道：「就算有人無緣無故的送了六口棺材來，也沒什麼關係呀！何況，這六口棺材木頭都不錯，至少也可換幾罈好酒。」

張三嘆道：「這人倒真是三句不離本行——但你怎麼不想想，海幫主的座船豈是容人來去自如之地？若有人想神不知、鬼不覺的將六口大棺材送到這裡來，又豈是容易的事？」

胡鐵花道：「這倒的確不容易。」

張三道：「他們花了這麼多力氣，費了這麼多事，才將棺材送到這裡，若沒有什麼企圖，這些人豈非都有毛病？」

胡鐵花的眉頭也皺起來了，道：「那麼，你說他們會有什麼企圖呢？」

楚留香又在搓著鼻子，忽然道：「我問你，這次我們上船來的一共有幾個人？」

自從胡鐵花學會他摸鼻子的毛病後，他自己就很少搓鼻子了，現在卻又不知不覺犯了老毛病，心裡顯然又有了極難解決的問題。

胡鐵花沉吟著，道：「你、我、張三、金靈芝、勾子長、丁楓、公孫劫餘、白蠟燭，再加上海幫主和向天飛，一共正好是十個人。」

他像是忽然想起了什麼，臉色也變了，喃喃道：「十個人上船，這裡卻有六口棺材，難道這人是想告訴我們，這十個人中，有六個人要死在這裡！」

張三嘆道：「這人倒真是一番好意，知道我們都是土生土長的人，死了也得埋在土裡才死得踏實，所以就特地為我們送了這六口棺材。」

他眼角瞟著海闊天，接著道：「海幫主和向天飛都是海上的男兒，自然是用不著棺材的了。」

海闊天沉著臉，長嘆道：「所以他的意思是說，我們十人中，至少有八個人非死不可，我和向天飛兩人更已死定了。」

胡鐵花皺眉道：「如此說來，至少還有兩人能活著回去，這兩人是誰？」

海闊天一字字道：「活著的人，自然就是殺死另外八個人的兇手！」

張三瞧著這六口棺材，喃喃道：「我好像已瞧見有六個死人躺在裡面。」

胡鐵花忍不住道：「是哪六個人？」

張三道：「一個是楚留香，一個是胡鐵花，還有一個好像是女的……」

他說得又輕又慢，目光凝注著這六口棺材，竟帶著種說不出的陰森之意。

胡鐵花縱然明知他是在胡說八道，卻也不禁聽得有些寒毛凜凜，直想打冷戰，忍不住喝道：「還有一個是你自己，是不是？」

張三長長嘆了口氣，道：「一點也不錯，我自己好像也躺在棺材裡，就是這一口棺材！」

他的手往前面一指，大家的心就似也跟著一跳。

他自己竟也不由自主機伶伶打了個寒噤，手心已沁出了冷汗。

海闊天臉色蒼白，嗄聲道：「還有兩人呢？你看不看得出？」

張三抹了抹汗，苦笑道：「看不出了。」

楚留香道：「海幫主莫非懷疑公孫劫餘和白蠟燭兩人是兇手？」

海闊天默然不語。

楚留香目光閃動，道：「那位丁公子和海幫主似非泛泛之交，此事海幫主爲何不找他去商量商量？」

海闊天又沉默了很久，才長長嘆息了一聲，道：「這位張兄實未看錯，在下也覺得只有三位和金姑娘不會是殺人的兇手，所以才找三位來商量。」

楚留香淡淡道：「海幫主難道對丁公子存著懷疑之心麼？」

海闊天又沉默了起來，頭上已見冷汗。

楚留香卻不肯放鬆，又問道：「看來海幫主與丁公子相交似已有很多年了？」

海闊天遲疑著，終於點了點頭。

楚留香眼睛一亮，追問道：「既是如此，海幫主就該知道丁公子的底細才是。」

海闊天眼角的肌肉不停抽搐，忽然道：「我並沒有懷疑他，只不過……只不過……」

他嘴角的肌肉似也抽搐起來，連話都說不出了。

胡鐵花忍不住問道：「只不過怎樣？」

海闊天似乎全未聽到他在說話，目光凝注著前方，似乎在看著很遠很遠的一樣東西。

又過了很久，他才緩緩道：「也不知爲了什麼，自從雲從龍雲幫主死了之後，我時常都會覺得心驚肉跳，似乎已離死期不遠了。」

胡鐵花道：「爲什麼？」

楚留香眼睛裡閃著光，道：「雲幫主之死，和海幫主你又有何關係？」

海闊天道：「我……我……我只是覺得他死得有些奇怪。」

胡鐵花皺眉道：「奇怪？有什麼奇怪？」

海闊天道：「武維揚武幫主號稱『神箭射日』，弓箭上的功夫可說是當世無雙，但是若論硬碰硬的武功，他也未必能比雲從龍雲幫主高出多少。」

張三搶著道：「不錯，據我所知，兩人的拳掌兵刃、輕功暗器，可說都不相上下，只不過武幫主弓馬功夫較高，雲幫主水上功夫強些。」

海闊天沉聲說道：「但昨夜在三和樓上，武幫主和雲幫主交手時，兩位都在場的，他們交手只不過片刻，最多也不會超過十招，雲幫主便已死在武幫主的掌下……他豈非死得太怪，也死得太快了？」

胡鐵花沉吟著，瞟了楚留香一眼，道：「莫非武幫主也和金靈芝一樣，學了手極厲害的獨門武功？」

楚留香道：「這當然也有可能，只不過，武幫主已是六十歲的人了，縱然老當益壯，筋骨總已不如少年人之精健，記憶也要差很多，學起武功來，吸收自然也不如少年人快，是以無論修文習武，都要從少年時入手。」

他嘆了口氣，接著道：「這就是老年人的悲哀，誰也無可奈何。」

海闊天道：「不錯，這一點我也想過，我也認爲武幫主絕不可能忽然練成一門能在十招內殺死雲幫主的武功。」

胡鐵花道：「那麼依你們看，這是怎麼回事呢？」

楚留香和海闊天對望了一眼，眼色都有些奇怪。兩人心裡似乎都有種很可怕的想法，卻不敢說出來。

這一眼瞧過，兩人竟全都不肯說話了。

胡鐵花沉思著，緩緩地道：「雲從龍和武維揚交手已不止一次，武維揚功夫深淺，雲從龍自然清楚得很。」

張三點頭道：「不錯，天下只怕誰也不會比他更清楚了。」

胡鐵花道：「但昨天晚上在三和樓上，兩人交手之前，雲從龍的神情舉動卻很奇怪。」

張三道：「怎麼樣奇怪？」

胡鐵花道：「他像是早已知道自己此番和武維揚一走出門，就再也不會活著走回來了，難道他早已知道武維揚的功夫非昔日可比？」

張三道：「就算武維揚真練成了一種獨門武功，準備要對付雲從龍，他自然就絕不會告訴雲從龍，雲從龍又怎會知道？」

胡鐵花皺眉道：「那麼雲從龍爲何會覺得自己必死無疑？難道他忽然發現了什麼秘密？……他發現的是什麼秘密？」

他目光轉向楚留香，接著道：「他臨出門之前，還要你替他喝了一杯酒，是不是？」

楚留香道：「嗯。」

胡鐵花道：「以他的酒量，絕不會連那麼小的一杯酒都喝不下去的，是不是？」

楚留香淡淡道：「這也許只因爲他不是酒鬼，自己覺得喝夠了，就不願再喝。」

胡鐵花搖頭道：「依我看，他這麼樣做必定別有用意。」

楚留香皺了皺眉，道：「什麼用意？」

胡鐵花道：「他交給你的那杯酒裡，彷彿有樣東西，你難道沒有注意？」

楚留香道：「他交給我那杯酒，我就喝了下去，什麼也沒有瞧見。」

他笑了笑，接著道：「我一向用嘴喝酒，不是用眼睛喝酒的。」

胡鐵花嘆了口氣，道：「近來你的眼睛也愈來愈不靈了！我勸你以後還是遠離女人的好，否則再過兩年，你只怕就要變成個又聾又瞎的老頭了。」

張三笑道：「那倒沒關係，有些女人就是喜歡老頭子，因爲老頭子不但比年輕人體貼，而且錢也一定比年輕人多。」

胡鐵花冷笑道：「喜歡老頭子的女人，一定也跟你一樣，是天生的奴才胚子。」

海闊天一直在呆呆的出著神，也不知在想些什麼，但看他面上的猶疑痛苦之色，他想的必定是個很難解決的問題。

直到此刻，他才長長嘆了口氣，勉強笑道：「在下能與三位相識，總算有緣，在下只想……只想求三位答應一件事。」

他嘴裡說的雖是「三位」，眼睛瞧的卻只有楚留香一個人。

楚留香道：「只要我力所能及，絕不推辭。」

這句話若是從別人嘴裡說出，也只不過是句很普通的推托敷衍話，但從楚留香嘴裡說出就不同了。

楚留香一字之諾，重於千金，是江湖中人人都知道的。

海闊天長長鬆了口氣，臉色也開朗多了，道：「在下萬一如有不測，只求香帥將這……」

他一面說著話，一面已自懷中取出個小小的檀香木匣。

才說到這裡，突聽「咚咚」兩聲，似乎有人在用力敲門。

海闊天面色變了變，立刻又將匣子藏入懷中，一個箭步竄到門口，低叱道：「誰？」

門已上了栓，門外寂無應聲。

海闊天厲聲道：「王得志、李得標，外面是什麼人來了？」

王得志和李得標自然就是方才守在門外的兩個人，但也不知爲什麼，這兩人也沒有回應。

海闊天臉色變得更可怕，一把拉開栓，推門走了出去。

楚留香跟著走出去的時候，只見他面如死灰，呆如木雞般站在那裡，滿頭冷汗雨點般往下流個不停。

守在門外的兩個人，已變成了兩具死屍。

# 七 死神的影子

屍體上看不到血漬，兩人的臉也很安詳，似乎死得很平靜，並沒有受到任何痛苦。

海闊天解開他們的衣服，才發現他們後心上有個淡紅色的掌印，顯然是一掌拍下，兩人的心脈就被震斷而死。

胡鐵花長長吐出口氣，失聲道：「好厲害的掌力！」

掌印一是左手，一是右手，殺死他們的，顯然只是一個人，而且是左右開弓，同時出手的。

但掌印深淺卻差不多，顯見那人左右雙手的掌力也都差不多。

楚留香道：「看來這彷彿是硃砂掌一類的功夫。」

胡鐵花道：「不錯，只有硃砂掌留下的掌印，才是淡紅色的。」

楚留香道：「蛛砂掌這名字雖然人人都知道，其實練這種掌力的心法秘訣早已失傳，近二三十年來，江湖中已沒聽過有蛛硃掌的高手。」

胡鐵花道：「我只聽說一個『單掌追魂』林斌，練的是硃砂掌，但那也是好多年以前的事了，林斌現在已死了很久，也沒有聽說過他有傳人。」

楚留香道：「不錯，『單掌追魂』！昔年練硃砂掌的，大多只能練一隻手，但這人卻雙手齊練，而且都已練得不錯，這就更少見了。」

海闊天忽然道：「據說練硃砂掌的人，手上都有特徵可以看得出來。」

楚留香道：「初練時掌心的確會發紅，但練成之後，就『返璞歸真』，只有在使用時，掌心才會現出硃砂色，平時是看不出來的。」

海闊天長嘆道：「既是如此，除了你我四人外，別人都有殺死他們的可能了。」

張三道：「只有一個人不可能。」

海闊天道：「誰？」

張三道：「金靈芝。」

海闊天道：「何以見得？」

張三道：「瞧這掌印，就知道這人的手很大，絕不會是女人的手。」

胡鐵花冷笑道：「得人錢財，與人消災，金靈芝買了你，錢倒花得一點也不冤枉。」

海闊天道：「但女人的手也有大的。據相法上說，手大的女人，必定主富主貴，金姑娘豈非正是個富貴中人麼？」

張三冷冷地道：「原來海幫主還會看相！據說殺人者面上必有兇相，只不知海幫主可看得出來麼？」

海闊天還未說話，突又聽到一聲慘呼。這呼聲彷彿是從甲板上傳下來的，雖然很遙遠，但呼聲淒厲而尖銳，每個人都聽得清清楚楚。海闊天面色又變了，轉身衝了上去。

胡鐵花嘆了口氣，道：「看來這條船上倒真是多災多難，要活著走下船去實在不容易。」

楚留香忽然從王得志的衣襟中取出樣東西來，沉聲道：「你們看這是什麼？」

他手裡拿著的，赫然竟是粒龍眼般大小的珍珠。

張三面色立刻變了，失聲道：「這就是我偷金姑娘的那顆珍珠。」

楚留香道：「沒有錯麼？」

張三道：「絕沒有錯，我對珍珠是內行。」

他擦了擦汗，又道：「但金姑娘的珍珠又怎會在這死人身上呢？」

楚留香道：「想必是她不小心掉在這裡的。」

張三駭然道：「如此說來，金靈芝難道就是殺人的兇手？」

楚留香沒有回答這句話，目中卻帶著沉思之色，將這顆珍珠很小心地收藏了起來，大步走上樓梯。

胡鐵花拍了拍張三的肩頭，道：「主人若是殺人的兇手，奴才就是從犯，你留神等著吧！」

胡鐵花他們走上甲板的時候，船尾已擠滿了人，金靈芝、丁楓、勾子長、公孫劫餘、白蠟燭，全都到了。

本在那裡掌舵的向天飛已不見了，甲板上卻多了灘血漬。血漬殷紅，還未乾透。

胡鐵花動容道：「是向天飛！莫非他已遭了毒手？但他的屍身呢？」

海闊天眼睛發紅，忽然厲聲道：「錢風、魯長吉，今天是不是該你們兩人當値掌舵的？」

人叢中走出兩人，躬身道：「是。」

海闊天怒道：「你們的人到哪裡去了？」

錢風顫聲道：「是向二爺令我們走遠些的。我們不走，向二爺就瞪眼發脾氣，還要打人，我們才不敢不走開。」

魯長吉道：「但我們也不敢走遠，就在那裡幫孫老三收拾纜繩。」

海闊天道：「方才你們可曾聽到了什麼？」

錢風道：「我們聽到那聲慘呼，立刻就趕過來，還沒有趕到，又聽到『噗通』一響，再看向二爺，就已看不到了。」

眾人對望一眼，心裡都已明白，那「噗通」一聲，必定就是向天飛屍身落水時所發出的聲音。

大家都已知道向天飛必已凶多吉少。

海闊天與向天飛相交多年，目中已將落淚，嗄聲道：「二弟，二弟，是我害了你，我本不該拉你到這裡來的……」

丁楓柔聲道：「海幫主也不必太悲傷，屍身還未尋出之前，誰也不能斷定死的是誰。何況，向二爺武功極高，又怎會輕易遭人毒手？」

張三道：「屍身落水還沒有多久，我下去瞧瞧是否還可以將他撈上來。」

這時船行已近海口，波濤洶湧。張三卻毫不遲疑，縱身一躍，已像條大魚般躍入水中。

海闊天立刻大喝道：「減速，停船，清點人數！」

喝聲中，水手們已全都散開，紫鯨幫的屬下，果然訓練有素，雖然驟經大變，仍然不慌不亂。

船行立刻就慢了下來，只聽點名吆喝之聲，不絕於耳。

過了半晌，那錢風又快步奔回，躬身道：「除了王得志和李得標，別人都在，一個不少。」

別人都在，死的自然是向天飛了！

海闊天忽然在那灘血漬前跪了下來。

丁楓目光閃動，沉聲道：「向二爺武功之高，在下是知道的，在下不信他會遭人毒手，只因江湖中能殺死他的人並不多。」

說這話時，他目光依次從勾子長、楚留香、胡鐵花和白蠟燭面上掃過，卻沒有瞧公孫劫餘和金靈芝一眼。他的意思自然是說，能殺死向天飛的，只有這四個人而已。

胡鐵花冷笑道：「丁公子武功之高，不但我知道，大家只怕也都清楚得很，卻不知出事的時候，丁公子在哪裡？」

他這話說得更明顯了，簡直無異說丁楓就是兇手。

丁楓卻神色不動，淡淡道：「在下睡覺的時候，一向都躺在床上的。」

胡鐵花道：「勾兄與他同房，想必是看到的了？」

勾子長神色似乎有些異樣，吶吶道：「那時……那時我正在解手，不在屋裡。」

楚留香忽然道：「其實殺死向二爺的人，武功倒不一定比向二爺高。」

胡鐵花道：「武功不比他高，怎能殺得了他？」

楚留香道：「向二爺也許正因爲想不到那人竟會殺他，毫無防範之心，是以才會被那人一擊得手。」

海闊天抬起頭，恨恨道：「不錯，否則兩人交手時，必有響動，錢風他們必已早就聽到，正因爲那人是在暗中行刺，所以別人才沒有聽到動靜。」

丁楓眼睛瞪著勾子長，冷冷道：「但別人都和向二爺無冤無仇，爲何要下此毒手？」

楚留香道：「正是如此，所以這船上每個人都有殺死向二爺的可能。」

勾子長怒道：「你瞪著我幹什麼？難道我和他有仇麼？」

丁楓淡淡道：「在那三和樓，勾兄與向二爺衝突之時，幸好不止在下一人聽到。」

海闊天的眼睛也立刻瞪到勾子長身上了，目光中充滿怨毒之意，竟似真的將勾子長看成殺人的兇手！

勾子長紅著臉，大聲道：「我只說要和他比劃比劃，又沒有意思要他的命。」

丁楓冷冷道：「勾兄是否想要他的命，也只有勾兄自己知道。何況，據我所知，向二爺被害時，勾兄已不知到哪裡去了。」

勾子長怒道：「我早就說過，那時我在解手……」

丁楓道：「在哪裡解手？」

勾子長道：「自然是在茅房，我總不能當著你面撒尿吧？」

丁楓道：「有誰見到了？」

勾子長道：「沒有人，那時廁所裡正好一個人也沒有。」

丁楓冷笑道：「勾兄不遲不早，正好在向二爺被害時去解手，廁所中又正好沒有別的人……嘿嘿，這倒真是巧得很，巧得很。」

勾子長叫了起來，道：「我怎知什麼時候尿會來？怎知廁所裡有沒有人……」

楚留香忽然道：「勾兄不必著急，事實俱在，勾兄絕不是兇手！」

丁楓道：「事實俱在？在哪裡？」

楚留香道：「兇手既是在暗中行刺，和向二爺距離必定很近，勾兄與向二爺既然不睦，向二爺怎會容勾兄走到自己身邊來？」

勾子長道：「是呀，他若見到我要走過去，只怕早就跳起來了。」

楚留香道：「瞧這地上的血漬，向二爺流血必定極多，那兇手貼身行刺，自己衣服上就難免要被濺上血漬。」

他瞧了勾子長一眼，道：「但勾兄此刻身上卻是乾乾淨淨，而且穿戴整齊，若說他是在行刺後換的衣服，也絕不會換得如此快的。」

勾子長道：「不錯，一聽到慘呼，我就立刻趕到這裡來了，哪有時間去換衣服？」

金靈芝忽然道：「這點我們可以作證，我來的時候，他已經在這裡了。」

楚留香道：「無論誰是兇手，都萬萬來不及換衣服的，只有將那件濺血的衣服脫下來或是拋入水中，或者秘密藏起。」

胡鐵花冷笑道：「如此說來，那兇手此刻一定是衣冠不整的了。」

他說這話時，眼睛是瞪著丁楓的，丁楓身上果然只穿著套短衫褲，未著長衫外衣。

但丁楓還是面不改色，淡淡道：「在下本就沒有穿著長衫睡覺的習慣。」

金靈芝道：「不錯，誰也不會穿得整整齊齊的睡覺，我一聽到那聲慘呼，馬上就趕來了，也沒有穿外衣，難道我會是兇手麼？」

她果然也只穿著短衫褲，而且沒有穿襪子，露出了一雙雪白的腳。

胡鐵花眼睛盯著她的腳，悠然道：「未查出真兇前，人人都有嫌疑，就算再有錢的人，也不能例外。有錢人也未必就不會殺人的，金姑娘你說是麼？」

金靈芝本已快跳了起來，但瞧見胡鐵花的眼睛，臉突然紅了起來，情不自禁將腳往後面縮了縮，居然沒有回嘴。

這時張三已自水中探出頭，大聲道：「找不到，什麼都找不到，這麼急的水裡，連條死魚都瞧不見，莫說是人了。」

海闊天拋下條長索，道：「無論如何，張兄已盡了力，海某與向二弟一生一死，俱都感激不盡。江水太急，張兄還是快請上來吧！」

天已亮了。

一回到屋裡，關起房來，胡鐵花就一把拉住了楚留香的衣襟，道：「好小子，現在你在我們面前也不說老實話了，你以爲真能騙得過胡先生麼？」

楚留香失笑道：「誰騙了你？你犯了什麼毛病？」

胡鐵花瞪眼道：「你難道沒有騙我？雲從龍臨死前要你替他喝的那杯酒，杯子裡明明有樣東西，你爲什麼說沒有？」

張三已換上了海闊天爲他準備的乾淨衣服，舒舒服服的躺在床上，蹺著腳，悠然笑著道：「以前有人說胡鐵花是草包，我還不太相信，現在才知道那真是一點也不假。」

胡鐵花道：「放你的狗臭屁，你懂得什麼？」

張三道：「你呢？你懂什麼？懂屁？他方才不願意說老實話，只不過是爲了有海闊天在旁邊而已，你生的哪門子氣？」

胡鐵花道：「海闊天在旁邊又怎樣？我看他也不是什麼壞人，而且和我們又是站在一條線上的，我們爲什麼要瞞他？」

張三嘆了口氣，道：「本來我以爲你至少還懂個屁的，原來你簡直連屁都不懂。海闊天只不過帶你去看了幾罈酒而已，你就巴不得把心都掏出來給他了。」

胡鐵花冷笑道：「我不像你們，對什麼人都疑神疑鬼，照你們這樣說，天下還有一個能夠令你們信任的人麼？」

張三道：「沒有，有時候，我簡直連自己都信不過自己，何況別人？」

胡鐵花冷冷道：「你這人至少還很坦白，不像這老臭蟲。」

張三道：「你真的很信任海闊天？」

胡鐵花道：「他把什麼話都說出來了，一點也沒有隱瞞。」

張三冷笑道：「要釣魚，就得用魚餌，你怎知海闊天說的那些話不是在釣魚？」

胡鐵花道：「釣魚？釣什麼魚？」

張三道：「他要套出我們的話來，就得先說些話給我們聽聽。其實呢，他說的那些話全都只不過是猜測，他既能猜到，別人自然也就能猜到，他說了半天，根本就等於沒有說。」

他不等胡鐵花開口，接道：「至於那六口棺材，誰也不知道究竟是誰送來的？說不定就是他自己。」

胡鐵花抓著楚留香衣襟的手鬆開了。

楚留香這才笑了笑，道：「不錯，這船上的人既不聾、又不瞎，若說有人能神不知鬼不覺的將六口棺材送上來，這簡直不太可能，只有他自己……」

胡鐵花大聲道：「但他至少不是殺死向天飛的人。向天飛被害時，他明明和我們在一起，是不是？」

楚留香道：「嗯。」

胡鐵花道：「依你說來，勾子長既不可能是兇手，那麼嫌疑最大的就是金靈芝、丁楓和公孫劫餘。」

楚留香道：「不錯。」

胡鐵花道：「要將六口棺材瞞著人送上來，雖不容易，但這三人都是又有錢又有勢的人，常言道『有錢能使鬼推磨』，只要有錢，還有什麼事做不出來的？」

楚留香道：「但除了這三人外，還有兩人的嫌疑也很大。」

胡鐵花道：「誰？」

楚留香道：「那就是本該在那裡掌舵的魯長吉和錢風！」

胡鐵花道：「憑他們兩人，能殺得了向天飛？」

楚留香道：「今天既然本該由他們當值掌舵的，他們守在那裡，向天飛自然絕不會懷疑。而且，像向天飛那麼狂傲的人，自然也絕不會將他們放在心上，若說要在暗中行刺向天飛，只怕誰也不會比他們的機會更多了。」

張三道：「就因為他們太不足輕重，根本也不會有人去留意他們，所以他們行兇之後，才有足夠時間去換衣服。」

楚留香道：「海闊天那時恰巧和我們在一起，說不定就是爲了要我們證明向天飛被害時他不在那裡，證明他不可能是兇手。」

張三道：「但這卻絕不能證明他也沒有叫別人去殺向天飛。」

胡鐵花道：「如此說來，你難道認爲他是兇手？」

張三道：「我並沒有指名他就是兇手，只不過說他也有嫌疑而已。」

胡鐵花冷笑道：「以我看來，嫌疑最大的還是金靈芝。」

張三道：「爲什麼？」

胡鐵花道：「她若不是兇手，那顆珍珠又怎會跑到李得標的屍體上去了？」

楚留香道：「每個人都有嫌疑，現在就斷定誰是兇手，還嫌太早。」

胡鐵花道：「要等到什麼時候？」

楚留香道：「無論誰殺人都有目的，我們先得找出那兇手的目的是什麼。」

胡鐵花道：「不錯。」

楚留香道：「無論多厲害的角色，殺了人後多多少少總難免會留下些痕跡線索，我們就得等他自己先露出破綻來。」

胡鐵花冷笑道：「你的意思是說，現在的線索還不夠，還得等他再殺幾個人？」

楚留香嘆了口氣，道：「我只希望能在他第二次下手時，能先發制人，將他抓住。」

胡鐵花道：「他以後若不再殺人，我們難道就抓不住他了？」

楚留香嘆息著，苦笑道：「你莫忘了，棺材有好幾口，他若不將棺材填滿，只怕是絕不會住手的。」

胡鐵花沉默了半晌，道：「那麼，你想他第二個下手的對象是誰呢？」

楚留香道：「這就難說了……說不定是你，也說不定是我。」

胡鐵花道：「那麼你就快趁還沒有死之前，將那樣東西拿出來給我們瞧瞧吧！」

楚留香笑了，道：「這人倒真是有雙賊眼，那杯酒裡，的確有樣東西。」

張三忍不住問道：「究竟是什麼東西？」

楚留香道：「是個蠟丸，蠟丸裡還有張圖。」

胡鐵花道：「什麼圖？」

楚留香道：「我看了半天，也沒看出那張圖畫的究竟是什麼……」

圖上畫著的，是個蝙蝠。

蝙蝠四圍畫著一條條彎曲的線，還有大大小小的許多黑點，左上角還畫了個圓圈，發著光的圓圈。

楚留香道：「這一條條彎彎曲曲的線，彷彿是代表流水。」

張三道：「嗯，有道理。」

楚留香道：「這圓圈畫的好像是太陽。」

張三道：「不錯。」

胡鐵花道：「但這些大大小小的黑點是什麼呢？」

楚留香道：「也許是水中的礁石……」

胡鐵花道：「太陽下、流水中、礁石間，有個蝙蝠……這究竟是什麼意思？可真把人糊塗死了。」

楚留香道：「這其中自然有極深的意義，自然也是個很大的秘密，否則雲從龍也不會在臨死前，慎重的交託給我了。」

胡鐵花道：「他爲什麼不索性說明白呢？爲什麼要打這啞謎？」

楚留香道：「那時他根本沒有說話的機會……」

胡鐵花搶著道：「不錯，那天在三和樓上，我也覺得他說話有些吞吞吐吐，而且簡直有些語無倫次，連『骨鯁在喉』這四個字都用錯了。」

張三道：「怎麼用錯了？」

胡鐵花道：「『骨鯁在喉』四字，本是形容一個人心裡有話，不吐不快，但他卻用這四個字來形容自己喝不下酒去，簡直用得大錯而特錯。」

張三失笑道：「雲從龍又不是三家村裡教書的老夫子，用錯了個典故，也沒有什麼稀奇，只有像胡先生這麼有學問的人，才會斤斤計較的咬文嚼字。」

楚留香笑道：「這兩年來，小胡倒的確像是唸了不少書，一個人只要還能唸得下書，就不至於變得太沒出息。」

胡鐵花怒道：「你們這究竟是什麼意思？每次我要談談正經事的時候，你們就來胡說八道。」

楚留香笑了笑，突然一步竄到門口，拉開了門。

門口竟站著一個人。

# 八　誰是兇手

站在門口的竟是金靈芝。

楚留香一拉開門，她的臉立刻紅了，雙手藏在背後，手裡也不知拿著什麼東西，想說話卻又說不出。

胡鐵花冷笑道：「我們正在這裡鬼扯，想不到金姑娘竟在門口替我們守衛，這倒真不敢當。」

金靈芝咬了咬嘴唇，扭頭就走，走了兩步，突又回頭，大聲道：「張三，你出來。」

張三立刻跳下床，趕出去，陪著笑道：「姑娘有什麼吩咐？」

胡鐵花冷冷道：「這奴才倒真聽話，看來金姑娘就算要他殺人，他也會照辦的。」

金靈芝也不理他，將藏在身後的一包東西拿了出來，道：「這包東西你替我收著。」

張三道：「是。」

金靈芝道：「這包東西是我剛撿來的，你可以打開來瞧，但你若替我弄丟了，小心我要你的腦袋。」

張三笑道：「姑娘只管放心，無論是什麼東西，只要交到我手上，就算天下第一號神偷也休想把它偷去。」

金靈芝「哼」了一聲，回頭推開對面的房門走了進去，「砰」的，又立刻將房門重重的關上了。

胡鐵花道：「我們屋子裡倒真有個天下第一神偷，你可得將這包東西抱緊些，腦袋被人拿去，可不是好玩的。」

他話未說完，對面另一扇門忽然被推開了，丁楓從門裡探出頭來，目光有意無意間瞧了張三手裡的包袱一眼，笑道：「三位還未睡麼？」

楚留香笑道：「丁公子想必也和我們一樣，換了個新地方，就不大容易睡得著。」

丁楓目光閃動，悄聲道：「在下有件事正想找楚香帥聊聊，不知現在方便不方便？」

楚留香還未說話，隔壁的一扇門也開了。從門裡走出來的，不是白蠟燭，也不是公孫劫餘，赫然竟是勾子長。

只見他臉色發青，眼睛發直，手裡還是緊緊的提著那黑色的皮箱，忽然瞧見楚留香、丁楓他們都站在門口，立刻又吃了一驚。

丁楓淡淡道：「我還以爲勾兄真的又去解手了哩，正想替勾兄介紹一位專治腎虧尿多的大夫瞧瞧。」

勾子長面上陣青陣紅，吶吶道：「我本是去解手的，經過這裡，忽然想找他們聊聊。」

丁楓目光閃動，盯著他，緩緩道：「原來勾兄和他們兩位本就認得的，這我倒也沒有想到。」

他瞟了楚留香一眼，帶著笑道：「香帥你只怕也未想到吧？」

勾子長乾咳著，道：「我和他們本來也只不過見過一兩面，並不熟……並不熟……」

他一面說話，一面已從丁楓身旁擠進門去。

楚留香道：「丁兄若有什麼指教，請過來這邊說話好麼？」

丁楓沉吟著，笑道：「大家累了一天，也該安息了，有什麼事等到晚上再說也不遲。」

他身子立刻縮了回去，關上了門。

那邊的門也關上了，公孫劫餘和白蠟燭一直沒有露面。

胡鐵花早已忍不住了，不等門關好，就嘆著氣道：「看來這年頭倒真是人心難測，想不到勾子長也不是一個老實人，他明明是認得公孫劫餘和白蠟燭的，但他們上船的時候，他卻一點聲色也不露。」

張三道：「他口口聲聲說自己初出江湖，除了楚留香外，誰都不認得，原來都是騙人的，原來他認得的人比我們還多。」

胡鐵花道：「我本來還以爲他真的什麼事都不懂，又會得罪人，又會惹麻煩，誰知道他比我們誰都沉得住氣。」

張三道：「他那些樣子也許全是故意裝給我們看的，要我們對他不加防備，其實他說不定是早已和公孫劫餘串通好了的……」

胡鐵花突然跳了起來，道：「不對不對，我得去瞧瞧。」

張三道：「什麼事不對？瞧什麼？」

胡鐵花道：「說不定他就是兇手，公孫劫餘和白蠟燭就是他第二個下手的對象，現在說不定已遭了他的毒手！」

楚留香一直在沉思著，此刻才笑了笑，道：「勾子長出來後，屋裡還有人將門關上，死人難道也會關門不成？」

胡鐵花怔了怔，自己也笑了，喃喃道：「看來我也被你們傳染了，變得和你們一樣會疑神疑鬼。」

他瞧了張三一眼，又接著道：「你爲什麼還不將這包袱打開來瞧瞧？」

張三道：「我爲什麼要把它打開來瞧瞧？」

胡鐵花道：「她自己說過，你可以打開來瞧的。」

張三道：「但我若不願意呢？」

胡鐵花道：「你難道不想知道包袱裡是什麼？」

張三淡淡道：「我也許要等到你睡著了之後才打開來呢？」

胡鐵花又怔住了，低著頭怔了半晌，突然出手如風，一把將張三手裡提著的包袱搶了過來，大笑道：「我不是楚留香，不會偷，可是我會搶……」

他三把兩把就將包袱扯開，笑聲立刻停頓。

包袱裡是件衣服。

一件染著斑斑血漬的長衫。

衣服是淡青色，質料很好，既輕又軟，穿在身上一定很舒服，前襟上卻濺滿了鮮血。

胡鐵花變色道：「我見過這件衣服。」

張三忍不住道：「在哪裡見過？」

胡鐵花道：「丁楓那天去接枯梅大師的時候，穿的就是這件衣服。」

張三臉色也變了，動容道：「衣服上的血呢？難道就是向天飛的？丁楓難道是殺死向天飛的兇手？」

胡鐵花恨恨道：「我早就懷疑他了，但金靈芝明明很聽丁楓的話，爲什麼要將這件衣服故意送到我們這裡來呢？」

張三沉吟著，道：「也許她還不知道這是丁楓的衣服，也許……」

胡鐵花忽然打斷了他的話，道：「也許這是金靈芝在故意栽贓。」

張三道：「栽贓？」

胡鐵花道：「她知道我們已發現那屍身上的珍珠，知道我們已在懷疑她，所以，就故意偷了丁楓的衣服，弄上些血漬，來轉移我們的目標。」

他冷笑著接道：「你若穿了我的衣服去殺人，兇手難道就是我麼？」

楚留香道：「但這件事還有兩點可疑。」

胡鐵花道：「哪兩點？」

楚留香道：「第一，金靈芝本是個千金小姐，要她去殺人，也許她會殺，但若要她去偷別人的衣服，她只怕就未必能偷得到。」

張三立刻道：「不錯，她怎會知道丁楓的衣服放在哪裡？一偷就能偷到？」

楚留香道：「第二，她若真想轉移我們的目標，就不會自己將這件衣服送來了，做賊的人，終難免要有些心虛的。」

胡鐵花道：「你認爲這件衣服本是別人故意放在金靈芝能看到的地方，故意要被她發現，好教她送到這裡來的？」

楚留香道：「這當然也有可能，但丁楓也可能就是兇手，在殺人之後，時間太匆忙，所以來不及將血衣藏好……」

張三接口道：「勾子長和丁楓住在一間屋子裡，要偷丁楓的衣服，誰也沒有他方便，所以我認爲勾子長的嫌疑愈來愈大。」

胡鐵花道：「你爲什麼不去問問你那女主人，這件衣服她究竟是在哪裡找到的？」

張三搖頭，笑道：「我不敢，我怕碰釘子，你若想問，爲什麼不自己去問？難道你也不敢麼？」

胡鐵花跳了起來，冷笑道：「我爲什麼不敢？難道她還能咬我一口不成？」

他一口氣衝了出去，衝到金靈芝門口。

但等到他真舉起手要敲門時，他這口氣已沒有了。

想到金靈芝手叉著腰，瞪著眼的樣子，他只覺頭皮有些發毛。

「她也許已經睡著了，我若吵醒了她，她發脾氣也是應該的，別人吵醒我時，我又何嘗不會發脾氣？何況敲女人的房門，也是種很大的學問，那不但要有技巧，還得要有勇氣，並不是人人都能敲得開的。」

胡鐵花嘆了口氣，喃喃道：「大家反正今天晚上總要見面的，等到那時再問她也不遲。」

大多數男人都有件好處——他們若是不敢去做一件事時，總會替自己找到種很好的藉口，絕不會承認自己沒勇氣。

屋子裡只有兩張床，另外還搭了個地舖。

胡鐵花回房去的時候，兩張床上已都睡著人了。

張三蹺著腿，正喃喃自語著道：「奇怪奇怪，我怎麼沒聽見敲門的聲音呀？難道胡先生的膽子也不比我大，嘴裡吹著大氣，到時候卻也不敢敲門的？」

胡鐵花一肚子火，大聲道：「這是我睡的床！你怎麼睡在上面了？」

張三悠然道：「你睡的床？誰規定這張床你睡的？總督衙門規定的麼？」

胡鐵花恨得牙癢癢的，卻也沒法子，冷笑道：「船上的床簡直就像是給小孩子睡的，又短又窄又小，像我這樣的堂堂大丈夫，本就是睡在地上舒服。」

他剛睡下去，又跳起來，叫道：「你這人倒真是得寸進尺，居然把我的枕頭也偷去了！」

張三笑道：「睡在地上既然又寬敞，又舒服，海闊天也許就怕你睡得太舒服了，爬不起來，所以根本就沒有替你準備枕頭。」

胡鐵花氣得直咬牙，眼珠子轉了轉，忽然笑道：「原來你也跟老臭蟲一樣，鼻子也不靈，否則怎會沒有嗅到臭氣？」

張三忍不住問道：「什麼臭氣？」

胡鐵花道：「我方才就坐在這枕頭上，而且還放了個屁……」

他話未說完，張三已將枕頭拋了過去。

胡鐵花大笑道：「原來你這小子也會上當的。」

張三板著臉道：「你說別的我也許不信，但說到放屁，你倒的確是天下第一，別人三十年放的屁，加起來也沒有你一天這麼多的。」

這兩天發生的事實在太多，太可怕了，而且還不知有多少可怕的事就要發生，就在今天晚上……

胡鐵花本來以爲自己一定睡不著的。

他聽說睡不著的時候，最好自己數數字，數著數著就會不知不覺的入睡，這法子對很多人都靈得很。

他準備拚著數到一萬，若還睡不著，就出去喝酒。

他數到「十七」時就睡著了。

胡鐵花是被一陣敲門聲驚醒的。

敲門聲很輕，「篤、篤、篤」，一聲聲的響著，彷彿已敲了很久。

「這屋子的生意倒不錯，隨時都有客人上門。」

胡鐵花一骨碌爬了起來，腦袋還是昏昏沉沉的，用力拉開了門，一肚子火氣都準備出在敲門的這人身上。

誰知門外竟連個鬼影子都沒有。

「篤、篤、篤」，那聲音卻還是在不停地響著。

胡鐵花定了定神，才發覺這聲音並不是敲門聲，而是隔壁屋子裡有人在敲著這邊的板壁。

「那小子幹什麼?存心想吵得別人睡不著覺麼?」

胡鐵花也在壁板上用力敲了敲，大聲道：「誰?」

敲牆的不是公孫劫餘就是白蠟燭，他根本連問都不必問的。

隔壁果然有人說話了。

胡鐵花耳朵貼上板壁，才聽出那正是公孫劫餘的聲音。

他聲音壓得很低，一字字道：「是楚香帥麼？請過來一敘如何？」

原來是找楚留香的。

這兩天好像人人都在找楚留香。

胡鐵花一肚子沒好氣，正想罵他幾句，轉過頭，才發現兩張床都是空的。楚留香和張三竟都已不知溜到哪裡去了。

隔壁的人又在說話了，沉聲道：「楚香帥也許還不知道在下是誰，但……」

胡鐵花大聲道：「我知道你是誰，但楚留香卻不在這裡。」

隔壁那人道：「不知他到哪裡去了？」

胡鐵花道：「這人是屬兔的，到處亂跑，鬼才知道他溜到哪裡去了。」

隔壁那人道：「閣下是……」

胡鐵花道：「我姓胡，你要找楚留香幹什麼？告訴我也一樣。」

隔壁那人道：「哦——」

他「哦」了一聲後，就再也沒有下文。

胡鐵花等了半天，愈想愈不對。

公孫劫餘本和楚留香一點關係也沒有，忽然找楚留香幹什麼？而且又不光明正大的過來說話，簡直有點鬼鬼祟祟的。

他難道也有什麼秘密要告訴楚留香？

「這老臭蟲愈來愈不是東西了，自己溜了，也不叫我一聲。」

胡鐵花用力捏著鼻子，喃喃道：「咋天我又沒喝醉，怎麼睡得跟死豬一樣？」

其實他自己並不是不知道，只要有楚留香在旁邊，他就睡得特別沉，因爲他知道就算天塌下來，也有楚留香去頂著，用不著他煩心。

他很快地穿好鞋子，想到隔壁去問問公孫劫餘，找楚留香幹什麼？還想問問他是怎麼認得勾子長的？

但他敲了半天門，還是聽不到回應。

對面的門卻開了。勾子長探出頭來，道：「胡兄想找他們？」

胡鐵花頭也不回，冷冷道：「我又沒有毛病，不找他們，爲什麼來敲他們的門？」

勾子長陪笑道：「但他們兩人剛剛都到上面去了，我瞧見他們去的！」

胡鐵花霍然回過頭，瞪著他道：「看來你對別人的行動倒留意得很。」

勾子長怔了怔，吶吶道：「我……我……」

胡鐵花大聲道：「我自從認得了你，就一直拿你當朋友，是不是？」

勾子長嘆道：「我也一直很感激。」

胡鐵花道：「那麼我希望你有什麼話都對我老老實實的說出來，不要瞞我。」

勾子長道：「我本來就從未在胡兄面前說過謊。」

胡鐵花道：「好，那麼我問你，公孫劫餘和那白蠟燭究竟是什麼來路？你是怎麼會認得他們的？」

勾子長沉吟了半晌，嘆道：「胡兄既然問起，我也不能不說了，只不過……」

他壓低了語聲，接著道：「此事關係重大，現在時機卻還未成熟，我對胡兄說了後，但望胡兄能替我保守秘密，千萬莫在別人面前提起。」

胡鐵花想也不想，立刻道：「好，我答應你。」

勾子長道：「就連楚香帥……」

胡鐵花道：「我既已答應了你，就算在我老子面前，我也絕不會說的。我這人說話一向比楚留香還靠得住，你難道信不過我？」

勾子長鬆了口氣，笑道：「有胡兄這句話，我就放心了。」

他將胡鐵花拉到自己屋子裡，拴起了門。

丁楓也出去了。

勾子長先請胡鐵花坐下來，這才沉聲道：「兩個多月前，開封府出了件巨案，自關外押解貢品上京的鎮遠將軍本來駐紮在開封府的衙門裡，突然在半夜失去了首級，準備進貢朝廷的一批東西，也全都失了蹤。隨行的一百二十人竟全被殺得乾乾淨淨，沒有留下一個活口。」

胡鐵花聳然道：「既然出了這種大事，我怎麼沒有聽說過？」

勾子長嘆道：「就因為這件案子太大，若是驚動了朝廷，誰也擔當不起，所以只有先將它壓下來，等查出了真兇再往上報。」

容易。」

胡鐵花皺眉道：「做案的人既未留下一個活口，手腳想必乾淨得很，要查出來，只怕不大

勾子長道：「但人算不如天算，他們以爲這案子做得已夠乾淨了，卻不知老天偏偏留下了個人來做他們的見證，叫他們遲早逃不出法網。」

胡鐵花道：「是什麼人？」

勾子長說道：「是鎭遠將軍的一個侍妾。那天晚上，她本在鎭遠將軍房中侍寢，本也逃不過他們毒手的，但出事的時候，她正好在床後面解手，發現有變，就躲到床下去了，雖未瞧見做案那兩人的面目，卻將他們說的話全都聽得清清楚楚。」

胡鐵花失笑道：「看來女人的命，果然要比男人長些。」

勾子長道：「據她說，做案的是一老一少兩個人，事成之後，就準備逃到海外去，找個『銷金窟』享受一輩子，我就是根據這條線索，才追到這裡來的。」

胡鐵花訝然道：「聽你這麼說，你難道是六扇門裡的人？」

勾子長道：「在下倒並不是官家的捕頭，只不過是關外熊大將軍的一個貼身衛士。此次入關，正是奉了熊大將軍之命，特地來追查這件案子的。」

他笑了笑，接著道：「就因爲在下幼年時便已入了將軍府，從未在外面走動，所以對江湖中的事才陌生得很，倒令胡兄見笑了。」

胡鐵花已聽得目瞪口呆，這時才長長吐出口氣，搖著頭笑道：「原來是這麼回事！你爲何

不早說？害得我們險些錯怪了你，抓賊的反而被人當做強盜，豈非冤枉得很。」

勾子長苦笑道：「只因在下這次所負的任務極重，又極機密，所以才不敢隨意透露自己的身分。何況海闊天、向天飛、丁楓，又都不是什麼規矩人，若知道我是來辦案的公差，只怕也會對我不利。」

胡鐵花點了點頭，道：「你這麼一說，我就完全想通了……你是否懷疑公孫劫餘和白蠟燭就是做案的那兩個人？」

勾子長道：「不錯，這兩人的嫌疑實在太大，所以今天早上我才會到他們房裡去，正是想要探探他們的口風。」

胡鐵花道：「你可探聽出什麼？」

勾子長嘆道：「像他們這樣的人，自然守口如瓶，我去了一趟，非但毫無結果，反而打草驚蛇，他們想必已看出我的身分，只怕……」

他臉色變了變，住口不語。

胡鐵花道：「不錯，他們既已看出你的身分，只怕是不會放過你的。你以後倒真要多加小心才是。」

他拍了拍勾子長的肩頭，又笑道：「但現在我既知道這件事，就絕不會再容他們胡作非爲，你只管放心好了。」

勾子長笑道：「多謝多謝，有胡兄相助，我還有什麼不放心的？只不過……」

他又皺起了眉，沉聲道：「這兩人之毒辣奸狡絕非常人可比，我們現在又沒有拿住他們的真憑實據，暫時還是莫要輕舉妄動的好。」

胡鐵花點了點頭，緩緩道：「但這兩人並沒有理由要殺死向天飛呀，難道他們的目的是要將這條船上的人全都殺死滅口？」

# 九　硃砂掌印

薄暮。

滿天夕陽，映照著無邊無際的大海，海面上閃耀著萬道金光，那景色真是說不出的豪美壯麗，氣象萬千。

楚留香和張三倚著船舷，似已瞧得出神。

張三嘆道：「我沒有到海上來的時候，總覺得江上的景色已令人神醉，如今來到海上，才知道江河之渺小，簡直不想回去了。」

楚留香微笑著，悠然道：「這就叫做：曾經滄海難爲水……」

他忽然發現了丁楓從船頭那邊匆匆趕了過來，神色彷彿很驚惶，還未走近，就大聲呼喚著道：「兩位今天可曾看到過海幫主麼？」

楚留香皺了皺眉，道：「自從今晨分手，到現在還未見過。」

張三道：「他累了一天，也許睡過了頭，丁公子爲何不到下面的艙房去找找？」

丁楓道：「找過了，他那張床鋪還是整整齊齊，像是根本沒有睡過。」

楚留香動容道：「別的人難道也沒有見到他麼？」

丁楓臉色灰白，那親切動人的笑容早已不見，沉聲道：「我已經四處查問過，最後一個見到他的人是錢風。」

楚留香又皺了皺眉，道：「錢風？」

丁楓道：「據錢風說，他中午時還見到海幫主一個人站在船頭，望著海水出神，嘴裡還在不停地唸著向二爺的名字。錢風請他用飯，他理都不理，自從那時之後，就再也沒有人見到過他。」

楚留香道：「那時甲板上有沒有別的人？」

丁楓道：「那時船上的水手大多數都在膳房用飯，只有後艄兩個人掌舵，左舷三個人整帆，舵艄上還有個人在瞭望。」

張三道：「難道錢風是在說謊？」

他嘆了口氣，接著道：「但這六個人卻都未瞧見海幫主在船頭。」

丁楓道：「但我卻想不出他為何要說謊，也許別人都在忙著，所以沒有注意海幫主走上甲板來，海幫主站在船頭的時候也不久。」

張三道：「那麼，他到哪裡去了？難道跳下海了麼？」

丁楓黯然道：「我只怕他心中悲悼向二爺之死，一時想不開，就尋了短見……」

楚留香斷然道：「海幫主絕不是這樣的人，錢風呢？我想問他幾句話。」

丁楓道：「今天不是他當值，正在底艙歇著。」

楚留香道：「我們去找他。」

底艙的地方並不大。十幾個人擠在一間艙房裡，自然又髒、又亂、又臭。

錢風的鋪位就是右面一排的第三張床。他的人正躺在床上，用被蓋著臉，蒙頭大睡，卻將一雙腳露在被子外，還穿著鞋子，像是已累極了，一躺上床，連鞋都來不及脫，就已睡著。

魯長吉卻還沒有睡，聽說有人找他，就搶著要去將他叫醒。

叫了半天，錢風還是睡得很沉，魯長吉就用手去搖，搖了半天，還是搖不醒。魯長吉失笑道：「這人一喝酒，睡下去就跟死豬一樣。」

張三瞟了楚留香一眼，笑道：「這人的毛病倒和小胡差不多。」

他笑容突然凍結。魯長吉一掀起棉被，他就發覺不對了。錢風躺在床上，神情看來雖很安祥，但臉色卻已變得說不出的可怕，那模樣正和他在貨艙門外發現的兩個死屍一樣。

魯長吉只覺雙腿發軟，再也站不穩，「噗」地坐倒在地上。

無論誰都可看出，躺在床上的已不是個活人。

楚留香一步竄了過去，拉開了錢風的衣襟。他前胸果然有個淡紅色的掌印！是左手的掌印！

錢風也已遭了那人的毒手！

丁楓聳然道：「這是硃砂掌！」

張三冷冷瞅了他一眼，道：「丁公子果然好眼力，想必也練過硃砂掌的了。」

丁楓似未覺出他這話中是有刺的，搖頭道：「近年來，我還未聽說江湖中有練硃砂掌的人！」

楚留香目光閃動，道：「不知這船艙中方才有誰進來過？」

魯長吉滿頭冷汗，顫聲道：「我也是剛下來的，那時錢風已睡著了……這裡的人全睡著了，像我們這種粗人，一睡就很難吵醒。」

他說得不錯，張三將正在睡覺的九個人全都叫醒一問，果然誰也沒有瞧見有外人進來過。

楚留香淡淡道：「但丁公子方才明明是到這裡來問過錢風話的，你們難道也沒有瞧見麼？」

大家都在搖頭。

丁楓也還是神色不變，道：「我方才的確來過，但那時錢風還是活著的，而且我問他話的時候，金姑娘也在旁邊，可以證明。」

他接著又道：「然後我就到膳房中去問正午時在甲板上的那六個人，再去找楚香帥和張兄，前後還不過半個時辰。」

張三忍不住問道：「金姑娘呢？」

丁楓道：「金姑娘和我在樓梯上分了手，去找胡兄、勾兄和那位公孫先生，也不知找著了沒有？」

楚留香沉吟著，道：「不知那膳房在哪裡？」

膳房就在廚房旁，也不大，那兩張長木桌幾乎就已將整個屋子都占滿了。水手們不但睡得簡陋，吃得也很馬虎。桌上擺著三隻大海碗，一碗裝的是海帶燒肥肉，一碗裝的是大蒜炒小魚，還有一碗湯，顏色看來簡直就像是洗鍋水。飯桶卻很大——要人做事，就得將人餵飽。現在碗中的菜已只剩下一小半，飯桶也幾乎空了。

吃飯的六個人，兩個伏在桌上，兩個倒在椅子下，還有兩個倒在門口，竟沒有一個活的。他們致命的傷痕，也全都是一樣，是個淡紅的掌印。又是硃砂掌！

伏在桌上的兩個人，死得最早，旁邊兩個人剛站起來，就被擊倒在椅子下，還有兩個人已逃到門口，卻也難逃一死！這六個人顯見在一刹那間就已全都遭了毒手！

張三咬著牙，恨恨道：「看來這人的手腳倒真快得很！」

楚留香嘆道：「如此看來，海幫主想必也是凶多吉少的了。」

丁楓也長嘆道：「不錯，海幫主被害時，錢風和這六人想必已有發覺，所以那兇手才不得不將他們也殺了滅口！」

他搖著頭，慘然道：「他們方才若將秘密對我說出來，只怕就不會落得如此下場！那兇手是用什麼法子能令這些人守口如瓶的呢？」

張三冷冷道：「也許還沒有機會說。」

他眼角瞟著丁楓，冷冷接著道：「丁公子一問過他們，他們就死了，這豈非巧得很？」

丁楓還是面不改色，黯然道：「不錯，我若不問他們，他們也許還不至於死得這麼快……這件事發生前後還不到半個時辰，在這半個時辰中，有誰可能下此毒手呢？」

張三冷冷道：「每個人都有可能。」

丁楓目光閃動，道：「在這半個時辰中，兩位可曾看到過公孫劫餘和勾子長麼？」

現在，所有的人都聚齊了。

胡鐵花失聲道：「我可以證明，勾子長一直和我在聊天，絕沒有出去殺人的機會。」

丁楓道：「公孫先生呢？」

公孫劫餘道：「我們師徒一直在屋子裡，胡兄總該知道的。」

胡鐵花冷笑道：「不錯，我的確和你隔著牆說過兩句話，但那以後呢？」

公孫劫餘道：「以後我們還是留在屋子裡，直到金姑娘來找我們……」

金靈芝道：「不錯，我去找他們的時候，他們的確在屋裡。」

胡鐵花沉著臉道：「但在我和你們說過話之後、金姑娘去找你們之前那段時候，你們到哪裡去了？那段時候已足夠去殺幾個人了。」

公孫劫餘道：「今日我們師徒根本就未出過房門一步。」

胡鐵花冷笑道：「但勾兄卻明明瞧見你們出來過的，那又是怎麼回事呢？」

公孫劫餘目光一閃，瞪著勾子長，一字字道：「閣下幾時瞧見我們走出去過的？」

勾子長臉色變了變，道：「我聽到外面有腳步聲，就走出去看，正好看到一個人在上樓梯，我以爲就是公孫先生。」

公孫劫餘冷冷道：「原來閣下只不過是『以爲』而已，並沒有真的看到是我。」

勾子長勉強笑道：「當時那人已快上樓了，我只看到他的腳，實在也不能確定他是誰。」

胡鐵花瞪了他一眼，也只好閉上了嘴，忽然間，大家都不說話了。船艙中忽然靜得如同墳墓。只聽外面傳來「噗通」一響。

隔了半晌，又是「噗通」一響。

大家心裡都明白，這必定是水手們在爲他們死去的同伴海葬。這一聲聲「噗通」之聲，聽來雖沉悶單調，卻又充滿了一種說不出的陰森恐怖之意，就像是閻王殿前的鬼卒在敲著喪鐘。

還不到一天，船上就已死了九個人。別的人還能活多久？下一個該輪到誰了？

兇手明明就在這個船艙裡，大家卻偏偏猜不出他是誰！

楚留香本想等他第二次下手，查出些線索來的，誰知他出手一次比一次乾淨，這次竟連一點痕跡都沒有留下來。

大家眼睛發直，誰也沒去瞧別人一眼，彷彿生怕被別人當做兇手，又彷彿生怕被兇手當做下一次的目標。

桌上不知何時已擺下了酒菜，卻沒有人舉箸。

又過了很久，胡鐵花忽然道：「一個人只要沒有死，就得吃飯的……」

他剛拿起筷子，張三已冷冷道：「但吃了之後，是死是活就說不定了。」

胡鐵花立刻又放下筷子。

誰也不敢說這酒菜中有沒有毒。

楚留香淡淡一笑，道：「但不吃也要被餓死，餓死的滋味可不好受，毒死至少要比餓死好。」

他竟真的拿起筷子，將每樣菜都嚐了一口，又喝了杯酒。

勾子長失聲讚道：「好，楚香帥果然是豪氣如雲，名下無虛！」

胡鐵花笑道：「你若以爲他真有視死如歸的豪氣，你就錯了！他只不過有種特別的本事，能分辨食物中有毒無毒，連我也不知道他這種本事是從哪裡來的。」

公孫劫餘嘆了口氣，道：「和楚香帥在一起，真是我們的運氣。」

胡鐵花又沉下了臉，道：「你若是兇手，只怕就要自嘆倒楣了。」

公孫劫餘也不理他，舉杯一飲而盡。

誰也不知道胡鐵花今天爲什麼處處找公孫劫餘的麻煩，但幾杯酒下肚，大家的心情已稍微好了些。

丁楓忽然道：「事際非常，大家還是少喝兩杯的好。金姑娘和胡兄雖約好今日拚酒的，也最好改期，兩位無論是誰醉倒，都不太好。」

他不提這件事也還罷了，一提起來，金靈芝第一個沉不住氣，冷笑道：「喝不喝都沒關係，但醉倒的絕不會是我。」

胡鐵花也沉不住氣了，也冷笑著道：「醉倒的難道是我麼？」

金靈芝再也不說別的，大聲道：「拿六壺酒來！」

凡是在江湖中混過幾年的人都知道，是哪幾種人最難應付，能不惹他們時，最好避開些。

第一種是文質彬彬的書生秀才，第二種是出家的和尚道士，第三種是上了年紀的老頭子。

但最不好惹的，還是女人。

這幾種人若敢出來闖江湖，就一定有兩下子。

胡鐵花打架的經驗豐富得很，這道理他自然明白。但喝酒就不同了。

一個人的酒量再好，上了年紀，也會退步的，至於女人，先天的體質就差些，後天的顧慮也多些，喝酒更沒法子和男人比。

胡鐵花喝酒的經驗也豐富得很，這道理他自然也明白，他喝酒從來也不怕老頭子和女人。

但天下事都有例外的。

這次金靈芝剛喝下第一杯酒，胡鐵花就已知道上當了。

江湖中人有句俗話：「行家一伸手，便知有沒有」，這句話用來形容喝酒，也同樣恰當得很。

有經驗的人，甚至只要看到對方拿酒杯的姿勢，就能判斷出他酒量的大小了——酒量好的人，拿起酒杯來當真有「舉重若輕」的氣概，不會喝酒的，小小一個酒杯在他手上，也會變得好像有幾百斤重。

只不過，金靈芝畢竟是個女人，喝酒至少還要用酒杯。

胡鐵花就沒有這麼斯文了。

他拿起酒壺，就嘴對嘴往肚子裡灌。

在女人面前，他是死也不肯示弱的，金靈芝第一壺酒還未喝完，他兩壺酒已下了肚。

勾子長拍手笑道：「胡兄果然是好酒量，單只這『快』字，已非人能及。」

胡鐵花面有得色，眼睛瞟著金靈芝，大笑道：「拚酒就是要快，若是慢慢地喝，一壺酒喝上個三天三夜，就連三歲大的孩子都不會喝醉。」

金靈芝冷笑道：「無論喝得多快，醉倒了也不算本事，若是拚著一醉，無論誰都能灌下幾壺酒的……張三，你說這話對不對？」

張三道：「對對對，對極了！有些人的酒量其實並不好，只不過是敢醉而已，反正已經喝醉了，再多喝幾壺也沒關係。」

他笑著接道：「一個人只要有了七八分酒意，酒喝到嘴裡，就會變得和白開水一樣，所以喝得多並不算本事，要喝不醉才算本事。」

胡鐵花板著臉，道：「我若真喝醉了，你第一個要當心。」

張三道：「我當心什麼？」

胡鐵花道：「我發起酒瘋時，看到那些馬屁精，就好像看見臭蟲一樣，非一個個的把牠掐死不可。」

他忽然向楚留香笑了笑，又道：「但你卻不必擔心，你雖是個老臭蟲，卻不會拍馬屁。」

楚留香正在和丁楓說話，像是根本全未留意他。

張三卻嘆了口氣，喃喃道：「這人還未喝醉，就已像條瘋狗一樣，在亂咬人了，若是真喝醉了時，大家倒真得當心些。」

丁楓就坐在楚留香旁邊，此刻正悄聲道：「金姑娘說的話倒也並非全無道理。像胡兄這樣喝酒，實在沒有人能不喝醉的。」

楚留香微笑道：「他喝醉了並不奇怪，不醉才是怪事。」

丁楓道：「但現在卻不是喝醉酒的時候，楚兄爲何不勸勸他？」

楚留香嘆道：「這人只要一開始喝酒，就立刻六親不認了，還有誰勸得住他？」

他忽又笑了笑，眼睛盯著丁楓，緩緩接道：「何況，此間豈非正有很多人在等著看他喝醉時的模樣，我又何必勸他？」

丁楓默然半晌，道：「楚兄莫非認爲我也在等著他喝醉麼？」

楚留香淡淡道：「若非丁兄方才那句話，他們此刻又怎會拚起酒來的？既已拚起了酒，又怎能不醉？」

丁楓道：「但……但在下方才本是在勸他們改期……」

楚留香笑道：「丁兄不勸也許還好些，這一勸，反倒提醒了他們——丁兄與他相處已有兩三天，難道還未看出，他本是個『拉著不走，趕著倒退』的山東驢子脾氣？」

丁楓沉默了半晌，長長嘆了口氣，苦笑道：「楚兄現在想必對我還有些誤解之處，但遲早總有一日，楚兄總可了解我的為人……」

楚留香忽然打斷了他的話，道：「張三，那樣東西你為何還不拿來給丁兄瞧瞧？」

張三笑道：「只顧看著他們拚酒，我幾乎將這件大事忘了。」

他嘴裡說著話，人已走入了後艙。

丁楓目光閃動，試探著問道：「卻不知楚兄要我瞧的是什麼？」

楚留香微笑道：「這樣東西實在妙得很，無論誰只要將它接了過去，他心裡的秘密，立刻就會被別人猜到。」

丁楓也笑了，道：「如此說來，這樣東西莫非有什麼魔法不成？」

楚留香道：「的確是有些魔法的。」

丁楓雖然還在笑著，卻已笑得有些勉強。

這時張三已自後艙提了個包袱出來，並沒有交給丁楓，卻交給了楚留香。

楚留香接在手裡，眼睛盯著丁楓的眼睛，一字字道：「丁兄若有什麼心事不願被別人知道，還是莫要將這包袱接過去的好。」

丁楓勉強笑道：「楚兄這麼說，難道還認爲在下有什麼不可告人的秘密不成？」

楚留香微笑不語，慢慢地將包袱遞了過去。

大家本在瞧著金靈芝和胡鐵花拚酒的，這時已不約而同向這邊瞧了過來，只有金靈芝和胡鐵花兩個人是例外。他們都已有了好幾分酒意，除了「酒」之外，天下已沒有任何別的事能吸引他們了。

丁楓終於將包袱接了過去。

他的手也伸得很慢，像是生怕這包袱裡會突然鑽出條毒蛇來，在他手上狠狠的咬一口。

別的人心裡也充滿了好奇，猜不透這包袱究竟有什麼古怪？

這包袱實在連一點古怪也沒有。

丁楓手裡拿著包袱，又笑了，道：「楚兄此刻可曾看出在下的秘密麼？」

楚留香淡淡道：「多少已看出了一些。」

丁楓道：「看出了什麼？」

楚留香眼睛裡發著光，道：「我已看出丁兄本來是用左手的。」

丁楓面不改色，笑道：「不錯，在下幼年時本連吃飯寫字都用左手，因此，也不知被先父教訓過多少次，成年後才勉強改了過來，但只要稍不留意，老毛病就又犯了。」

楚留香道：「如此說來，丁兄的左手想必也和右手同樣靈便了？」

丁楓道：「只怕比右手還要靈便些。」

楚留香笑了笑，淡淡道：「這秘密不該說出來的。」

丁楓道：「這又不是什麼了不得的秘密，爲何不該說出來？」

楚留香正色道：「以我看來，這秘密關係卻十分重大。」

丁楓道：「哦？」

楚留香緩緩道：「別人只要知道丁兄的左手比右手還靈便，下次與丁兄交手時，豈非就要對丁兄的左手加意提防了麼？」

丁楓笑道：「楚兄果然高見，幸好在下並沒有和各位交手之意，否則倒真難免要吃些虧了。」

張三忽然道：「那倒也未必，反正丁公子右手也同樣可以致人死命，別人若是提防著丁公子左手，丁公子用右手殺他也一樣。」

丁楓居然還是面不改色，還是笑道：「張兄莫非認爲在下殺過許多人麼？」

張三冷冷道：「我只不過是說，用兩隻手殺人，總比一隻手方便得多，也快得多。」

丁楓淡淡笑道：「如此說來，三隻手殺人豈非更方便了？」

張三說不出話來了。

他就算明知丁楓在罵他是個「三隻手」，也只有聽著——一個人只要做過一件見不得人的事，就算捱一輩子的罵，也只有聽著的。

幸好丁楓並沒有罵下去。

他手裡捧著包袱，笑問道：「不知楚兄還看出了什麼別的秘密？」

楚留香道：「還有個秘密，就在這包袱裡，丁兄爲何不解開包袱瞧瞧？」

丁楓道：「在下正有此意。」

他解開包袱，臉色終於變了。

包袱裡正是金靈芝找到的那件血衣。

楚留香的目光一直沒有離過丁楓的臉，沉聲道：「丁兄可認得出這件衣服是誰的麼？」

丁楓道：「自然認得，這件衣服本是我的。」

楚留香道：「衣服上的血呢？也是丁兄的麼？」

丁楓勉強笑道：「在下並未受傷，怎會流血？」

勾子長忽然冷笑了一聲，搶著道：「別人的血，怎會染上了丁公子的衣服？這倒是怪事了！」

丁楓冷冷道：「勾兄只怕是少見多怪。」

勾子長道：「少見多怪？」

丁楓道：「若有人想嫁禍於我，偷了我的衣服穿上，再去殺人，這種事本就常見得很，有何奇怪？何況……」

他冷笑著接道：「那人若是和我同屋住的，要偷我的衣服，正如探囊取物，更一點也不奇怪了。」

勾子長怒道：「你自己做的事，反來含血噴人？」

丁楓冷笑道：「含血噴人的，只怕不是丁某，而是閣下。」

勾子長霍然長身而起，目中似已噴出火來。

丁楓卻還是聲色不動，冷冷道：「閣下莫非想將丁某的血也染上這件衣服麼？」

公孫劫餘突然笑道：「丁公子這是多慮了。勾兄站起來，只不過是想敬丁公子一杯酒而已！」

他眼睛瞪著勾子長，淡淡道：「是麼？」

勾子長眼睛也在瞪著他，臉色陣青陣白，忽然大笑了兩聲，道：「不錯，在下正有此意，想不到公孫先生竟是我的知己。」

他竟真的向丁楓舉起酒杯，道：「請。」

丁楓目光閃動，瞧了瞧公孫劫餘，又瞧了瞧勾子長，終於也舉杯一飲而盡，微笑道：「其實，這件衣服上的血，也未必就是向天飛的，說不定是豬血狗血也未可知，大家又何苦因此而傷了和氣。」

說到這裡，他身子忽然一震，一張臉也跟著扭曲了起來。

楚留香聳然道：「什麼事？」

丁楓全身顫抖，嗄聲道：「酒中有……」

「毒」字還未出口，他的人已仰面倒了下去。

就在這一刹那間，他的臉已由慘白變為鐵青，由鐵青變為烏黑，嘴角已沁出血來，連血都是死烏黑色的。

只見他目中充滿了怨毒之意，狠狠的瞪著勾子長，厲聲道：「你……你……你好狠！」

勾子長似已嚇呆了，連話都說不出來。

楚留香出手如風，點了丁楓心臟四周六處要穴，沉聲說道：「丁兄先沉住氣，只要毒不攻心，就有救藥。」

丁楓搖了搖頭，淒然一笑，道：「太遲了……太遲了……我雖已知道此事遲早必會發生，想不到還是難免遭了毒手。」

他語聲已含糊不清，喘息了半晌，接著道：「香帥高義，天下皆知，我只想求楚兄一件事。」

楚留香道：「丁兄只管放心，兇手既在這條船上，我就絕不會讓他逍遙法外。」

丁楓黯然道：「這倒沒什麼，一個人若已快死了，對什麼事都會看得淡了。只不過……老母在堂，我已不能盡孝，只求楚兄能將我的骸骨帶歸……」

說到這裡，他喉頭似已堵塞，再也說不下去。

楚留香亦不禁為之黯然，道：「你的意思，我已明白，你託我的事，我必定做到。」

丁楓緩緩點了點頭，似乎想笑一笑，但笑容尚未露出，眼簾已闔起。他那親切動人的微笑，竟是永遠不能重見了。

楚留香默然半晌，目光緩緩轉到勾子長身上。

每個人的眼睛都在瞪著勾子長。

勾子長面如死灰，汗如雨下，忽然嘶聲大呼道：「不是我！下毒的不是我！」

公孫劫餘冷冷道：「誰也沒有說下毒的是你。」

勾子長道：「我也沒有想向他敬酒，是你要我敬他這杯酒的！」

公孫劫餘冷笑道：「他已喝過幾杯酒，酒中都無毒，我的手就算再長，也無法在這杯酒中下毒的。」

他坐得的確離丁楓很遠。

勾子長嗄聲道：「難道我有法子在這杯酒中下毒麼？這麼多雙眼睛都在瞧著，他自己也不是瞎子。」

楚留香手裡拿著酒杯，忽然嘆了口氣，道：「兩位都沒有在這杯酒中下毒，只因為無論誰都不可能在這杯酒中下毒。」

張三皺眉道：「但壺中的酒並沒有毒，否則我們豈非也要被毒死了？」

楚留香道：「不錯，只有他最後喝的這杯酒中才有毒，但毒卻不在酒裡。」

張三道：「不在酒裡在哪裡？」

楚留香道：「在酒杯上！」

他緩緩放下酒杯，接著又道：「有人已先在這酒杯裡塗上了極強烈的毒汁，丁楓先喝了幾杯酒都未中毒，只因那時毒汁已乾，酒卻是冷的，還未將毒溶化。」

勾子長這才透了口氣，喃喃道：「幸虧有楚香帥在這裡，能和楚留香在一起，的確是運氣。」

公孫劫餘道：「但無論如何，畢竟總有個人下毒的，這人是誰？」

楚留香道：「人人都知道酒杯必在廚房裡，誰也不會對空著的酒杯注意，所以無論誰要想在酒杯裡塗上毒汁，都很容易。」

勾子長道：「可是……那兇手又怎知有毒的酒杯必定會送到丁楓手上呢？」

楚留香道：「他不知道，他也不在乎……無論這酒杯在誰手上，他都不在乎。」

勾子長想了想，苦笑道：「不錯，在他眼中看來，我們這些人反正遲早都要死的，誰先死，誰後死，在他來說都一樣。」

張三撿起了那件血衣，蓋在丁楓臉上，喃喃道：「十個人上了這條船，現在已死了三個，下一個該輪到誰了呢？」

突聽「噗通」一聲，胡鐵花連人帶椅子都摔倒在地上。

# 十 第八個人

最有可能練過「硃砂掌」的人是丁楓。

左右雙手都同樣靈活的人是丁楓。

最有機會下手殺人的是丁楓。

血衣也是丁楓的。

兇手簡直非是丁楓不可。

但現在丁楓卻死了。

胡鐵花躺在床上，就像死豬。

他唯一和死豬不同的地方，就是死豬不會打鼾，他的鼾聲卻好像打雷一樣，遠在十里外的人都可能聽到。

張三揉著耳朵，搖著頭笑道：「這人方才倒下去的時候，我真以爲下一個輪到的就是他，還真忍不住嚇了一跳。」

楚留香也笑了，道：「我卻早就知道他死不了。『好人不長命，禍害遺千年』，這句話你難道沒聽說過？」

張三笑道：「我雖然沒想到他會死，卻也沒想到他會醉得這麼快，更想不到那位金姑娘喝起酒來倒真有兩下子。」

楚留香道：「你以爲她自己就沒有醉？連丁楓死了她都不知道，還直著眼睛到處找他來作裁判。」

張三嘆道：「這兩人醉的可真不是時候。」

楚留香苦笑道：「這你就不懂了，他選這時候喝醉，簡直選得再好也沒有了。」

張三道：「爲什麼？」

楚留香道：「他現在一醉，就什麼事都再也用不著操心，兇手也絕不會找到他頭上。因爲他們知道我們一定會在旁邊守著的。」

張三失笑道：「一點也不錯，我還以爲他是個呆子，其實他真比誰都聰明。」

楚留香道：「奇怪的是，該死的人沒有死，不該死的人卻偏偏死了。」

張三道：「你是說丁楓本不該死的？」

楚留香道：「我算來算去，不但只有他的嫌疑最大，而且也只有他才有殺人的動機。」

張三道：「動機？」

楚留香道：「沒有動機，就沒有理由殺人。」

張三道：「丁楓的動機是什麼？」

楚留香道：「他不願我們找到那海上銷金窟去。」

張三道：「他若不願意，爲什麼又要請這些人上船呢？」

楚留香道：「因爲他知道這些人自己也有可能找得去的，所以還不如將所有的人都集中到一個地方，再一個個殺死。」

張三道：「但現在他自己卻先死了。」

楚留香嘆了口氣，苦笑道：「所以我說的這些話全都等於放屁。」

張三沉默了半晌，道：「除了丁楓之外，難道別人全沒有殺人的動機？」

楚留香道：「殺人的動機只有幾種，大多數是爲情、爲財、爲了嫉恨，也有的人爲要滅口——丁楓的動機就是最後這一種。」

他接著又道：「現在丁楓既已死了，這理由就不能成立。因爲這些人彼此並不相識，誰也不會知道別人的秘密，可見那兇手絕不是爲了滅口而來殺人的。」

張三道：「那麼他是爲了什麼呢？爲了情？不可能，這些人誰也沒有搶過別人的老婆，爲了財？也不可能，除了公孫劫餘，別人都是窮光蛋。」

他想了想，接著又道：「金靈芝和海闊天雖是財主，卻並沒有將錢帶在身上，那兇手殺了他們，也得不到什麼好處。」

楚留香嘆道：「不錯，我算來算去，除了丁楓外，簡直沒有一個人有殺人的理由，所以我本來已認定了丁楓是兇手。」

張三道：「公孫劫餘呢？我總覺得這人來路很有問題。」

楚留香道：「這十個人中，也許有一兩個和他有舊仇，但他卻絕沒有理由要將這些人全都殺死。」

張三道：「但事實擺在這裡，兇手不是他就是勾子長，他的嫌疑總比勾子長大些。」

剛說到這裡，已有人在敲門。

敲門的人正是公孫劫餘。

船艙中已燃起了燈。

公孫劫餘的目中彷彿帶著種很奇特的笑意，望著楚留香，緩緩道：「有件事香帥一定很奇怪。」

楚留香道：「哦？」

公孫劫餘道：「在下這次到江南來，除了要找那海上銷金窟外，還要找一個人。」

楚留香道：「哦。」

還沒有明白對方說話的目的時，楚留香絕不會多說一個字。

公孫劫餘接道：「在下查訪這人已有很久，一直都得不到消息，直到昨天，我才知道他原來就在這條船上！」

楚留香沉吟道：「你說的莫非是勾子長？」

公孫劫餘道：「正是他。」

張三搶著問道：「他究竟是怎麼樣一個人？是不是和你有舊仇？」

公孫劫餘道：「在下以前也從未見過此人，又怎會有什麼仇恨？」

張三道：「那麼，你苦苦找他是爲了什麼？」

公孫劫餘笑了笑，神情似乎很得意，道：「香帥直到現在還未認出在下是誰麼？」

楚留香瞧著他，眼睛慢慢地亮了起來，道：「你莫非是……」

忽然間，門外又傳來一聲淒厲的慘呼。

呼聲竟是勾子長發出來的。

公孫劫餘第一個衝了出去。

勾子長就站在樓梯口，滿面都是驚恐之色，左臂鮮血淋漓，還有把短刀插在肩上。

楚留香皺眉道：「勾兄怎會受了傷？」

勾子長右手還緊緊的抓著那黑箱子，喘息著道：「我剛走下來，這柄刀就從旁邊飛來了，出手不但奇快，而且奇準，若非我躲得快，這一刀只怕早已刺穿了我的咽喉。」

楚留香道：「下手的人是誰？勾兄沒有瞧見？」

勾子長道：「我驟出不意，大吃了一驚，只瞧見人影一閃，再追也來不及了。」

楚留香道：「那人是從什麼方向逃走的？」

勾子長眼角瞟著公孫劫餘，沒有說話。

其實他根本就用不著說。

船上的人除了楚留香和胡鐵花外，能刺傷他的就只有白蠟燭。

公孫劫餘冷笑道：「你莫非瞧見那人逃到我屋子去了？」

勾子長道：「好……好像是的，但……我也沒有看清楚。」

公孫劫餘再也不說第二句話，轉身走回自己的屋子，拉開了門。

屋子裡一個人也沒有。

勾子長似乎怔住了。

公孫劫餘長冷冷道：「白蠟燭是個傻小子，脾氣又古怪，本來一定會留在這屋子裡的，那麼他的冤枉就很難洗得清了。」

張三忍不住問道：「現在他的人呢？」

公孫劫餘道：「金姑娘醉了後，他就一直在旁邊守護著，但孤男寡女在一個屋子裡，總得避避嫌疑，所以我又找了個人陪著他們。」

他淡淡一笑，接著道：「這就叫傻人有傻福。」

他說的話果然一個字也不假。

白蠟燭的確一直在守護著金靈芝，陪著他們的水手已證實了，他根本就沒有走開過一步。

張三皺眉道：「金姑娘和小胡都已醉得不省人事，公孫先生又和我們在一起，出手暗算勾兇的人，會是誰呢？」

他臉色變了變，緩緩接著道：「難道這船上除了我們七個人外，還有第八個人？難道這兇手竟是個隱形的鬼魂？」

船上其實並不止七個人。

除了楚留香、胡鐵花、勾子長、金靈芝、公孫劫餘、白蠟燭和張三外，還有十幾個水手，殺人的兇手難道是這些水手之一？

楚留香、勾子長、公孫劫餘、張三，四個人還未走出金靈芝的屋子，就又聽到一聲大呼。

這次的呼聲赫然竟是胡鐵花發出來的。

張三變色道：「不好，小胡已醉得人事不知，我們不該留他一個人在屋子裡的。」

這句話還未說完，他已衝了回去。

胡鐵花正坐在床上，喘著氣。他眼睛已張得很大，卻還是佈滿了紅絲，手裡緊緊抓著個面具——紙板糊成的面具，已被他揑碎。

看到胡鐵花還好好的活著，張三的火氣反而來了，怒道：「你鬼叫什麼？還在發酒瘋？」

胡鐵花眼睛發直，瞪著對面的板壁，就好像那上面忽然長出幾百朵花來似的，張三叫的聲音那麼大，他居然沒有聽見。

張三冷笑道：「總共只喝了那麼點酒，就醉成這副樣子，我看你以後最好還是少逞逞能，少找別人拚酒的好。」

胡鐵花還像是沒聽見他說話，又發了半天呆，忽然在床上翻了個跟斗，拍手大笑道：「兇手果然是這小子，我早知他總有一天要被我抓著小辮子的。」

張三道：「你說兇手是誰？」

胡鐵花瞪著眼道：「丁楓，當然是丁楓，除了丁楓還有誰？」

張三上上下下，仔仔細細瞧了他幾眼，才嘆了口氣，道：「我早就知道你這小子酒還沒有醒，否則又怎會見到鬼？」

胡鐵花跳了起來，道：「你才撞見鬼了，而且是個大頭鬼。」

楚留香目光閃動，沉吟著，忽然道：「你方才真的瞧見了丁楓？」

胡鐵花道：「當然。」

楚留香道：「他在哪裡，這屋子裡？」

張三冷冷道：「你方才明明已睡得跟死豬一樣，還能看得見人？」

胡鐵花道：「也許我就因為醉得太深，難受得要命，睡得好好的，忽然想吐，就醒了，雖然醒了，又沒有力氣爬起來。」

喝到六七分醉時，一睡，就睡得很沉，但若喝到九分時，就可能沒法子安安穩穩的睡了。

楚留香點了點頭，因為他也有這種經驗。

胡鐵花道：「就在我迷迷糊糊的躺在床上時，忽然覺得有個人走進屋子，走到我床前，彷佛還輕輕喚了我一聲。」

楚留香道：「你張開眼睛沒有？」

胡鐵花道：「我眼睛本是瞇著的，只看到一張白蒼蒼的臉面，也沒看清他是誰，他叫我，我也懶得答應，誰知他忽然來扼我的脖子了。」

他手摸了摸他的咽喉，長長喘了口氣，才接著道：「他的手很有力，我掙也掙不脫，喊也喊不出，胡亂往前面一抓，抓著了他的臉。」

楚留香望著他手裡的面具，道：「他的臉是不是就被你抓了下來？」

胡鐵花道：「一點也不錯。那時我才看清這人原來就是丁楓，他也似嚇了一跳，我就乘機一拳打在他肚子上。」

他笑了笑，接著道：「你總該知道，我這拳頭很少有人能捱得住的。」

楚留香道：「那麼，他的人呢？」

胡鐵花道：「他捱了我一拳，手就鬆了，一跤跌在對面的床上，但等我跳起了要抓他時，他的人竟忽然不見了。」

張三笑了笑，道：「你知道這是怎麼回事？」

胡鐵花道：「我實在也想不通，他的人怎會忽然不見了的。」

張三道：「我告訴你好不好？」

胡鐵花道：「你知道？」

張三淡淡道：「因爲你這只不過是做了場噩夢而已，夢中的人，常常都是忽來忽去……」

他話未說完，胡鐵花已跳了起來，一把扭住他衣襟，怒道：「我的話你不信？你憑什麼？」

張三幾乎連氣都喘不過來了，嗄聲道：「你若不是做夢，怎麼會瞧見了丁楓的？」

胡鐵花道：「我爲什麼不會瞧見丁楓？」

張三道：「也沒什麼別的原因，只不過因爲丁楓已死了！」

胡鐵花這才吃了一驚，失聲道：「丁楓死了？什麼時候死的？」

張三道：「死了最少已有三四個時辰。」

胡鐵花道：「真的？」

張三道：「當然是真的，而且是我跟勾子長親手將他抬入棺材的。」

胡鐵花緩緩轉過頭，望著勾子長。

勾子長道：「死人還在棺材裡，絕不會假。」

胡鐵花臉色漸漸發白，手也慢慢鬆開，喃喃道：「那人若不是丁楓是誰？……難道我真的遇見了鬼麼？」

瞧見他這種樣子，張三又覺得不忍了，柔聲道：「一個人酒喝得太多，眼睛發花，做做噩夢，都是常有的事。有一次我喝醉了，還見過孫悟空和豬八戒哩，你信不信？」

這一次胡鐵花什麼話都不說了，仰面倒在床上，用枕頭蓋住臉。

張三笑道：「這就對了，喝了酒之後，什麼事都比不上睡覺的好。」

勾子長忽然道：「我知道兇手藏在哪裡了。」

楚留香道：「哦？」

勾子長道：「那兇手一定扮成了個水手的樣子，混在他們中間。只怪我們以前誰也沒有想到這點，所以才會彼此猜疑，否則他也許還不會如此容易得手。」

楚留香慢慢地點了點頭，道：「這也有可能。」

勾子長道：「非但有可能，簡直太有可能了。」

他神情顯得很興奮，接著又道：「你想，誰最有機會接近那些酒杯？」

楚留香道：「廚房裡的水手。」

勾子長拍手道：「一點也不錯……還有，就因爲他是個水手，所以向天飛和海闊天才會對他全沒有提防。」

張三道：「不錯，的確有道理。」

勾子長道：「亡羊補牢，猶未晚也，現在我們將他查出來，還來得及。」

張三道：「怎麼樣查呢？」

勾子長沉吟著，道：「船上的水手，一定有個名冊，我們先將這名冊找出來，然後再一個個去問，總可以問出點名堂來。」

這想法的確不錯，人手卻顯然不足，所以大家只有分頭行事。

張三還是留守在屋裡，照顧胡鐵花，白蠟燭還是在守護金靈芝。

兩間屋子的門全是開著的，還可以彼此照顧。

本和白蠟燭在一起的那水手叫趙大中，是個老實人，他知道水手的名冊就在金靈芝這屋裡的衣櫃中。

因爲這是船上最精緻的一間屋子，海闊天本就住在這裡。

名冊既已有了，勾子長就提議：「現在我和楚留香、公孫先生分頭去找，將船上的水手全都召集到這裡來，最遲半個時辰內在這裡會面。」

這主意也的確不錯，因爲根本就沒有第二個主意。

底艙中很暗，只燃著一盞孤燈。

水手們都睡得很沉。

楚留香叫了一聲，沒有回應，拉起一個人的手，手已冰冷！

底艙中所有的水手竟已全都變成死人！

每個人致命的傷痕赫然還是硃砂掌！

楚留香的手也有些涼了，已沁出了冷汗。

他一步步向後退，退出船艙，忽然轉身，奔上樓梯，奔上甲板。

甲板上也只有四個死人。

星已疏，海風如針，船在海上慢慢地打著圈子。

掌舵的水手屍體已冰冷，胸膛上也有個淡紅色的掌印。

勾子長呢？勾子長怎麼也不見了？

放眼望去，海天無限，一片迷茫，千里內都不見陸地。

楚留香很少發抖。

他記得有一次和胡鐵花去偷人的酒喝，若非躲到大酒缸裡去，險些就被人抓住，那天冷得連酒都幾乎結了冰。

他躲在酒缸裡，也不知是因爲冷，還是因爲怕，一直抖個不停。

但那已是二十多年前的事，那時他才七歲，自從那一次之後，他就沒有再發過抖。

但現在，他身子竟不停地顫抖起來，因爲他第一次感覺到天地之大，自身的渺小，第一次感覺到世事的離奇，人智之有限。

他拉緊了衣襟，大步走下船艙。

公孫劫餘已回來了，看他的臉色，就可知道他也沒有找著一個活人。

楚留香第一句就問：「勾子長呢？回來了沒有？」

張三道：「他不是和趙大中一起到甲板上去找人麼？」

楚留香嘆了口氣，道：「他不在甲板上。」

張三聳然道：「莫非他也遭了毒手？」

楚留香並沒有回答這句話。

他已用不著回答。

公孫劫餘神情竟也變了，道：「這人……」

他一句話還未說完，胡鐵花已跳了起來，揪住他的衣襟，大喝道：「勾子長若死了，殺他的沒有別人，一定是你！」

公孫劫餘神情又變了變，勉強笑道：「胡兄的酒莫非還沒有醒？」

張三也急著趕過去拉他，道：「現在可不是你發酒瘋的時候，快放手。」

胡鐵花怒道：「你叫我放手？你可知道他是誰？可知道他的來歷？」

張三道：「你知道？」

胡鐵花大聲道：「我當然知道。他就是在京城裡連傷七十多條人命的大盜！勾子長卻是關外熊大將軍派來查訪這件案子的秘使，他知道事機已敗露，所以就將勾子長殺了滅口！」

這次張三才真的怔住了。

楚留香似也覺得很意外。

白蠟燭本已趕了過來，一聽這句話，反而停下了腳步。

最奇怪的是，公孫劫餘反而笑了。

胡鐵花怒道：「你笑什麼？你笑也沒有用，屁用都沒有，還是老實招出來吧！」

公孫劫餘笑道：「幸好楚香帥認得我，還可以爲我作證，否則這件事倒真是死無對證了。」

他一面說著話，一面已將披散著的長髮拉了下來，露出了他的禿頂和耳朵。一雙合銀鑄成的耳朵。

他不但頭髮是假的，竟連耳朵也是假的。

假頭髮不稀奇，假耳朵卻很少見。

胡鐵花失聲道：「白衣神耳！」

張三立刻接著道：「莫非是人稱天下第一名捕，『神鷹』英老英雄？」

「公孫劫餘」笑道：「不敢，在下正是英萬里。」

張三失笑道：「這下子可真有錯把馮京當做了馬涼，居然將名捕當做了強盜。」

胡鐵花的臉紅了，道：「這不能怪我，只能怪老臭蟲，他明明早就認得英老先生了，卻偏偏要咬著個地瓜，不肯說出來。」

楚留香苦笑道：「其實這也不能怪我，只能怪英老先生的易容術太高明了，竟連我這自命老手的人都沒有看出來。」

英萬里道：「在下哪有如此高明的手段？」

他忽然笑了笑，接著道：「在下就爲了要易容改扮，所以特地不遠千里，去請教了當今天下易容第一名家，這副臉就是出自她的妙手。」

張三道：「易容第一名家？那豈非是……」

他眼睛剛瞟著楚留香，胡鐵花已打斷了他的話，笑道：「別人都以爲楚留香就是天下第一易容名家，我卻知道不是。」

張三道：「不是他是誰？」

胡鐵花道：「是一位很美麗的小姑娘，老臭蟲只不過是她的徒弟而已。」

張三恍然道：「我想起來了！別人說楚留香有三位紅顏知己，一位博聞強記，一位妙手烹調，還有一位精於易容，你們說的莫非就是她？」

胡鐵花道：「一點也不錯，正是那位蘇蓉蓉，蘇姑娘。」

楚留香不由自主，又摸了摸鼻子，道：「英兄難道真的去見過蓉兒了麼？」

英萬里道：「在下本想去求教楚香帥的，誰知卻撲了個空，只見到蘇姑娘、宋姑娘和李姑娘，但那也可算是不虛此行了。」

他又笑了笑，道：「蘇姑娘爲我易容之後，就對我說過，非但別人再也認不出我來，就連楚香帥也休想能認得出。」

楚留香笑道：「女人的手本就巧些，心也細些，所以金針這一類的暗器、易容這一類的功夫，男人練起來總比女人差些。」

胡鐵花恨恨道：「我還以爲勾子長真是個老實人，誰知他說起謊來，比女人還強。」

張三笑道：「你上女人的當上多了，偶爾上男人一次當，也是應該的。」

胡鐵花瞪了他一眼，才轉向英萬里，道：「楚留香縱未認出你來，你也該對他說明才是呀。」

英萬里嘆了口氣，道：「在下生怕勾子長已和海闊天、丁楓等人有了勾結，所以也不敢當眾說出來，只想在暗中找個機會和香帥一敘。」

胡鐵花說道：「我明白了，難怪勾子長一直不肯讓你單獨和我們見面，原來爲的就是生怕被你揭穿他的秘密。」

張三道：「如此說來，他肩上捱的那一刀，只怕就是他自己下的手，爲的就是要將大家引出去，免得英老先生和楚留香單獨說話。」

英萬里道：「不錯，那時我已想到這點了，只不過一時還無法證明。何況，我此來不但要捉賊，還要追贓，所以也不敢輕舉妄動。」

楚留香道：「這位白兄呢？」

白蠟燭道：「在下白獵。」

英萬里道：「這位白兄才真正是熊大將軍麾下的第一高手，練的混元一炁童子功，內力之強，關外已無人能及。」

楚留香笑道：「莫說關外，就連關內只怕也沒有幾人能比得上。」

白獵道：「不敢。」

他也許是因爲久在軍紀最嚴、軍威最隆的熊大將軍麾下，也許是因爲面上也已經易過容，是以無論說什麼話，面上都全無表情。

楚留香道：「兩位莫非早已知道勾子長就在這條船上？」

白獵道：「上船後才知道的。」

他不但面無表情，說的話也很少超過十個字。

英萬里替他說了下去，道：「那時我只算定勾子長必定逃往海外，既然找不著香帥，又久聞張三兄之名，是以才到此來尋訪，想不到卻誤打誤撞，撞上了這條船。」

楚留香道：「兩位又是怎麼認出他的呢？難道已見過他的面麼？」

英萬里道：「雖未見過他面，卻聽過他的聲音。」

他補充著道：「那日他在鎮遠將軍行轅中下手時，只剩下了一個活口。」

胡鐵花道：「是不是那位將軍的如夫人？」

英萬里道：「不錯，這位姑娘本是九城名妓，不但絲竹彈唱樣樣精通，而且還有種最大的本事。」

胡鐵花道：「什麼本事？」

英萬里道：「學人說話——無論誰說話，她只要聽過一次，學起來就維妙維肖，據說她學熊大將軍說話，連熊夫人都聽不出。」

胡鐵花道：「莫非勾子長行刺時，說話的聲音被她聽到了？」

英萬里苦笑道：「正因如此，所以熊大將軍才會將這差使派到我這糟老頭子身上。」

楚留香笑道：「你們也許還不知道，英老先生非但耳力之靈，天下無雙，而且別人是『過目不忘』，英老先生卻是『過耳不忘』。」

胡鐵花道：「過耳不忘？」

楚留香道：「無論誰說話，只要被英老先生聽到過一次，以後無論那人改扮成什麼模樣，英老先生只要聽他一說話，就可認得出他來。」

胡鐵花道：「我明白了！那位姑娘將勾子長說話的聲音學給英老先生聽，英老先生就憑這一點線索，就認出了勾子長。」

楚留香道：「想必正是如此。」

胡鐵花嘆了口氣，道：「這種事我若非親自遇見，無論誰說我也不會相信的。看來那勾子長倒真是流年不利，才會遇見這麼樣兩個人。」

英萬里道：「這就叫：天網恢恢，疏而不漏。」

胡鐵花默然半晌，又道：「勾子長也許是強盜，但卻絕不會是兇手！」

楚留香道：「哦？」

胡鐵花道：「有幾件事可以證明他絕不是兇手，第一，他和你們在外面的時候，確實有個人到了我屋子裡來殺我，那人也絕不是鬼。」

英萬里皺眉道：「如此說來，這船上難道真還有第八個人麼？」

胡鐵花道：「第二，他自己若是兇手，現在也不會被人殺死了。」

楚留香淡淡道：「誰也沒有瞧見他的屍身，又怎知他是死是活？」

白獵道：「他也許是畏罪而逃。」

胡鐵花道：「大海茫茫，他能逃到哪裡去？他若在這條船上，又能藏在哪裡？何況他既不會硃砂掌，他也不能左右開弓，我們在死人身上找到的那顆珍珠，也不是他的。」

只聽一人冷冷道：「那顆珍珠是我的！」

金靈芝面上自然還帶著醉態，但這句話卻說得清清楚楚，絕不含糊，看來比胡鐵花還清醒些。

胡鐵花長長吐出口氣，道：「你的珍珠，怎會到死人身上去了？難道死人也會做小偷？」

金靈芝非但不理他，連眼角都沒有瞧他，緩緩道：「前天晚上，我睡不著，本想到甲板上去走走，剛出門，就發覺一個人躡手躡腳的走下樓梯，我忍不住動了好奇心，也想跟著去瞧瞧。」

胡鐵花喃喃道：「女人最大的毛病，就是什麼事她都想瞧瞧。」

金靈芝還是不睬他，接著道：「我走上去時，就發覺本來守在庫門外的兩個人已死了，方才那人卻已不見蹤影。」

胡鐵花道：「他走得那麼快？」

金靈芝冷冷道：「無論誰殺了人後，都不會慢慢走的。」

胡鐵花道：「你沒有看清他是誰？」

金靈芝道：「我……當然沒有瞧清，那時門是關著的，我本想進去瞧瞧，就聽到海闊天的喝聲，我生怕被他誤會，也只好一走了之，至於那粒珍珠……」

她瞪了張三一眼，才接著道：「自從被人拿走過一次後，就一直沒有裝牢，所以才會落在那兩具死屍上，我回房後才發覺。」

胡鐵花淡淡道：「那只怕是因爲你那時做賊心虛，心慌意亂，所以珍珠丟了也不知道。」

金靈芝怒道：「殺人的又不是我，我爲何要做賊心虛？」

胡鐵花道：「殺人的雖不是你，你卻看到殺的是誰了，只不過因爲你有把柄被那人捏在手裡，所以不敢說出來。」

金靈芝脹紅了臉，竟說不出話來。

胡鐵花道：「但現在丁楓既已死了，你爲何還不敢說出來呢？」

金靈芝咬了咬牙，道：「他既已死了，可見兇手並不是他，我說出來又有什麼用？」

胡鐵花想了想，嘆著氣，道：「這話倒也有道理，至少兇手絕不會是個死人，死人也做不了兇手。」

張三道：「兇手既不是丁楓，也不是勾子長，既不會是海闊天和向天飛，也不會是英老先生和白少英雄，更不會是金姑娘和楚留香。」

他嘆了口氣，苦笑道：「看來這兇手只怕不是你，就是我了。」

胡鐵花冷笑道：「你還沒有這麼大的本事。」

張三笑道：「就算你有本事，就算你是兇手，你高興了麼？」

胡鐵花也說不出話來了。

英萬里嘆道：「現在船上只剩下我們六個人，我們自然都絕不會是兇手，那麼兇手是誰呢？」

楚留香忽然笑了笑，道：「除了我們之外，船上的確還有個人。」

英萬里道：「你已知道他是誰？」

楚留香道：「嗯。」

英萬里還算沉得住氣，胡鐵花已忍不住跳了起來，道：「你知道他在哪裡？」

楚留香淡淡一笑，道：「我若不知道，也就不會說了。」

胡鐵花他們睡的艙房中，本有兩張床，其中有張床竟是活的。

楚留香並沒有費多大工夫，就找到了翻板的機簧。

翻板下居然有條秘道。

胡鐵花眼睛發直，失聲道：「難怪那人在床上一滾，就蹤影不見，原來他就是從這裡跑的。」

楚留香道：「很多船上都有秘道複壁，這點張三只怕也早就想到了。」

張三的臉好像紅了紅，卻道：「但我卻想不通這秘道是通向何處的。」

楚留香道：「貨艙。」

貨艙中還是陰森森的，帶著種說不出的霉氣。

六口棺材還擺在那裡。

英萬里嘆了口氣，道：「楚香帥果然是料事如神，秘道果然直通貨艙。」

胡鐵花道：「只可惜貨艙裡非但沒有人，簡直連個鬼都沒有。」

楚留香笑了笑，道：「人雖沒有，至少鬼總是有一個的。」

胡鐵花眼睛突然亮了，問道：「你說的莫非就是丁楓？」

張三道：「但丁楓只不過是個死人，還不是鬼，我親手將他放入這口棺材……」

他就站在第一口棺材旁，說到這裡，他突然打了個寒噤，道：「你……你莫非說他已復活？」

楚留香嘆了口氣，道：「死人復活的事，其實我已不止見過一次了……」

胡鐵花搶著道：「不錯，那『妙僧』無花，也曾死後復活的。」

白獵忍不住問道：「人死了真能復活？」

他自幼生長在將軍府，對江湖中的詭秘變化，自然了解得很少。

楚留香道：「人若真的死了，自然不能復活，但有些人卻能用很多方法詐死！」

白獵道：「詐死？用什麼法子？」

楚留香道：「內功練到某一種火候，就能閉住自己的呼吸，甚至可以將心跳停頓，血脈閉塞，使自己全身僵硬冰冷。」

他接著又道：「但這種法子並不能維持很久，最多也不會超過半個時辰。而且，有經驗的江湖客，很快就會發覺他是在詐死。」

白獵道：「除此之外，還有什麼別的法子？」

楚留香道：「據說世上還有三種奇藥，服下去後，就能令人身一切活動機能完全停頓，就好像毒蛇的冬眠一樣。」

英萬里道：「不錯，我就知道其中有一種叫『西方荳蔻』，是由天竺、波斯以西，一個叫『基度山』的小島上傳來的。」

楚留香道：「但其中最著名的一種，還要算是『逃情酒』。」

白獵道：「『逃情酒』？這名字倒風雅得很。」

楚留香道：「只因製造這種藥酒的人，本就是位風流才子。」

他笑了笑，接著道：「有關這『逃情酒』的由來，也是段很有趣的故事。」

白獵道：「願聞其詳。」

楚留香道：「據說這位才子風流倜儻，到處留情，到後來麻煩畢竟來了。」

白獵道：「什麼麻煩？」

楚留香道：「常言道：『烈女怕纏郎』，其實男人最怕的也是被女子糾纏，尤其是像他那麼樣的風流才子，最好是一留過情，就『事如春夢了無痕』了。」

他笑了笑，接著道：「但到了後來，卻偏偏有三個女人都對他癡纏不放，他逃到哪裡，這三個女子就追到哪裡，他是個文弱書生，這三個女子卻偏偏都有些本事，他打也打不過，逃也逃不了，簡直被她們纏得快發瘋了。」

張三目光在楚留香、胡鐵花面上一轉，笑道：「這叫做：天作孽，猶可逭，自作孽，不可活。」

楚留香道：「幸而他博覽群書，古籍中對毒藥的記載也不少，他被纏得無可奈何時，就參照各種古方秘典，製出了一種藥酒，服下去後，就會進入假死狀態。那三位姑娘雖然癡心，但對死人還是沒有多大興趣，他總算逃脫了她們的糾纏，孤孤單單，卻安安靜靜、快快樂樂地過了下半輩子。」

他微笑著，接道：「所以這種酒，就叫做『逃情』酒。」

胡鐵花失笑道：「看來你也應該將這種酒準備一點在身上的。」

英萬里目光閃動，道：「香帥莫非認爲丁楓也是在詐死？」

楚留香沒有回答這句話，卻將那口棺材的蓋子掀了起來。

棺材中哪裡還有丁楓的屍體？

丁楓果然也「復活」了！

# 十一　兇手

棺材裡也不知是用鮮血，還是硃砂寫了十個血紅的字：「楚留香，這地方我讓給你！」

胡鐵花跺了跺腳，將其他五口棺材的蓋子也掀了起來。

每口棺材裡都寫著一個人的名字：「胡鐵花、金靈芝、英萬里、白獵、張三。」

英萬里苦笑道：「他不但已將棺材替我們分配好了，而且居然也早就看出了我們的來歷。」

楚留香沉吟著，緩緩道：「他並沒有看出來，是勾子長告訴他的。」

英萬里道：「香帥認爲勾子長也跟他串通了？」

楚留香道：「勾子長有求於他，自然不能不跟他勾結在一起，他知道了勾子長的秘密，也正好利用勾子長的弱點來爲他做事。」

胡鐵花摸著鼻子，道：「這件事我雖已隱約有些明白了，卻還不大清楚。」

楚留香道：「要弄清楚這件事，就得從頭說起。」

胡鐵花道：「好，你一件件說吧！」

楚留香道：「你有耐心聽下去？」

胡鐵花笑道：「如此複雜詭秘的事，不把它弄清楚，我怎麼睡得著覺？就算你要說三年，我也會聽得很有趣的。」

楚留香道：「這件事情的關鍵，就是那『海上銷金窟』。」

他忽然向金靈芝笑了笑，道：「那地方的情形，金姑娘想必知道得比別人都多。」

金靈芝垂著頭，沉吟了很久，才咬著嘴唇道：「不錯，海上的確是有那麼樣一個地方，但那地方並沒有瓊花異草，更沒有酒泉肉林。」

楚留香道：「那地方有什麼？」

金靈芝道：「那裡只有許許多多令人無法想像的秘密，而且每件秘密都在待價而沽。」

楚留香皺了皺眉，道：「待價而沽？」

金靈芝道：「因爲那些秘密不是價值極大，就是關係重大，所以那裡的主人每年都會將一些有關係的人請去，要他們收購那些秘密。有時一件秘密有很多人都要搶著買，大家就要競爭，看誰出的價最高。」

楚留香道：「譬如說……清風十三式？」

金靈芝又用力咬了咬嘴唇，道：「不錯，清風十三式的心法，就是他們賣給我的。因爲華山門下有個人欺負過我，用的正是清風十三式，所以我不惜一切也要將這秘密買來，叫那人也在我手下栽一次跟斗。」

她接著道：「但那銷金窟的主人卻警告過我，千萬不能將這種劍法公開使出，否則他就要將劍法追回去。」

張三皺眉道：「已經學會的劍法，怎麼還能追回呢？」

金靈芝道：「他們……他們自然有法子的！」

說到這裡，這天不怕，地不怕的女孩子，目中竟也露出了恐懼之意，顯然對「他們」手段之毒辣，了解得很清楚。

楚留香道：「但那天你一時氣憤，畢竟還是當眾將『清風十三式』使了出來，恰巧又被丁楓瞧見，所以才被他所脅，做出了一些你本不願做的事？」

金靈芝點了點頭，眼圈兒已紅了。

楚留香嘆了口氣，道：「如此說來，那地方金姑娘是去過的了？」

金靈芝道：「嗯。」

楚留香道：「那地方的首腦，究竟是個怎麼樣的人？」

金靈芝道：「不知道，我沒見過，誰也無法看得到！」

胡鐵花忍不住問道：「爲什麼看不到他？難道他會隱身法？」

金靈芝瞪了他一眼，冷冷道：「到了那裡，你就會明白是爲什麼了。」

胡鐵花嘆了口氣道：「照現在的情況來看，我們也許永遠也到不了那裡，你爲什麼不先說來聽聽？」

金靈芝道：「我不高興。」

胡鐵花還想再問，但楚留香卻知道像她這種女孩子若說「不高興」時，你就算跪下來，就算把嘴都說破，她也不會改變主意的。

因爲她知道你若問不出，一定會生氣。

她就是要你生氣。

楚留香道：「現在，想必又到了他們出售秘密的會期，丁楓就是特地出來迎客的，但我們這些客人，他顯然不歡迎。」

胡鐵花道：「但他又怕我們會找到那裡去，所以最好的法子，就是想法子將所有不受歡迎的客人全都聚在一個地方，然後再一個個殺死！」

張三苦笑道：「最理想的地方，自然就是船上了，上不著天，下不著地，想跑也沒地方跑，除非跳到海裡去餵鯊魚。」

胡鐵花道：「但他爲什麼要故意擺幾口棺材在這裡呢？難道生怕我們太馬虎了，覺得下手太容易，所以特地要我們提防著些？」

楚留香笑了笑道：「他當然不是這意思。」

胡鐵花道：「不是這意思，是什麼意思？我實在猜不透了。」

楚留香道：「他這麼樣做，只不過是要我們互相猜忌，互相提防。我們若彼此每個人都不相信，他才好從中取利，乘機下手。」

他緩緩接著道：「而且，一個人若對任何事都有了猜疑恐懼之心，就會變得疑神疑鬼，反應遲鈍，判斷也不會正確了。」

英萬里點頭，道：「不錯，這種就是『攻心』的戰術，先令人心大亂，他才好混水摸魚。」

他笑了笑，接著道：「只可惜，他還是算錯了一樣事。」

胡鐵花道：「算錯了什麼？」

英萬里道：「他低估了楚香帥，還是不能『知己知彼』，他自以為這件事已做得天衣無縫，卻未想到還是有破綻被楚香帥看了出來。」

張三道：「他自知有些事已瞞不下去了，所以就先發制人，自己詐死，他認為無論誰也想不到死人會是兇手！」

楚留香苦笑道：「他這一著倒的確厲害，我本來就一直懷疑是他，但他一死，連我也混亂了。」

胡鐵花道：「那時你怎麼沒有想到他是在『詐死』？這種事你以前又不是沒有遇見過！」

楚留香嘆道：「那時我的確該想到的，他為何要再三叮嚀我，要我將他的骸骨帶回去？……」

胡鐵花冷笑道：「因為他並不是真死，生怕別人給他來個海葬。」

楚留香道：「但一天內船上已接連死了好幾個人，而且大家又都知道很快還會有人死的，所以他突然死了，別人才不會想到他是在『詐死』，因為每個人心理都有種惰性。」

胡鐵花道：「惰性？什麼叫惰性？」

楚留香道：「譬如說，群羊出欄，你若將一根木頭橫擋在欄門外，羊自然就會從木棍上面跳過去。」

胡鐵花又在摸鼻子，顯然還不懂他說這番話是什麼意思。

楚留香道：「第一隻羊跳了過去，第二隻跟著跳了過去，第二十隻羊也跳了過去，那時你若突然將木棍撤開，欄門外明明已沒有東西擋著了，但第二十一隻羊還是照樣跳出去……」

胡鐵花打斷他的話，道：「我們是人，不是羊。」

楚留香道：「這就叫惰性，不但羊有這種惰性，人也有的。」

胡鐵花摸著鼻子想了很久，搖著頭喃喃道：「這人說的話有時誰都聽不懂，但卻偏偏會覺得他很有道理，這是怎麼回事呢？」

楚留香笑了笑道：「丁楓的確將每件事算得很準，只可惜到最後他又算錯了一件事。」

張三道：「他又算錯了什麼？」

楚留香道：「他低估了胡鐵花，認為小胡一醉就會醉得人事不知，所以才會乘機去向小胡下手，卻未想到時常喝醉的人，醒得總比別人快些的。」

張三道：「不錯，醉得快，醒得也一定快。」

楚留香道：「他一擊不中，雖然自翻板秘道中逃脫，但已被小胡認出了他的面目，雖還不能斷定我們是否會發現他『詐死』的秘密，但這種人做事是絕不肯冒險的，所以才不得不使出了這最後一著！」

英萬里嘆道：「不錯，他無論做什麼事，都已先留好了退路，『詐死』就是他第一條退路，等到這條路也走不通時，就再換一條。」

楚留香道：「他想必已和勾子長商量好，等到必要時，就由勾子長將我們引開，他才有機會逃走。」

白獵忍不住道：「大海茫茫，能逃到哪裡去？」

楚留香道：「甲板上本有一條危急時救生用的小艇，我方才到甲板上去時，這條小艇已經不見了。」

白獵道：「那種小艇在海上又能走多遠？遇著一個大浪就可能會被打翻。」

英萬里道：「以丁楓行事之周密，這附近想必有他們的船隻接應。」

白獵默然半晌，忽然笑道：「但他畢竟還是自己逃走了，畢竟還是沒有殺死我們。」

英萬里突然不說話了。

楚留香卻苦笑道：「他留我們在這裡，因爲他知道我們活不長的。」

情況無論多麼惡劣，楚留香也總是充滿了希望。

他似乎永遠都不會絕望。

但現在，「活不長」這三個字，竟從他嘴裡說了出來。

白獵動容道：「活不長？爲什麼活不長？」

楚留香道：「大海茫茫，我們既無海圖指示方向，也不知道哪裡有島嶼陸地，他離船之前，將船上的水手全都殺死，就是要將我們困死在海上！」

胡鐵花道：「但我們至少還可以從原路回去。」

楚留香嘆道：「這是條很大的船，張三雖精於航行之術，我也勉強通曉一二，但以我們兩人之力，總無法將這麼大一條船操縱如意，何況……」

胡鐵花道：「何況怎樣？」

楚留香道：「最大的問題還是食物和飲水……」

胡鐵花接著道：「這倒不成問題，我已經到廚房後面的貨艙去看過了，那裡食物和飲水都準備得很是充足。」

楚留香嘆道：「若是我猜得不錯，丁楓絕不會將那些東西留下來的。」

胡鐵花怔了怔，轉身道：「我去瞧瞧，也許他忘記了……」

英萬里道：「用不著瞧，他沒有忘！」

胡鐵花就像是突然被根釘子釘在地上。

英萬里長嘆著道：「我方才找人的時候，已發現所有的水箱都被打破，連一杯水都沒有剩下來。」

胡鐵花道：「吃的東西呢？」

英萬里道：「食物倒原封未動，因爲他知道渴死比餓死更快，而且難受得多。」

金靈芝忽然道：「沒有水又何妨？海裡的水這麼多，我們喝一輩子也喝不完的。」

這位姑娘的確是嬌生慣養，什麼事都不懂，連英萬里都忍不住笑了。

金靈芝瞪大了眼睛，道：「這有什麼好笑的？難道我說的不對！」

胡鐵花忍住笑道：「對，對極了。」

他眼珠一轉，接著道：「從前有位很聰明的皇帝，出巡時看到城裡的人都快餓死了，就問：『這是怎麼回事呀？』別人就說，因為連年旱災，田裡沒有收成，所以，大家都沒飯吃。這位皇帝更奇怪了，就問：『沒有飯吃，為什麼不吃雞，不吃肉呢？』」

這種時候，居然還有心情說笑話的人，除了胡鐵花，大概很難再找出第二個。

金靈芝眼睛瞪得更大，居然還沒有聽懂。

白獵望著她，目光立刻變得溫柔起來，柔聲道：「海水是鹹的，不能喝，喝了不但會嘔吐，而且有時還會發瘋。」

金靈芝臉紅了，咬著嘴唇，扭過頭，忽又失聲道：「你們看，那是什麼？」

大家隨著她目光瞧過去，才發現角落裡有個黑色的箱子。

那正是勾子長時時刻刻都提在手裡，從未放開過的箱子。

胡鐵花第一個趕了過去，將箱子提了起來，仔細地瞧了瞧，道：「不錯，這的確是勾子長的箱子。」

張三道：「他把這箱子看得比命還重，怎麼掉在這裡了？」

白獵道：「莫非箱子已是空的？」

胡鐵花用手掂了掂，道：「不是空的，還重得很，至少也有百把斤。」

張三笑了笑，道：「我一見他面就在奇怪，這箱子裡裝的究竟是什麼？他爲什麼要將這箱子看得那麼珍貴？」

他得意地笑著，道：「但現在，用不著打開來瞧，我也能猜出來。」

胡鐵花道：「哦？你幾時也變得這麼聰明了？」

張三道：「這箱子裝的，一定就是他搶來的那些珍寶，所以他才會說這箱子的價值比黃金還重。」

白獵眼睛亮了，忍不住伸出手，想去接箱子。

楚留香忽然笑了笑，道：「你只怕猜錯了。」

張三道：「怎麼會猜錯？」

楚留香笑了笑，道：「這口箱子裡裝的若真是無價之寶，就算勾子長自己會忘記，丁楓也絕對不會忘記的。」

英萬里嘆道：「不錯，若沒有那些珍寶，他根本就無法到那海上銷金窟去。」

白獵慢慢地縮回手，臉卻已有些發紅。

胡鐵花眼角瞟著張三，笑道：「我還以爲你變聰明了，原來你還是個笨蛋。」

張三瞪了他一眼，道：「好，那麼你猜，這箱子裡是什麼？」

胡鐵花道：「我猜不出，也用不著猜，箱子就在我手上，我只要打開一看，就知道了。」

箱子是鎖著的，兩把鎖，都製作得很精巧，而且很結實。

胡鐵花喃喃道：「既然連箱子都留下來，爲什麼不將鑰匙也留下來？」

他正想用手去將鎖扭開，突然又停下，笑道：「既然有位小偷中的大元帥在這裡，我又何苦費勁？」

楚留香淡淡一笑，接過箱子，也仔細瞧了幾眼，道：「這鎖是北京捲簾子胡同趙麻子製造的，我也未必能打得開。」

白獵忽然道：「讓我來試試好不好？」

他畢竟還是不放心將這箱子交在別人手裡。

楚留香道：「你最好小心些，有些箱子中也裝著有機簧毒弩、毒煙迷藥，依我看，能不開，還是莫要打開的好。」

白獵勉強一笑，道：「此間反正已是絕境，又何妨冒冒險？」

他左手接著箱子，右手突然自靴筒中拔出一柄寒光四射的匕首，無論誰一看，都可看出這必是柄削金斷玉的利器。

胡鐵花第一個忍不住脫口讚道：「好刀！」

白獵面有得色，道：「此乃熊大將軍所賜，據說是千載以上的古物。」

他正想用刀去削鎖，誰知左肘突然被人輕輕一托。箱子忽然間已到了楚留香手裡。

白獵面色變了變，道：「香帥莫非……」

英萬里立刻打斷了他的話，道：「香帥一向最謹慎，聽他的話，絕不會錯的。」

白獵雖然沒有再說什麼，但神色看來顯然還有些不服。

楚留香道：「我總覺得他們絕不會無緣無故將箱子留在這裡，縱然要看，也還是小心些好。」

他嘴裡說著話，已將箱子放在遠處的角落中。

白獵冷冷道：「香帥莫非還會魔法，隔這麼遠就能將箱子打開？」

楚留香淡淡一笑，道：「不知可否借寶刀一用？」

白獵遲疑著，終於還是將手中的匕首遞了過去。

楚留香輕撫著刀鋒，嘆道：「果然是吹毛斷髮的寶刀！」

「刀」字出口，匕首也已出手！

寒光一閃！只聽「叮叮」兩響，箱子上的兩把鎖已隨著刀鋒過處落下。

白獵聳然動容，失聲道：「好……」

他這「好」字才出口，突然又是一陣山崩地裂般的大震，整個船艙都被震動得搖晃起來。

那黑色的箱子竟突然爆炸了起來！

船艙立刻被震破了一角，海水洶湧而入！

白獵已嚇得呆住了，滿頭冷汗如雨。方才開箱子如果是他的話，此刻他早就已經身化劫灰，屍骨無存了。

胡鐵花恨恨道：「混帳王八蛋，他難道還怕我們死得不夠快！」

他還想再罵幾句，但現在卻已連罵人的時間都沒有了。海水倒灌而入，片刻間已將淹沒膝蓋。

英萬里嗄聲道：「快退，退上甲板！」

張三苦笑道：「這條船不出一刻就要沉入海底，退上甲板又有什麼用？」

胡鐵花恨恨道：「這廝的心真毒，連那艘救生的小艇都不留下。」

張三咬著牙道：「看來他乘那條小艇逃生，也是早就計劃好的。」

英萬里嘆道：「此人當真是算無遺策，令人不得不佩服。」

事變之後，楚留香一直站在那裡，彷彿也呆住了，此刻突然道：「他還是算漏了一樣。」

胡鐵花搶著問道：「算漏了什麼？」

楚留香道：「棺材！」

一口棺材，就好像一條小船。六口棺材很快就被抬上甲板，放下海。

每個人恰巧都分配到一口棺材。

坐在棺材裡，瞧著那艘船漸漸的沉沒——這種心情除了身歷其境的人之外，只怕任誰也沒法子體會得到的。

於是一望無際的大海上，就只剩下了六口棺材。棺材裡還坐著六個人。

這種景象除了親眼看到的人之外，只怕誰也無法想像。

胡鐵花突然笑了，道：「這六口棺材本是他準備來送我們終的，誰知反而卻救了我們的命。」

張三也笑了，道：「最妙的是，他好像還生怕我們坐得太擠，恰巧替我們準備了六口。」

胡鐵花大聲笑道：「他自己只怕做夢也想不到這種事。」

張三笑道：「我希望以後有一天能當面告訴他，看看他臉上是什麼表情。」

胡鐵花笑道：「用不著看，我也想像得出，那種表情一定好看得很。」

白獵瞧著他們，似已呆了。大海茫茫，不辨方向，船已沉，飲食無著，只能坐在棺材裡等死。

但這兩人居然還笑得出，居然還好像覺得這種事很有趣。

白獵實在有點莫名其妙。

他卻不知道：一個人只要還能笑，就表示他還有勇氣！只要還有勇氣，就能活下去！

他們比大多數人都強些，原因就在這裡。

楚留香忽然從棺材裡拿出幾捆繩子，道：「你們若已笑夠了，就快想法子將這六口棺材捆在一起，大海無際，我們絕不能再失散。」

胡鐵花笑道：「你居然還帶了繩子，真虧你能想得到。」

張三道：「但這些棺材蓋又有什麼用？你爲什麼也要我們帶著？」

楚留香道：「正午前後，陽光太烈，我們又沒有水喝，被烈日一曬，哪裡還能支持得住？所以只有蓋起棺蓋，躺在棺材裡睡覺。」

白獵忍不住長長嘆了口氣，道：「香帥的確是思慮周密，非人能及，丁楓縱然心狠手辣，算無遺策，但比起香帥來，還是差了一籌。」

直到現在，他才真的服了楚留香的。

胡鐵花也嘆道：「這老臭蟲的確不是人，連我也有點佩服他了。」

無論是誰，遲早總會佩服楚留香。

英萬里嘆道：「不到非常之時，還看不出楚香帥的非常之處，到了生死存亡的危急關頭，才知道楚留香畢竟是楚留香，絕沒有第二個人能比得上的。」

楚留香坐在那裡，他們說的話，他像是完全沒有聽見。

他心裡只在想著一件事：要怎麼樣才能活著踏上陸地！

海天無際，誰知道陸地在哪裡？旭日剛從東方升起，海面上閃耀著萬道金光。

胡鐵花揉了揉眼睛，苦笑道：「看來我們只有將這條命交給海水了，我運氣一向不太壞，說不定會將我們帶到陸地上去。」

張三嘆了口氣，道：「你們看，這人還沒有睡著，就在做夢了。」

胡鐵花瞪眼道：「做夢？這難道不可能？」

張三道：「當然不可能。」

胡鐵花道：「爲什麼？」

他這句話是問楚留香的，因爲他知道張三非但不會爲他解釋，說不定反而會再臭幾句。

楚留香道：「海水不同江河，是順著一定的方向流動的，所以我們若只是坐著不動，再過三個月，還是在這裡兜圈子。」

胡鐵花怔了半晌，問道：「那麼，我們應該怎麼辦呢？」

楚留香道：「海水不動，我們只有自己動了。」

胡鐵花道：「該怎麼動？」

楚留香道：「這棺材蓋有第二樣用處，就是用它來作槳，除了金姑娘外，我們五個人都要賣些力。」

金靈芝突然問道：「爲什麼要將我除外？」

楚留香笑了笑，沒有說話。

胡鐵花卻忍不住道：「因爲你是女人，他對女人總是特別優待些的。」

金靈芝瞪了他一眼，第一個拿起棺材蓋，用力划了起來。

胡鐵花瞟了楚留香一眼，笑道：「看來這次你的馬屁是拍到馬腳上了，有些女人總覺得自己比男人還強，你就該將她們也當做男人才對，只不過……」

他淡淡接著道：「一個人若是有福不會享，就算聰明，也有限得很。」

金靈芝像是又要叫了起來。

白獵趕緊搶著道：「金姑娘本就是位女中豪傑，我們本就不該視她爲普通女子。」

楚留香道：「既然如此，我們六人分爲兩班，金姑娘、白兄，和英老前輩是第一班，然後再由我和張三、小胡接下去。」

白獵道：「朝哪邊划？」

楚留香沉吟著，道：「東南。」

白獵忍不住又問了句：「東南方現在正迎著日光，很刺眼，爲什麼不向西北？何況，我們豈非正是由西北方來的，那邊一定有陸地。」

楚留香道：「但我們船已走了兩天，才來到這裡，以我們現在的體力，絕對無法划回去。」

白獵道：「但東南方……」

楚留香打斷了他的話，道：「據說東南海面上有很多不知名的小島，而且是往東瀛扶桑通商的海船必經之路，我們無論是遇到隻海船，還是碰上個小島，就都有救了。」

白獵想了想，嘆息著道：「香帥的確比我高明得多，我又服了一次。」

棺材蓋方而沉重，很難使力，本不宜用來作槳。

幸好這些人都是武林高手，臂力自然比一般人強得多。三個人一齊使力，居然將這六口棺材編成的「木筏」划得很快。最賣力的，竟是金靈芝。她顯然是存心要給胡鐵花一點顏色看看。

白獵的眼睛，一直沒有離開過她，陪笑道：「看來金姑娘非但無論哪方面都不輸給男人，簡直比男人還要強得多。」

胡鐵花閉著眼睛，躺在棺材裡，悠然道：「她的確很能幹，只不過——太無用的女人，男人見了固然頭疼，太能幹的女人，男人見了也一樣受不了的。」

他這話說的並非沒有道理。男人在女人面前本就喜歡以「保護人」和「強者」的姿態出現，有時他們嘴裡雖在埋怨女人太無用，其實心裡卻在沾沾自喜。

所以聰明的女人在男人面前，總會裝出弱不禁風的樣子，樂得將吃苦受氣的事都留給男人去做。

這次金靈芝居然沒有瞪眼睛，發脾氣，也沒有反脣相譏。這只因她實在已累得沒力氣發脾氣了。她的手已磨出了泡，疼得要命，手臂更是又痠又痛，幾乎已將麻木。她縱然還是咬緊了牙關在拚命，但動作卻已慢了下來，這位千金小姐，幾時受過這樣的罪？

胡鐵花一直在用眼角瞟著她，此刻忽然跳了起來，道：「該換班了吧？」

白獵也瞟了金靈芝一眼，笑道：「換班也好，我的確有些累了。」

英萬里瞧了瞧他，又瞧了瞧金靈芝，目中雖帶著笑意，卻又有些憂鬱——這老狐狸的一雙眼睛什麼都見得多了，又怎會看不出這些少年男女們的事？

他歡喜的是，白獵一向自視極高，現在居然有了意中人，憂慮的卻是，只怕白獵這一番情意，到頭來終要成空。他發現金靈芝就算在大發脾氣，狠狠的瞪著胡鐵花時，那眼色也和她在瞧別人時不同。

他也很了解，女人的恨和愛，往往是分不開的。

**《蝙蝠傳奇（上）》完，請續看《蝙蝠傳奇（下）》**

【附錄】

# 仗劍江湖載酒行——

## 古龍的生命歷程與其創作風格之關係

蘇姿妃

趙滋蕃在《文學理論》中將作家的世界區分為外在世界和內在世界。外在世界裡，作家寫作依靠：一是自己的生活，二是自己的生命。作家接受了所生存環境的影響而決定其作品要寫些什麼、如何去寫。作家的背景知識、興趣性向、生理心理狀況、周遭人事等，都會對作家內心產生一定程度的影響，使他的作品往往映現其內心世界。王國維曾對外在環境與內心的體悟如何影響作家的創作寫下了他的看法：

詩人對宇宙人生，須入乎其內，又出乎其外。入乎其內，故能寫之。出乎其外，故能觀之。入乎其內，故有生氣。出乎其外，故有高致。

古龍自己也認為：

一個藝術家的創作，非但和他的性格才智學養有關，和他的身世境遇心情感懷關係更密切，尤其是文人，把心中之感受，形諸文字，如果你沒有那種感受，你怎能寫出那種意境。

所以我們可以推論作家作品的形式風格、作品中的主角人物、作品背後所欲表達給讀者的想法，都與作者本人關係密切。作品背後往往都會有作者的影子。讀古龍的小說後，認真分析就會發現古龍小說中主角人物在性格上、行為上、思想上都呈現出某些共同的特點，這些特點在古龍身上也能找尋到。「文如其人」用在古龍身上最是恰當不過了。他的人與文處處洋溢著浪漫與激情，故事的主角更常反映出自己的身世、心境與經歷，讀他的小說彷彿在讀他的一生。古龍的一生也好像是活在他筆下的武林世界，扮演著仗劍江湖的漂泊浪子。

有些讀者初讀古龍的作品，對其小說中奇詭的情節短暫的著迷之後，便將之束之高閣；更有讀慣金庸作品的讀者，拿金庸的尺度來衡量古龍的文字語言，看了幾頁之後，便譏之膚淺、毫無深度。然而有些擁護古龍的書迷們，卻將古龍的作品推崇到武俠小說至高無上的地位，認為古龍寫出了真實的人性，甚可與文學大家分庭抗禮。兩種截然不同的觀點，拉据成擁古與擁金兩派。古龍和金庸被拿來相提並論，相互比較。雖然在不同武俠風格之間進行優劣之比較並無多大意義，但諸多的評價一面倒地推崇金庸、貶低古龍。這種情況並未影響古龍書迷的喜好，仍有眾多的古龍迷堅持所愛。古龍的風格雖然引起的爭議至今仍舊，愛之極深者甚眾，厭之甚切者也多，但是，每個對武俠略有涉獵的人，都會問：「為什麼狂熱地喜歡古龍的人那麼多呢？」

有人從古龍的書中，讀到生命的啓示，有人得到情感的共鳴和感悟。這個不肯屈服的、狂熱的、不合常規的武俠天才的作品，為什麼特別地容易觸動讀者內心深處的某些部份？古龍又是如何用自己的書，去和能讀懂自己的心的人交流？而他的小說為什麼能感動那些許許多多的古龍迷？

若要找尋這些答案，那麼就要深入探索古龍的生平際遇。要研究古龍的作品，也必先探索古龍這個人的外在世界到內在世界，並從中尋找其人與作品之間的連結，以期更能對他所創造的英雄人物、江湖世界有更深的了解。今試從古龍的生命歷程、外表、性格及嗜好來探究古龍。

## 古龍的生平經歷

古龍，本名熊耀華，祖籍江西南昌。一九三七年出生於香港，一九八五年九月二十一日逝世，年四十八歲。

他的出生年代至少有三種說法：

（一）一九三六年：曹正文在《中國俠文化史》中介紹：「古龍，姓熊，名耀華，祖籍江西，一九三六年生於香港，屬鼠。」羅立群亦在《中國武俠小說史》中說：「古龍，原名熊耀華，生於一九三六年，卒於一九八五年九月二十一日，終年四十九歲。」

（二）一九三七年：葉洪生於《葉洪生論劍——武俠小說談藝錄》介紹：「古龍本名熊耀華（一九三七—一九八五），江西人，台灣淡江英專（即淡江大學前身）肄業。」《俠骨柔情：古龍的今世今生》作者彭華在三種說法中，也採用葉洪生的看法。陳墨引述覃賢茂《古龍傳》中所整理的意見，也傾向古龍出生於一九三七的說法。而曹正文在《古龍小說藝術談》又有別於前說，介紹古龍為「一九三七年生於香港。」

（三）一九三八年：陳康芬於《古龍小說研究》寫：「古龍本名為熊耀華（一九三八—一九八五），江西南昌人，出生於香港，十三歲隨父母遷台定居。」另大陸學者陳穎也持古龍出生於一九三八年的說法。

以古龍「在人間逗留了四十八年」來推算，以一九三七年較為合理。本文因此採用古龍生於一九三七年。

又台灣武俠研究學者葉洪生及林保淳在《台灣武俠小說發展史》第二章第三節〈「新派武俠」革命家——古龍一統江湖〉中記載：「古龍，本名熊耀華（一九四一—一九八五），江西南昌人，生於香港，十三歲隨父母來台定居。」並加註解：「關於他的生年，外界說法不一，今以熊家戶籍記載為準」。若以一九四一年算起，古龍逝世的年紀與四十八歲相差太多，況且政府遷台時，戶籍登記記錄多有錯誤，因此，將此資料作為參考，暫不採用。

關於古龍出生到來台的事蹟，我們所知甚少。古龍絕少提起，朋友們當然也無從知悉，因此有關文獻的記載付之闕如。只知古龍在香港度過他的童年。一九四一年香港被日本占領，戰爭的威脅與動亂影響了古龍幼小的心靈。成名的古龍不願意寫作血淋淋的武打場面，應是童年的經驗使然。

一九五〇年，古龍隨父母遷台定居。父親擔任過台北市長高玉樹的機要秘書，家境不錯。古龍爲長子，有弟妹四人。後來父母離婚。十八歲的古龍將家庭破裂的憤怒與怨恨全部歸咎於父親。與父親激烈的爭吵後，古龍離家出走，從此再也沒有回過家。其叛逆性格在此表露無遺。

未成年的古龍孤獨在台北縣瑞芳小鎮掙扎求生，到處打工掙錢養活自己。這段艱辛困苦的日子對古龍而言是深深烙印且不堪回首的記憶。靠朋友的幫助，於台北浦城街找到一個小住處，安定下來。古龍筆下的男主角多爲無家的浪子，與這段自身經歷應有密切的關聯。他一邊打工，一邊念書，不但完成了成功中學的學業，也考進淡江英語專科學校夜間部。

早在十一二歲時就開始寫小說，但是直到一九五六年時，古龍的文藝小品〈從北國到南國〉分兩期刊登在吳愷雲主編的《晨光》雜誌，才領到生平第一筆稿費。這給了古龍莫大的鼓舞，於是古龍開始了他的寫作生涯。

古龍在淡江英語專科學校只讀了一年即中輟了，除了要打工賺錢、曠課太多外，認識了生平第一位紅顏知己——鄭莉莉，是最重要的原因。初次墜入情海的古龍帶著鄭莉莉在瑞芳鎮同居，享受著一直以來渴望的溫馨家庭生活。

這時的古龍開始到處投稿賺取稿費來維持他和鄭莉莉的生活，他既寫詩，也寫散文，當然也寫文藝小說，都是純文學作品。以純文藝作品來謀生並沒有想像中那麼愜意，尤其是他和鄭莉莉的兒子也出生了，慢慢地古龍感受到生活壓力愈來愈大，不得不想辦法賺更多的錢。當時正流行武俠熱，古龍也讀了不少民初與當代武俠小說家的作品，並替諸葛青雲、臥龍生代筆寫作連載武俠小說。當槍手的經驗，磨練了古龍的寫作技巧，也賺進了比寫純文學更優渥的稿費。從此古龍投入了武俠小說的創作。

一九六〇年，古龍第一次使用「古龍」爲筆名，出版他的第一部武俠小說《蒼穹神劍》，並沒有受到廣大的迴響，直到《浣花洗劍錄》一出，才受到眾多讀者的矚目。而後古龍繼續完成了一些佳作，真正享受到成名的滋味。這時他離開鄭莉莉母子，來到繁華的台北，過著聲色犬馬的生活，一擲千金的日子。古龍徹底迷失了自己，報上的連載要他人代筆，給出版社的稿子也一再拖欠。等到沒錢花用時，就寫個十幾萬字給出版商看，並要求預支稿費，通常錢拿了就沒下文。後來出版商上當次數多，漸漸不敢再約請古龍寫小說了。在出版界惡名昭彰的古龍只好閉門思過，開始認真寫了一些質量較好的小說。

在經歷多次短暫的感情之後，古龍遇見梅寶珠，認真考慮起婚姻生活。於是梅寶珠成爲古龍第一位明媒正娶的結髮妻子，替他生了第一位婚生子，也讓古龍享受了幸福美滿的家庭生活。

因武俠片興起，古龍開始跨足演藝圈，先是應香港導演邀請寫作了《蕭十一郎》的電影劇本，然而反應平平，未在台灣上映，直至一九七六年香港邵氏公司楚原導演拍攝《流星．蝴蝶．劍》，電影大賣座之後，台港掀起古龍熱潮。因此古龍改寫了多部小說爲劇本，來拍攝電影，並靠作品的電影票房與改編權利金，賺進比稿費更多的財富。那時邵氏影城有一條不成文的賺錢公式：古龍＋楚原＋狄龍＝賣座。一九七七年，台灣、香港、新加坡、泰國、印尼、馬來西亞六個地方的十大賣座電影中，古龍的原著就占了四部之多。真是個空前的紀錄。在名利雙收後，古龍乾脆自己投資電影公司，執導、改編自己的作品，著實風光好一陣子。此時因公司事務繁重，且專注心力在拍片與改寫劇本上，再也無法全心寫作。後來古龍一些享譽盛名的武俠作品，都被其他電影公司拍成武俠電影，自己的公司反而落入無片可拍的窘境。古龍只好重新創作，可惜古龍所創作的《劍神一笑》上映後反應不如預期。眼見自己執導的電影不受觀眾熱烈的歡迎，古龍遂改拍科幻片「再世英雄」，邀請好友倪匡編劇，冀望能重振票房。「再世英雄」上映後也無法再造顛峰，最後古龍只好黯然將電影公司結束。改投入電視戲劇的製作。

浪子性格的古龍，並沒有與梅寶珠白頭偕老。離婚之後的古龍更加變本加厲的過起浪子的生活，縱情酒色，揮霍無度，不僅揮霍金錢、情愛，甚至健康也不例外。直到又遇見第二任的妻子——于秀玲，才又跨進婚姻的約束裡。

長時間的縱欲飲酒使古龍的身體健康受損，肝硬化、脾臟腫大、胃出血等病症接踵而來，住進醫院三次，後來戒酒了半年。在稍微恢復健康之後，古龍又繼續過量飲酒，終於在一九八五年九月二十一日晚間六點零六分過世。

好友倪匡知悉古龍死訊，難過地在香港通宵喝酒，並撰寫訃文。

**我們的好朋友古龍，在今年的九月二十一日傍晚，離開塵世，返回本來，在人間逗留了**

四十八年。

本名熊耀華的他，豪氣干雲、俠骨蓋世、才華驚天、浪漫過人。他熱愛朋友、酷嗜醇酒、迷戀美女、渴望快樂。三十年來，他以豐盛無比的創作力，寫出了超過一百部精彩絕倫、風行天下的作品。開創武俠小說的新路，是中國武俠小說的一代巨匠。他是他筆下所有多采多姿的英雄人物的綜合。

「人在江湖，身不由己」。如今擺脫了一切羈絆，自此人欠欠人，一了百了，再無拘無束，自由遨翔於我們無法了解的另一空間。他的作品留在人世，讓世人知道曾有那麼出色的一個人，寫出那麼好看之極的小說。

未能免俗，為他的遺體，舉行一個他會喜歡的葬禮。時間：七十四年十月八日下午一時，地址：第一殯儀館景行廳。人間無古龍，心中有古龍，請大家來參加。

倪匡不愧爲古龍最知己的朋友，將古龍多采多姿的一生，作了相當中肯的評價。尤其是「熱愛朋友、酷嗜醇酒、迷戀美女、渴望快樂」十六個字，正是古龍一生的寫照，全無作態與矯飾。更說古龍是：「他筆下所有多采多姿的英雄人物的綜合」。正是說明古龍的作品中有著強烈的個人色彩，每個英雄人物的塑造都融入古龍本人的特質與好惡。

古龍追悼會由倪匡主持，隆重感人。朋友們集資購買了四十八瓶軒尼詩XO白蘭地，放於古龍遺體四周，讓古龍長眠在美酒之中。

倪匡寫了一副廣爲流傳的輓聯：

人間無古龍，心中有古龍。

喬奇也用古龍最受歡迎的兩位武俠人物撰寫一副：

小李飛刀成絕響，人間不見楚留香。

一九八五年十月十八日，古龍葬於淡水明山海濱墓園。走完了傳奇的一生。

## 古龍的外表與性格

### 一 古龍的外表

一個人的身材照理說應該和他的創作沒必然性的關連，但是實際並非如此。外表直接關係到人際之間的互動，尤其是與異性的交往，這是不能否認的。既然外表的影響不能抹滅，一定會左右作家的心理狀況，連帶也影響了作家的創作。

古龍長得其貌不揚，五短身材卻頭大如斗，並不是個英俊的男人，甚至土頭土腦像賣豬肉的販子。他的朋友們因他腦袋瓜子特別大，替他取了「大頭」的綽號。鄒郎對古龍的身材形容說：

他早年的長相特殊，頭大如斗，肚大如簍，身軀矮，腿而短，老友們喜稱他為「武大郎」。

這樣的外表的確不能讓人第一眼就喜歡。龔鵬程描述三十八歲的古龍：

> 古龍當然不再少年，三十八歲原也不大，但在他精力充沛的神采裡，看起來卻似半百。稀疏微禿的頭髮，順著髮油，平滑地貼在腦後；走起路來搖搖晃晃的骨架，撐起微見豐腴的身軀。沒有刀光，也沒有殺氣，坐在縟椅上，他像個殷實的商人，或漂泊的浪子。

可見古龍在外表上是非常平凡的，無絲毫引人之處。這樣的外表究竟對古龍產生了什麼樣的影響，我們無法從古龍口中或文章中找到證據，但是外表對古龍是絕對有影響的。我們在古龍早期作品《孤星傳》中找到蛛絲馬跡。古龍塑造了一對孤苦伶仃的青梅竹馬戀人，男孩寧願挨餓也要讓女孩吃飽穿暖，因此男孩營養不良而長得瘦弱矮小。後來兩人分別被收養，際遇弄人。再相逢時，矮小瘦弱的男孩站在高大豐滿的女孩面前，簡直自慚形穢到無地自容。因爲身材的關係，兩人預期的結合出現了無情的變化。雖然古龍最後還是讓他們有了美滿的婚姻，但對於矮小身材的自卑是無法掩蓋的事實。否則古龍不會在《孤星傳》裡利用男女主角外貌上的差異，來辯證外表與情感之間的影響與關係。

古龍小說中有很多高眺健美的女子，若能與男主角匹配爲俊男美女的組合，才是相得益彰。因此古龍小說中男主角大多塑造成高大英俊、體格英偉。可以說是作者的心理補償作用所致。然而現實生活中的古龍身邊雖不乏長腿細腰的美女相伴，與她們站在一起時，敏感的古龍深沈的心中應會浮現《孤星傳》中那男孩的自卑，只是驕傲與好強的個性讓古龍不願意表現出來。

後來在事業上有成的古龍對於自己的外表也慢慢有自信心了。他在《大人物》塑造了一個平凡的主角——楊凡來爲自己代言。他將楊凡的形象描繪得如同在爲自己素描。楊凡是個「矮矮胖胖的年輕人，圓圓的臉，一雙眼睛卻又細又長，額角又高又寬，兩條眉毛間幾乎要比別人寬一倍。他的嘴很大，頭更大，看起來簡直有點奇形怪狀」，可是腦子卻特別聰明。所有楊凡的特徵，古龍都一一具備，如頭斗大、身矮胖、眉間寬闊，可知古龍完全以自己的形象來塑造這個人物，而且讓這個人物最後獲得佳人的芳心。女主角田思思因爲領悟到這樣的男人才是所謂的「大人物」，人的外表並不是擇偶的優先條件，深入接觸了解楊凡這個人之後才明白：他沈靜、坦蕩聰明、穩重如一座屹立不搖的山，是一個讓女人有安全感的男子漢。

這是古龍對平凡外表的辯駁與宣言，他想告訴世人：「我很醜，可是我很溫柔」，別只看我的外表，來了解我的內在！隱隱約約中可發現其實古龍對這樣的外在其實還是不夠滿意的，否則不會塑造楊凡來告訴世人：不要只看重表面，一個外在平凡的人內心也有一個英雄的存在。

## 二　古龍的性格

上文我們介紹了古龍的外在形象，這樣一個的男子居然受到無數美女的青睞，甚至奉為偶像，究竟原因為何？既然古龍在外表上不出色，那麼也許是內在的性格吸引了異性。古龍的性格如何吸引異性？而這些異性又是被古龍性格中的哪一種性質所吸引？這是值得探索的問題，因為對戀愛的態度往往影響到作品中的愛情觀。

古龍的性格影響了他一生的歡聚與別離，連帶的也影響了他的創作、與英雄人物性質的塑造。古龍是一位將創作與個人的生命情調聯繫得非常緊密的作家。了解其性格有助於對其作品的理解，因此我們有必要對古龍性格做一番探討，下文即探討古龍的性格。

古龍的弟子丁情曾說：「古大俠對美女的魅力就在於他的『寂寞』。」而這種寂寞來自對內心深處真正快樂的追尋。古龍最好的朋友倪匡就在訃文裡提到古龍「渴望快樂」，為什麼古龍特別渴望快樂？這要追溯到古龍童年時代，父母感情不睦，經常爭吵，使敏感的古龍無法享受到愛的感覺，也沒有安全感。家庭的破碎使古龍飽嚐孤獨與寂寞，所以特別渴望快樂。再加上個性好強與父親爭吵離家後，寧願執著獨自掙扎求生，也不願意回家。這段際遇，年少的古龍提早受盡了人世冷暖，最終使他變得孤傲和怪僻，也造就了他的浪子性格。

這性格反映到他的作品上，他塑造了一個又一個的浪子，如李尋歡、阿飛、楚留香、陸小鳳……。而這些浪子都是古龍內心孤獨和寂寞的寫照，也是古龍驕傲怪僻性格的表現。因為驕傲，因為孤僻，古龍筆下主角人物的思想和行為方式常常顯得非常奇特，處處與常人有異，甚至流於偏激。古龍尤其喜歡利用數目字中的奇數來表達浪子的孤獨飄泊，奇數不偶的心跡，其作品中主角人物命名稱號多是奇數如燕七、燕十一、蕭十一郎等。作品中出現的數字往往也都是奇數，此與世俗喜歡好事成雙的習俗有著極大的差異。這種「好用奇數」的習慣正顯現出古龍個性中亟欲脫離常規而自成一格的叛逆心理。而在《蕭十一郎》中蕭十一郎曾歌：「暮春二月，羊歡草長，天寒地凍，問誰飼狼？人心憐羊，狼心獨愴……」解釋給沈璧君說：「世上只知道可憐羊，同情羊，絕少會有人知道狼的痛苦，狼的寂寞。世人只看到狼吃羊時的殘忍，卻看不到牠忍受著孤獨和饑餓在冰天雪地流浪的情景，羊餓了該吃草，狼餓了呢？難道就該餓死嗎？」這種尖銳而一反世俗的思想在古龍筆下尚有不少。

正是這種不被人了解的寂寞與孤傲，吸引了無數女子，其母性的本能被激發，渴望去撫慰古龍的孤獨寂寞，去了解古龍的孤傲與偏激。正應驗「男人不壞，女人不愛。」這句話。因此古龍的身邊永遠有對他付出真情而無怨無悔的女子，如妻子于秀玲。更有無數紅顏過客飛蛾撲火般投入古龍懷中，而後默默離去。

但是，有一身傲骨的古龍個性中並不完全只有寂寞與孤傲，他將心裡的隱痛寫在他的武俠小說上，並嘗試用更樂觀善良的一面來滌淨人世間的、也是他心裡面的陰暗面。希望讀者在看完他的小說都是愉快的。他曾說過有位想自殺的人讀了他的小說後，發現生命還是值得珍惜的，他高興得像是得到了最榮譽的勳章一樣。我們可以發現童年所歷經的戰火並沒在他心中播下仇恨的種子，渴望和平安定的古龍在小說中表現出來的是對血腥和殺戮的揚棄，並處處洋溢著樂觀主義、人道主義的精神，歌頌的是愛與正義、自由與和平、寬容與生命的熱愛。所以他的武俠小說中絕大多數都是正義最終戰勝邪惡的喜劇。

古龍是一個飽經痛苦而善良的人，因爲飽經痛苦，了解痛苦是如何啃噬人的靈魂，因此不再去描寫痛苦。他努力想表現的是「幸福、歡樂和自由」，他自己也說過：「人性並不僅是憤怒、仇恨、悲哀、恐懼，其中包括了愛與友情，慷慨和俠義，幽默與同情的。我們爲什麼要特別注重其中醜惡的一面？」這些古龍想要傳達給讀者的特質，絕大部分已內化成爲他性格的一部份。我們看到的是一位感情豐富、慷慨正直、熱愛生命、創造歡樂、善良而充滿同情的古龍。這是他性格中俠義的一面。

古龍好酒，自然顯現在外的是道地的酒徒性格：豪爽、健談、剛毅、不屈。在與朋友相聚酒酣耳熱之時，古龍表現出大口喝酒、大塊吃肉的豪邁態度；然而夜深人靜獨處的時候，古龍是飽嚐寂寞孤寂的。他在〈楚留香和他的朋友們〉文中描述胡鐵花：

> 他看起來雖然嘻嘻哈哈，唏哩嘩啦，天掉下來也不在乎，腦袋掉下來也只不過是個碗大的窟窿，可是他的內心卻是沈痛的……
>
> ……別人愈不了解他，他愈痛苦，酒也喝得愈多……

相信這段話是古龍藉由胡鐵花來描述自己的處境。而與古龍最相知的弟子丁情也曾描述古龍雖然「時常將歡樂和笑聲帶給大家，然而他的內心深處卻是孤寂的。」由此可知古龍在人前人後性格上有著極端不同的差異。

綜合上文所述，發現古龍的性格充滿著矛盾：他自卑卻又驕傲、寂寞孤獨卻又創造歡樂、偏激孤僻卻又善良充滿同情。一生爲寂寞所苦，處心積慮掙扎想擺脫，卻無時不被寂寞所桎梏。其實這種矛盾的性格是能在一個人身上並存的。若非他好強又執著，就不會脫離家庭、自立更生；若非他寂寞孤獨，就不會特重友情、沈溺酒色；若非他驕傲偏激，怎麼有出奇的浪漫和強烈想出人頭地、求新求變的意志。正是憑著這種特殊性格與巨大的內心趨力，古龍才成爲我們所認識的古龍。這些也就是古龍之所以爲古龍的原因。更是作品中一直存在強烈古龍風格、古龍特色的原因。

## 古龍的「三好」及其創作基調的形成

酒、色、友、小說是構成古龍人生的四大元素，除了小說作品之外，古龍給人最深的印象，便是好酒、好色、好友。而古龍的許多武俠小說中主角人物的嗜好也幾乎脫離不了這三樣——「好酒、好色、好友」，便形成古龍作品中的創作基調。以下將介紹這三樣元素究竟對古龍造成什麼影響？反映在作品上又呈現如何面貌？

### 一　縱酒狂歌

談到古龍喝酒的歷史，要從讀淡江時候談起，幾個好友找來了各式各樣的酒與小菜到淡水海邊防波堤上，一邊聽海風、聆海濤，一邊喝酒。後來古龍再想起時說：「那種歡樂和友情，那一夜的海浪和繁星，卻好像已經被『小李』的『飛刀』刻在心裡，刻得好深好深。」可看出古龍喝酒原因之一是爲了享受朋友相聚的歡樂與情感。

古龍曾說：「其實，我不是很愛喝酒的。我愛的不是酒的味道，而是喝酒時的朋友，還有喝過了酒的氣氛和趣味，這種氣氛只有酒才能製造得出來！」古龍這些話過於刻意強調「酒」對朋友相聚時歡樂氣氛的營造，足見古龍在情感上對「酒」的過份依賴。年少得志的古龍有了高額的稿費後，開始上舞廳、俱樂部消磨與應酬。酒酣耳熱的氣氛、女孩的耳語溫存讓古龍慢慢迷戀這種虛假的奉承與熱鬧，沈醉其中無法自拔。

古龍曾說：「你若認爲酒不過是種可以令人快樂的液體，那你就錯了。你若問我：酒是什麼呢？那我告訴你：酒是種殼子，就像是蝸牛背上的殼子，可以讓你逃避進去。那麼就算別人要一腳踩下來，你也看不見了。」細究古龍喜歡涉足聲色場所的原因，因爲流離動盪的童年生活，使得敏感的古龍所感受到的痛苦多於平常人，也更缺乏安全感與歸宿感，內心存在著無法排遣苦悶，也許是因爲要逃避。逃避寂寞的痛苦、渴望快樂而不可得的痛苦。使他成爲一個嗜酒的浪子。他在「酒」中找到了暫時的慰藉與快感，逃避寂寞的方法有很多，古龍選擇了呼朋引伴、長醉酒鄉、揮霍情愛，希望以遺忘的方式從寂寞中掙脫出來，稍稍獲得一點精神寄託。然而這無疑是飲鴆止渴，曲終人散後，古龍沒有更快樂，反而更加空虛、失落。這樣的生活漸漸地讓古龍迷失了自己，最後義無反顧的沈迷。

林保淳先生曾在〈俠客與酒〉一文中提到，中國人飲酒往往是「心理」的寄託，基本上可分為二：一是「忘」，二是「壯」。「忘」是藉酒精的迷醉，使人忘懷現實世界的失意與挫折；「壯」是指藉酒精的麻醉，擺脫理智，盡情抒發平時所受的壓抑與無處宣洩的情緒。古龍一生離不開酒，完全是這兩種飲酒的心理寄託在作祟。熾烈的美酒釀成醺醉的快樂，讓古龍體驗到自我生命的存在，並以此來對抗現實生活的殘酷與苦痛。

古龍喝酒的方式，是豪邁的大口大口喝，喝的時候絕不廢話。燕青在〈初見古龍〉文中提到古龍「默不作聲，只是酒來必乾，自得其樂」，「喝酒時，頭一仰，便是一杯」，那種豪邁的酒量，讓他暗暗心驚。古龍喜歡把朋友灌醉，更喜歡朋友醉倒在他家。喝酒的時候從來不提自己悲傷的事，只談他如何豪放、如何開心，總是把悲傷埋在心底，把歡樂帶給別人。

一九八〇年，吟松閣事件古龍被殺傷手部，流血過多休克，送醫急救，輸血兩千西西，才脫離危險。這是因「酒」而受的傷，每當醉酒時，古龍都會展示給友人欣賞，就像一個俠士展示著光榮的傷痕一樣。這事件完全展現古龍的酒徒性格——正直、剛猛、豪爽、絕不低頭。

離婚後，酒成了麻痺古龍的止痛劑，他說：「每天好不容易回到家裡，總是轉身又出去，每天做的只有一件事：喝酒！」已經到了無酒和鎮靜劑就無法睡著的地步，清醒時也要吃興奮劑才能清醒。經過這段自暴自棄的日子，身體終於不堪負荷，肝硬化、胃出血接踵而至。他也知道喝酒傷身，但他將自己化作兩頭燒的蠟燭，只執意發出奪人眼目的光彩，所以對於喝酒而使自己一步步邁向死亡是無畏的。他寫道：

因為我也是個江湖人，也是個沒有根的浪子，如果有人說我這是在慢性自殺，自尋死路，那只因為他不知道——

不知道我手裡早已有了杯毒酒。

當然是最好的毒酒。

其實古龍也知道酗酒的後果，只是心靈的空虛與寂寞，需要「酒」來救贖。長期的酗酒，讓他的健康日益敗壞。三進三出醫院，雖然後來戒了半年酒，但身體稍稍好轉，又再喝個不停。他的弟子丁情推測了古龍爲了酒，置生死於度外的原因：

我只能說：「古大俠的壓力太大了，到了末期，他大概也想通了，已大澈大悟了。」

這些長久累積下來的壓力，已不是他所能承擔的，既然如此，他又何必一味的承受下去呢？

所以臨死的前幾天，他又開始縱情喝酒。

終於古龍以他獨特的方式離開了人間。留下的作品中一個個狂喝豪飲的浪子。林保淳認爲：「古龍是武俠作家中最擅於寫酒的，古龍寫酒，不但是在寫俠客，更是在寫心事，藉著酒，古龍彷彿是在抒發自身難以言喻的情懷。」因此古龍的小說中幾乎部部有酒、酒徒、酒經

（指有關酒的言談與格言）。「酒」成爲古龍小說中不可缺少的元素。

## 二　偎紅倚翠

據說古龍臨死前的最後一句話是：「怎麼我的女朋友們都沒有來看我？」古龍一生對生命中的女子無盡的追逐，臨終時卻沒有女朋友相陪，這是多麼淒涼的感嘆。

從破碎的家庭中出身的古龍，絲毫沒有享受過正常且美滿的家庭生活，也沒有對家庭負責的雙親來作爲模仿對象。對於「家」，古龍非常渴望，卻不知如何去經營。因此成年之後，古龍與妻子或同居女友的關係都不長久，問題的根本出自古龍原生家庭的不完整。這種經驗導致古龍小說中的故事主角絕少有正常的婚姻生活，譬如《桃花傳奇》中的楚留香終於與張潔潔結爲夫妻，但是只有一個月，楚留香即已無法忍受平淡的婚姻生活，張潔潔了解根本沒有人能獨占楚留香，因此想盡辦法幫助他離開，否則楚留香將會因不快樂而不再是昔日的楚留香。在結尾，楚留香選擇了一扇門，用堅定的步伐跨出了那扇門，古龍寫道：「在這一瞬間，他已又回復成昔日的楚留香了。」看得出古龍將自身的經歷投射在楚留香這個角色中以自況。

古龍從沒有循規蹈矩依照所謂「正統」的方式去交過女朋友。和古龍在一起的女子，除了曾結婚的兩位外，大部分都是舞廳酒家的小姐或是慕古龍之名而投懷送抱的女子。想必古龍自己也在心裡面有所疑問，究竟這些女子是如何看待他，是真心真意？還是逢場作戲？這些疑問造成古龍對女子的不信任感，因此離開枕邊人時都不甚留戀。

爲什麼古龍特別鍾情於風塵女郎？古龍曾寫說：

風塵中的女郎，在紅燈綠酒的相互競映下，總是顯得特別美的，脾氣當然也不會像大小姐那麼大，對男人總比較溫順些，明明是少女們不可以隨便答應男人的事，有時候她們也不得不答應。

從某種角度看，這也是一種無可奈何的悲劇。所以風塵中的女孩心裡往往會有一種不可對人訴說的悲愴，行動間也往往會流露出一種對生命的輕蔑，變得對什麼事都不太在乎，做事的時候，往往就會帶著浪子般的俠氣！對於一個本身血液中就流著浪子血液的男孩來說，這種情懷，正是他們所追尋的，所以一跌入十里洋場，就很難爬出來了。

這段話也許正能解釋古龍留戀於風塵女子的原因。她們滿足了古龍的情慾的需求與虛榮的自尊，她們所擁有的特質正是身爲浪子的古龍所需要與欣賞的。對於溫順的柔情慰藉，逢場作戲的古龍常是來者不拒地全然收下。也許是得來容易，古龍也不很珍惜這些女子的來去，只享受「今朝有酒今朝醉」的短暫激情。古龍小說中許多女子的身分都是「妓女」，甚至連女主角的身分也是妓女，而描繪女子寬衣解帶裸露胴體的章節更是不避諱，與傳統武俠小說含蓄帶過的方式迥異。除了一些爲色而淫的武俠小說外，武俠小說中「妓女」出現頻率最高的作家，恐怕非古龍莫屬。很明顯的這是古龍個人生活經驗所致。

這些與女人相處經歷促使古龍在寫作時，對其武俠小說中男女角色的貞節觀念並不重視，只要男主角願意接受女主角的引誘，即使發生性關係也無不可。甚有女子自行對男主角投懷送抱，男主角也照單全收，絲毫無任何愧意，例如《新月傳奇》的玉劍公主、《楚留香傳奇》的琵琶公主自行獻身給楚留香，楚留香更是欣然接受。

成名後的古龍追逐女人雖無往不利，偶爾也有惹出麻煩的時候，但古龍絕不說交往過的女子的壞話。每當回憶起以前的女友，古龍都是談美好的一面。即使是鬧上法院、登上報紙社會版的「趙姿菁事件」，他還是不出惡言。若說古龍一生中最大的錯，就是對不起曾用心愛他的女人。如同筆下的楚留香浪跡天涯、處處留情，卻不懂得去珍惜在船上等待的蘇蓉蓉。

古龍這種「視女人如衣服，視朋友如手足」的心理，導致筆下的李尋歡竟能爲朋友讓出林詩音，然後終身痛苦。對於女人的地位，他一向擺在朋友之後，也不曾產生過像對朋友般的情意。他說：「白馬非馬。女朋友不是朋友。女朋友的意思，通常就是情人，情人之間只有愛情，沒有友情。」他認爲愛情是不顧一切、不顧死活、讓人耳朵變聾、眼睛變瞎，但也是短暫的，無法持久，除非轉變成友情。友情無論如何還是高過愛情。雖然筆下的男主角身旁總圍繞著眾多婀娜多姿的女子，但是對男主角而言，這些女子還是比不上朋友重要。

## 三　視友如親

古龍說：「無論任何順序上來說，朋友，總是占第一位的。」

在古龍自立更生的日子裡，朋友無疑地是他最重要的精神依靠，寂寞的時候有朋友相陪，落魄的時候有朋友相助，他說：

> 一個孤獨的人，一個沒有根的浪子，身世飄零，無親無故，他能有什麼？
>
> 朋友！
>
> 一個人在寂寞失意時，在他所愛的女人欺騙背叛了他時，在他的事業遭受到挫敗時，在他恨不得買塊豆腐來一頭撞死的時候，他能去找誰？
>
> 朋友！

這段話可看出古龍對朋友的依賴與看重。在寂寞失意、生活遭受困難時所依靠的還是只有朋友。

剛出道時，古龍與當時武俠小說界的「三劍客」——諸葛青雲、臥龍生、司馬翎論交，失哥夫婦、鄒郎也是古龍常借宿幾宿的主人。這些朋友在古龍出紕漏時，總是義無反顧伸出援手，尤其是牛哥夫婦最常為他解圍。諸葛青雲曾說：「古龍死過一千次，牛嫂一定救過他九百九十九次。」可想見交情之深。

古龍常以酒會友，一到燈紅酒綠的場所，彷彿相識滿天下。古龍交朋友像小孩一樣單純，只要有酒，即使初相識，也很容易成為生死之交，上至騷人墨客，下至販夫走卒，他都能夠共敍樽前，酒逢知己千杯少。所以古龍朋友階層之廣、交友之複雜，簡直是駭人聽聞，有市井小民、影視紅星、武俠名家、酒國常客，更有詩人如周棄子、畫家高逸鴻、文壇名宿陳定公。家中除陳定公贈的字聯外，尚有不少名家字畫。真所謂相知滿天下。可是，古龍相識滿天下，能夠真正了解他的人，卻不很多。在眾多的朋友中與古龍最知心的要算是：香港作家倪匡。他們在一九六七年相識，立刻相見恨晚，成為莫逆之交，常常在深夜，有七八分醉意時，互打長途電話彼此傾訴內心的抑鬱。曾經古龍生病，遠在夏威夷的倪匡得知，馬上趕來探望。甚至古龍病重時，國際電話一打三個小時，面不改色。從這裡可見兩人那份真摯不移的感情。

在古龍年少離家、自立更生的日子裡，受到朋友適時的幫助，自然產生「安得廣廈千萬間，大庇天下寒士俱歡顏」的宏願，因此，成名之後的古龍對於朋友相當講義氣，尤其對境況不佳的朋友特別照顧有加，如武俠片演員王沖與弟子丁情曾一直寄住在他家，只要有機會，就不斷向人推薦。這種「生，於我乎館」的友情實在少見。尤其是對丁情更是疼惜，因為同病相憐的身世，古龍付出愛與鼓勵，甚至讓丁情繼承衣缽，培養能自立的本事。還曾經撰文介紹丁情來推薦他。古龍對朋友是這樣毫無保留地付出，也贏得這些朋友在他生命最後歷程的無怨相

陪。因此學者羅龍治認為：「古龍四十多年短暫一生，『友情』是超乎名利的最大收穫」。

因此，古龍的武俠小說中最特出的便是對友情的描寫，與生活中重朋友的性格一致。特別的是：古龍並不追尋像中國傳統小說以及金庸小說男主角之間的結義兄弟之情，而是著眼於純粹的友誼，並在友情中加入生活挫折與現實的考驗，雖然貧困、潦倒、飢寒，但是友情的支持、同甘共苦、肝膽相照，仍舊能活得快樂自由而瀟灑。所以古龍在楚留香身邊安排了胡鐵花、姬冰雁，在沈浪身邊安排了熊貓兒。寂寞的阿飛也有李尋歡願意在他最落魄的時候拯救他。這些故事人物在在顯現古龍現實生活中對於友情的渴望與重視。甚至《歡樂英雄》一書通篇利用頌揚的筆調來歌詠友情的真誠與可貴。武俠小說的主題大部分在顯現大俠個人的蓋世武功與傳奇經歷，因此較少在小說中用極大的篇幅單獨對友情進行鋪陳與描繪，所以「友情」為主旨的武俠小說是較少見的，正因為少見，更突出古龍對這種純粹友情的看重。古龍不走民初以來武俠小說中以武功、愛情為主題的寫作方式，而將焦點放置「友情」之上，形成古龍武俠的一個特色。

至於朋友眼中的古龍又是怎樣一個人。鄒郎說：

> 實在說，古龍的一生，是活在不得志的狂狷生涯中，他是「人在三江外，卻在五行中。」的亂世書生。

劉德凱說：

古龍就是活生生的「楚留香」，他的個性與生活一如他筆下的「楚留香」，少不了酒、女人、朋友。

這些朋友為古龍精彩的一生作了最好的註解。

## 古龍創作的養分——閱讀

古龍給人的印象除了武俠小說，不外乎是酒、女人，甚少人注意到古龍生命中還有一項重要的嗜好：閱讀。進淡江英語專科學校之前，古龍早已嗜讀各種文學作品。據報導，古龍的藏書之豐、包含之繁之廣，令人嘆為觀止，約有十萬冊以上，包括珍貴的原版和絕版書。古龍能速讀，每天至少看三、四小時以上的書報。

身為一位武俠小說作家，古龍必須不斷的汲取、充實，以維持寫作時源源不絕的構思與題材。就學時即養成的閱讀習慣，古龍終其一生無絲毫停歇。關於古龍閱讀所涉獵的範圍，薛興國也曾寫道：

他看的書很雜，天文地理什麼都來，連天文台出的「天文日曆」也看。不過近年他偏愛翻譯的間諜和偵探小說。

這正說明古龍閱讀範圍廣泛，且偏愛與他寫作風格有關的間諜、偵探小說。古龍武俠小說中浪子游俠探案、抽絲剝繭尋謎追凶的情節，應是取法福爾摩斯之流的偵探推理小說，這一點眾多讀者與研究者都同意，於此便不再細述。

作家在完成自己的風格之後，閱讀與自身風格相仿的作品，應是秉持一種觀摩的心態。但當一個作家在自身作品風格未完成前所閱讀的書籍，與作家風格完成後的作品有著相同、相似的創作技巧或主題精神時，我們應可對此一現象提出二者之間有關連性之假設。鑑之於古龍的作品與其閱讀之軌跡，一般認爲念淡江英專的古龍深受西方小說與哲學思想的影響與啓迪，但閱讀這些作品對古龍的創作究竟產生的影響爲何？在這些作品的交互影響下創作的古龍，是否因此形成了其「古龍式」的風格？而「古龍式風格」中取法又是這些作家們作品中呈現的什麼特質？這都值得我們去深思與探討。

在古龍閱讀與取法的作家、哲學家之中，影響古龍最深遠的首推德國哲學家尼采與美國作家海明威。

古龍閱讀尼采應是在淡江英專讀書時有所接觸。第一位明白指出尼采與古龍在作品觀點上有雷同之處的是歐陽瑩之。他在〈「邊城浪子——天涯．明月．刀」評介〉中提到：

我認為古龍的作品富有尼采味，「邊城浪子——天涯・明月・刀」便表現出尼采初期所謂阿波羅和地諾索斯兩股精神（the Apollinian and Dionysian spirits），所代表的條理節制和迸發激情的互相衝突、調和，也表現出尼采後期所謂掙強意志（Will to power）的成長。

他在〈泛論古龍的武俠小說〉一文中又說：

在古龍的小說裡，我們可以發現尼采所推揚的那種豪雄自強的意志，堅毅勇猛的精神，冰清深遠的孤寂，橫絕六合的活力，甚至乎對女人的那些偏見。

歐陽瑩之列舉尼采與古龍二人書中的文字以對照，尤其在對「女人」的觀點上，古龍和尼采有著相同的態度與觀點，甚至連將女人比喻成「貓」的說法也一致。尼采對女人的看法影響古龍許多作品對女人的輕蔑與物化。除此，歐陽瑩之更指出兩人在對朋友與孤獨的領略是如此的相似。由此我們可知古龍與尼采的思想有很大程度的契合。

嗜酒的古龍對尼采的「酒神精神」是否因「酒」而有所好感，我們無法證知，我們所能推知的是：尼采深深影響古龍的創作，尼采的酒神精神更是深深觸及古龍的內心。大陸學者方忠也認爲，古龍是一位具有「酒神精神」的作家，通過醉狂的狀態體驗在現實生活中無法實現的生命自由與快樂，在近乎自我毀滅的酗酒中，古龍深刻體會到生命真實的存在，與豐盈充沛的力量。這時「酒」已經不只是一種酒精飲料，「而是個體生命與宇宙大生命溝通的橋樑。」古龍將這種精神寫入作品中，因此他筆下的主要人物沒有一個不愛喝酒：李尋歡愈咳愈要喝、胡鐵花愈不被了解酒就喝得愈凶。陸小鳳有著高超的酒技躺著喝。林太平飢寒交迫居然還能分辨所喝之酒名。其他借酒澆愁或豪飲狂喝的例子實在不勝枚舉。

葉洪生曾撰文說道：「文藝氣氛的濃厚，與人生價值的重估，正是古龍作品的二大特色。」周國平也說：「尼采哲學的主要命題，包括強力意志、超人、和一切價值重估。」尼采思想與古龍作品的關係自是不言而喻。兩人皆對長久以來約定俗成的人生價值產生質疑而重估自身生命的價值。尼采曾說：「一切價值的重估——這就是我關於人類最高自我認識行爲的公式，他已經成爲我心中的天才和血肉。」尼采對一切價值的重估著眼於宗教、善惡、道德人生之上，而古龍則表現在其作品中對江湖世界、人性善惡與權力的「解構」上，因此古龍筆下主角不僅有著亦正亦邪的特色，所構築的武林世界也與傳統正邪兩分的江湖世界迥然不同。最明顯的例子爲《白玉老虎》與《邊城浪子》的趙無忌與傅紅雪，這兩人原本一心一意想要報仇，故事發展到最後，兩人才發現所謂的仇人已不再是仇人。當報仇的動力消失，他們面對的是一個全然解構的世界，突然頓失所寄，逼使故事主人翁重新面對一個人生價值驟變的真相世界。古龍賦予作品這種「重估人生價值」精神，與尼采的思想有相當地一致性。

除了尼采，海明威對古龍的影響也極大。薛興國便說：「古龍最喜歡的西方作家，是美國的海明威。」古龍曾自述寫了十年小說之後才接觸到武俠小說的內涵精神——一種「有所必爲」的男子漢精神，這種精神被一些學者們認爲與海明威的「硬漢」精神相當相似，因此認定古龍有這樣的體悟應是閱讀海明威小說所得到的啓發，這一點大多數的讀者與研究者皆認同。但是在創作語言上，學者們的認知就有差異，眾多讀者、研究者認爲古龍師法海明威的電報體的對白方式，但是葉洪生卻持反對態度，且認爲古龍一句一行的寫作方式將導致「文字障」的形成。姑且不論這種寫作方式的優劣。我們著眼於古龍類似電報體的創作語言是否受到閱讀海明威作品的影響上。

海明威創作的語言簡潔有力，如同拿著一把斧頭將整座森林的小枝葉砍伐一空，只留下基本的枝幹。這些留下來的是精心錘鍊而平淡的文字，需要讀者用心去領略與想像。海明威將自己的創作語言名之爲「冰山原則」，而他這些精鍊的語言恰似在水面上的冰山只看得見八分之一，其餘的八分之七爲作家豐富的想像與內涵，需要讀者閱讀之後的理解與創造。這一點古龍在人物對話與寫景上表現得最出色。古龍使用簡潔平淡的文字描述，造成一種令人遐想的意境，如「春天、江南。段玉正少年」。只用九個字便交代男主角的出場，雖然看似尋常，仔細咀嚼卻有著深長的意境存在。這正是古龍取法海明威的「冰山原則」的最好證明。

愈是簡潔的語言愈具表現力與象徵力，因爲其能給予讀者思維與想像的空間。

尼采對於語言也抱持相同看法，而他的哲學著作多以格言形式寫成，這不只是出自於愛好，在他看來是出自於必須。他說：

格言、警句——在這方面我在德國人中是第一號大師——是「永恆」的形式；我的野心是要在十句話中說出旁人在一本書中說出的東西——旁人在一本書中沒有說出的東西……

由此可看出尼采除了強調語言的精鍊外，對於將哲學用格言警句形式來寫作，尼采相當自豪。他這種將哲學詩化的寫作方法，必然深深影響將武俠小說詩化的古龍。古龍書中俯拾即是的格言，雖有人愛不釋手閱讀再三，也有學者認為是「囈語格言」，代表古龍內在分裂的心向。研究者由不同的角度切入，便有不同的看法與評價。利用格言警句方式來達到作者介入書中來講述道理的目的，而且使用之頻繁，古龍可說是武俠小說第一人。

除西方哲學文學外，古龍也取法日本小說，據葉洪生研究，古龍師法日本小說的內容與作家重要的有：武學方面師法吉川英治、小山勝清的宮本武藏系列小說，以及楚留香的「風雅的暴力」的塑造與寫作文體師法柴田煉三郎。女作家馮湘湘亦撰文列舉古龍與柴田煉三郎小說中多雷同之處，以證明古龍偷師柴田煉三郎。兩位學者對古龍如何師法日本作家皆有精闢的剖析。

綜上所述，古龍的閱讀雖然廣泛，但他不斷地師法世界偉大的哲學家與小說家，無論是文學精神抑或創作技巧方面，古龍將之融鑄於自己創作之中，讓其作品閃耀著屬於自己的光芒，繼而創造出其獨特風格。而尼采、海明威正是對古龍風格的形成，最重要的師法對象與導師。

在《流星·蝴蝶·劍》的開頭寫道：

流星的光芒雖短促，但天上還有什麼星能比它更燦爛，輝煌！
當流星出現的時候，就算是永恆不變的星座，也奪不去它的光芒。
蝴蝶的生命是脆弱的，甚至比最鮮豔的花還脆弱。
可是它永遠只活在春天裡。
牠美麗，牠自由，牠飛翔。
牠的生命雖短促卻芬芳。
只有劍，才比較接近永恆。
一個劍客的光芒與生命，往往就在他手裡握著的劍上。
但劍若也有情，它的光芒卻是否也就會變得和流星一樣的短促？

回顧古龍的一生，正如同他筆下的「流星」、「蝴蝶」，美麗且光彩奪目，卻短暫消逝，徒留悵惘。而他的作品就如同他所提到的「劍」那樣的永恆並顯現耀人的光芒，古龍這位劍客也因其作品而成就其永恆的生命。雖然古龍的早逝是台灣武俠界的莫大損失，也是眾多古龍迷一直深以爲憾的事，然而考察古龍風風雨雨精彩萬分的一生之後，熱愛古龍的讀者應會同意：古龍的早逝，何嘗不是上天對他這個武俠天才的眷顧。以古龍好強孤傲的個性，「美人遲暮，英雄沒落」應是他所怕見的，因此上天在他再也無法承受身體的病痛、內心的愁苦以及外界環境的壓力時，帶走了他。

以一位作家來說，四十八歲正值創作高峰期，無論是文筆、智慧都應該是已臻成熟的階段，但是古龍卻已英年早逝了。如果上天給他多一點健康與時間，他的小說，會再異峰突起呢？還是會徹底地放棄了創新？可惜古龍已經不能給我們答案了。

沒有一本文學作品能夠完全脫離創作者而獨立存在，無論該作品是寫實或想像、嚴肅或通俗。一個讀者或批評家爲了獲得該作品的理解，勢必探索作家的世界。了解作家的生命、生活環境、創作背景之後，對於其作品即會產生情感上的共鳴，如此才能對作者有同理心的了解，不致被先入爲主的傲慢與偏見蒙蔽了智性。

深入探索古龍生命歷程之後，再讀古龍的作品，令人感到古龍本人與其作品的關連是那樣的密切。正如陳墨所言：「對古龍來說，酒－色－才－氣（指內心）是聯繫得很緊密的。」正因爲古龍本人與其作品之間的關連太密切，欲研究他的武俠小說若不從古龍本人入門，單只看作品本身，則無法掌握古龍風格之來由與作品之關係。

他的作品某種程度顯示了自身的經驗，如在寫作他的自傳一般，古龍將自己的靈魂交出去給讀者之後，博取了讀者同情的理解，彷彿他所展示的不再是自己本身，而是每一位讀者的化身。正因如此，古龍的作品深深吸引了許多古龍迷。由此，我們略可解釋，爲什麼古龍迷這麼狂愛古龍的作品了。古龍這一生永遠化不開的寂寞與永不止息的追求，正是讓他的作品有魅力的真正原因。

本文由林保淳教授提供

# 楚留香新傳（二）蝙蝠傳奇㊤

作者：古龍
發行人：陳曉林
出版所：風雲時代出版股份有限公司
地址：10576台北市民生東路五段178號7樓之3
電話：(02) 2756-0949　　傳真：(02) 2765-3799
封面原圖：明人出警圖（原圖為國立故宮博物館典藏）
封面影像處理：風雲編輯小組
執行主編：劉宇青
業務總監：張瑋鳳
出版日期：古龍珍藏限量紀念版2024年6月
ISBN：978-626-7369-81-4

風雲書網：http://www.eastbooks.com.tw
官方部落格：http://eastbooks.pixnet.net/blog
Facebook：http://www.facebook.com/h7560949
E-mail：h7560949@ms15.hinet.net
劃撥帳號：12043291
戶名：風雲時代出版股份有限公司

風雲發行所：33373桃園市龜山區公西村2鄰復興街304巷96號
電話：(03) 318-1378　　傳真：(03) 318-1378
法律顧問：永然法律事務所 李永然律師
北辰著作權事務所 蕭雄淋律師

行政院新聞局局版台業字第3595號 營利事業統一編號22759935


國家圖書館出版品預行編目資料

楚留香新傳．二，蝙蝠傳奇．上／古龍 著．-- 三版．
-- 臺北市：風雲時代出版股份有限公司，2024.05
面；公分．（楚留香新傳系列）古龍珍藏限量紀念版
ISBN 978-626-7369-81-4（平裝）

857.9　　113002825